KOKORO-CONNECT YUME-RANDOM

ココロコネクト ユメランダム

……他のみんなには言えないよね、これ。
だから二人だけの秘密になるのかな、やっぱ。
なんかヘンね。あたし達
付き合っている訳でもないのに、
二人で協力してばかりで。
桐山唯《きりやまゆい》

正しいことをやれるのなら、やろう。
付き合ってるからって、意見が常に一致する訳じゃない。
……それに黙っているから、
相手に負担をかけないでいられる。
八重樫《やえがし》太一《たいち》

「ねえ、八重樫君？
あなたって他人の心でも読めるの？」
藤島《ふじしま》麻衣子《まいこ》

唐突にできるようになったわよね。
『特殊な能力』でも得る機会があった?
急に……なにを言ってるんだよ
ほとんど、かすっている。
藤島麻衣子が真実を言い当てかけた。
警告音が、太一の中で唸るように鳴り響く。

北海道〜〜〜〜〜！
でっかいど〜〜〜〜！
永瀬伊織《ながせいおり》

山星高校二年一同は
空港から今度は
クラスごとに別れて
バスに乗り込み、
目的地まで移動する。
一時間ほど揺られた
バスから降り立ち、
目の前に広がる
『ディス・イズ・北海道』とでも
言うべき壮大な草原を目の前に
皆の盛り上がりはピークに達した。
うぇ～広え～。サッカー場何個分？
渡瀬《わたせ》伸吾《しんご》
飛行機で着いた時も思ったんだけど、やっぱ空気冷たいね
中山《なかやま》真理子《まりこ》

目次

ココロコネクト ユメランダム

庵田定夏

FB
Famitsu Bunko
ファミ通文庫

イラスト／白身魚

——これで最後です、と〈ふうせんかずら〉は言った。

一章　進路調査の季節

己《おのれ》が生きる意味。
それを考えた時、自分はぶつかってしまった。
その問いに。
問いは自分にも突き刺さったし、たぶん八《や》重《え》樫《がし》太《た》一《いち》にも同様に突き刺さる。
気づかない方が、ずっと甘い世界に浸《ひた》り幸せでいられただろうか。
いいや、いつか立ち会わなければならない問題だ。この問いからは逃《のが》れられない。
向き合え。そして相手にも突きつけろ。
確かめるのだ。
最悪、そこで終わるかもしれない。わかっている。
とてもとてもとても恐い。
恐いけど――。
この対決の終わりに、自分の進むべき道が決まる。

稲葉姫子《いなばひめこ》は、そう思っている。

＋＋＋

高校生活二回目の夏休みを終え、新学期が始まって数日経《た》ったある日の放課後。当番の掃除《そうじ》を済ませ、八重樫太一は部室棟《ぶしつとう》四〇一号室を目指していた。

九月頭の文化祭《ぶんかさい》も終了し、通常運転に戻りつつある私立山星高校《しりつやまぼしこうこう》の敷地内《しきちない》を歩く。陽《ひ》射《ざ》しの厳しい日だったが、風があったので日陰《ひかげ》だと秋らしさを微《かす》かに感じられた。

古めかしくも趣《おもむき》のある部室棟に辿《たど》り着く。建物に入る前に、気まぐれでその全容《ぜんよう》を振り仰いだ。

いい加減耐震《たいしん》工事をしなければと言われ、最近はならいっそ建て替えるかとの話も出ているらしい。個人的には自分達が卒業《そつぎょう》するまで頑張《がんば》って欲しいな、と太一は思う。

自分達文化研究部《ぶんかけんきゅうぶ》が日常世界から逸脱《いつだつ》してもうすぐ一年が経つ。

これまで幾度《いくど》となく危機に晒《さら》され、その度力を合わせて乗り越えてきた。ついには新入部員まで巻き込んだ騒動も起こったが、それも打ち破ることができた。

いつ終わるんだ。最早《もはや》終わらないのでは、とまで思った〈ふうせんかずら〉の現象だって、どこかで終止符《しゅうしふ》は打たれるはずだ。

現に自分達二年生は、後一年半でこの学舎《まなびや》を去る。

階段を登りつつ、太一は肩にかけた鞄《かばん》から今日配布されたプリントを取り出す。

一番上には『進路調査票《しんろちょうさひょう》』とあり、希望進路と三年時の文理選択を書き込む欄《らん》がある。

そこそこの進学実績を持つ山星高校では、ほとんどの生徒が大学進学を目指す。既《すで》に一部の科目では、文系か理系か、それぞれ目指す方向に分かれた授業も実施されている。三年時のクラス分けは調査票の文理選択に基《もと》づいて行われるから、二年生は今まさしく最終決定を迫られているのだ。

太一は進路調査票を指で摘《つま》んでひらひらと動かす。この薄っぺらい紙で自分の人生のいくらかが決まるのかと思うと、少し滑稽《こっけい》な気がした。

まだ提出締《し》め切りには二カ月近く余裕《よゆう》があるとはいえ、早めに出すに越したことはない。大学進学は決定されているとして……。それから……。

考え事をしているうちに四階だ。廊下《ろうか》を端まで歩いて目的地に到着。A四サイズの紙にプリントアウトされた『文化研究部』の文字を見ながら、太一は部室の扉を開く。

「紫乃《しの》ちゃんとちっひーがさっ、将来になりたいものってなんなのっ」

快活《かいかつ》な永瀬伊織《ながせいおり》の声が室内から飛び出す。

「あ、太一。おっす！」

永瀬が決め顔でびしっと敬礼。絹糸《きぬいと》のような長髪がさらりと揺れる。ふざけた調子なのに、図抜《ずぬ》けた美貌《びぼう》のおかげでそのままポスターにできそうなくらい決まっていた。

部室には既に六人が揃《そろ》っていて、自分が加わり全七部員集合となる。

皆にも声をかけられながら、太一もパイプ椅子《いす》に腰かける。

「将来っ……ですかっ。将来、ですよねっ。未来のわたし……。将来……生涯《しょうがい》……人生……来世……」

「それ生まれ変わってないか円城寺《えんじょうじ》？」太一はぼそりとつっこむ。

「はっ、将来だっ！　将来は……ええと……むむ……うぐぐ……うきゅう……」

「も、もういいわよ紫乃ちゃんっ！　今にも頭から煙が出そうよ⁉」

「うう〜、唯先輩《ゆいせんぱい》〜！」

円城寺紫乃がふわんとした茶色の髪に突っ込んでいた手をぱっと離し、目をうるうるさせながら桐山《きりやま》唯に助けを求める。円城寺は保護欲《ほごよく》をかき立てる小動物の雰囲気を身に纏《まと》う女の子で、太一の後輩《こうはい》の一年生だ。

「紫乃ちゃんはまだ一年生だもんね〜。まだ考えるのは早いわよね〜」

その円城寺の頭を撫《な》で、にこにこと上機嫌《じょうきげん》なのは桐山唯。桐山ご自慢《じまん》の長い栗色の髪は、今日もぴかぴかと光っている。

そこにおふざけモードの長身優男《ちょうしんやさおとこ》、青木義文《あおきよしふみ》が割り込んだ。

「唯〜。今度はオレも甘えさせてくれないかな〜。にゃあ〜ん、なんつって〜」

「うう……は、吐き気が……。青木先輩は全世界の猫さんを侮辱《ぶじょく》した罪で刑務所《けいむしょ》行きですね……」

「大丈夫。あたしがこの手でシメておくから。蹴り三発、拳《こぶし》四発ね」

「そこまで酷《ひど》かったですかね⁉　ふざけてたことは認めるけどさっ！」

円城寺は毒舌、桐山は空手界の猛者《もさ》という外見からは意外な一面を持っている。

二人の口撃《こうげき》に「なぜだ……あの輪に今日こそ入れる気がしたのに……」と青木が頭を抱えている。

「なんで今日はいけると思ったんだよ」

太一が呟《つぶや》くと、「なんとなくさっ！」と青木は体を伸ばして腕を突き上げた。

「む、今の動作はまるでリングアナにコールを受けた時の革命戦士――」

「プロレスたとえボケは要《い》らんぞ」

太一のセリフは稲葉姫子に遮《さえぎ》られる。

「おっと、稲葉んが太一を止めているぞ！『デレばん』は太一の行為《こうい》をなんでも許しちゃってたはずなのにっ。ついに『稲葉ん』が帰ってきたのか⁉」

「なにを言ってるんだ伊織。アタシはいつでも太一のベストパートナーとして誠心誠意最善最適な行動を――」

「あ、デレばんボケもその辺でいいです」

「ぼ、ボケとはどういうことだっ⁉」

可愛《かわい》いよりも美人と言うに相応《ふさわ》しい容貌《ようぼう》の稲葉が、子供みたいに永瀬に食ってかかる。

黙《だま》っている時の色っぽい姿も惚《ほ》れ惚《ぼ》れするが、今のようにセミロングの漆黒《しっこく》の髪を乱して感情を露《あらわ》にする様子も凄く魅力的だと思う……のは、自分が稲葉の彼氏であるが故の贔屓目《ひいきめ》だろうか。

「太一さん、なに稲葉さんを見てにやにやしてるんすか？」

クールな声にチクリとつつかれ横を向くと、冷ややかな顔がそこにあった。

つっこみの主は、宇和千尋《うわちひろ》。円城寺と同じクラスの、文研部もう一人の一年生男子だ。

「い、いやそんなことは……いや……可愛いなとかは思ってたけど」

「あー、なんかごちそうさまです」

千尋は太一から視線を外して顔を戻す。アシンメトリーにされた髪型の短い方を太一が見つめる格好《かっこう》になる。横からでも、千尋が綺麗《きれい》な顔立ちなのははっきりと見て取れた。

〈ふうせんかずら〉にそそのかされ与えられた『力』を使ってしまった宇和千尋、それに半ば気づきながらも止められなかった円城寺紫乃。二人が文研部に居続ける決断をしてくれた後、「気にしなくていい」と二年生五人は言ったが、やっぱり二人は罪の意識から気が引ける面もあったらしい。二人とも恐縮《きょうしゅく》していたし、人外の存在にまだ目をつけられている恐怖も負担だったろう。

あの体験を経て本当に元通り、というのも土台無理な話だ。

しかし引きずったってどうにもならないのもまた事実だ。ずっと、太一達が今まで通りに接している内に、一年生二人も部室で肩の力を抜いてくれるようになっていた。

「ってか脱線脱線！　紫乃ちゃん・ちっひーの将来になりたいもののトークだよっ」

伊織の明るい声に千尋はあくまで冷静な口調で。

「そっちが先に『先輩達は進路どうするんですか』って話に出してきたじゃん」

「俺じゃなくて円城寺ですけどね」

「えっ⁉　で、でも……千尋君の声質もすっごく聞きたそうにしてた気が……」

「声で判断できるのか……」太一はぼそりと言っておく。

たまに発揮される、円城寺の声フェチスキル。

「第一、教室から部室に来る途中では――」

「あ〰〰〰、おい言うなよ円城寺っ」

「千尋君の顔が赤くなってる可～愛～い～」

桐山が背筋を伸ばして、自分より座高《ざこう》のある千尋の頭を撫でる。

「ちょっと唯さん離してっ……ぐ」

顔をしかめた千尋だが、唯の手を払わずに大人しくしている。

それが罪を犯《おか》した負い目なのか、本人が変わったからかはわからないのだが、千尋は随分《ずいぶん》と丸くなっていた。クールキャラは保ちつつも、斜《しゃ》に構えた感じは減っている。

おかげで後輩二人を存分に可愛がれるので、このところ桐山は上機嫌なのだ。

千尋が口を開く。

「まあ俺は……当面、そこそこいい大学入ることを目標にしてますけど。で、安定した優良企業に入れたらな、と」

「あれ？　一番の目標は先輩方みたいなリア充《じゅう》になることじゃないの？」

「勝手に妄想《もうそう》すんな円城寺っ！」

「千尋君あたし達を目指してくれてるのか～。嬉《うれ》しいな～」

「唯さんいつまで頭撫でてるんすか。流石《さすが》に振り払いますよ」

「とは言いつつなすがままのちっひー！　まさにツンデレ！　稲葉んが『デレデレ』になって空席の『ツンデレ』枠に収まるのはちっひーしかないね！」

　円城寺に、桐山に、永瀬に、千尋がいじられている。

「おっと、そろそろ唯もツンデレからデレデレになる予定だからもう一枠――」

「は～い青木は黙りましょうね～」

　桐山は一切青木の方を見なかった。猫撫で声なのに、冷たい。

「おい太一……オレ最近……、いじられるポジションを千尋に奪われて、ただ雑に扱われるキャラになってね……？　き、気のせいだよね……？」

「ふっ、これでお前も千尋にポジションを奪われる恐怖がわかったか。俺も前『冷静でローなテンションなところがキャラ被《かぶ》ってる』と永瀬に言われどれだけ悩んだか……」

「あ、太一ってそんなに気にしてたんだ、ごめんねー」

　あっけらかんとした様子で永瀬が言う。

「ま～、細かいこと気にしなくてもさ、太一はアレだよ。うん、全然アレだし、アレでアレだからさ。アレ？　って感じでアレでアレレなんで」

「結局フォローの言葉が思い浮かんでないぞ⁉　そしてなんか懐《なつ》かしい！」

永瀬と二人でそういう言葉遊びにはまっている時期があった。

「わっ、わたしも当面の目標はっ、勉強頑張りたいなって思ってます。学校で真ん中より上にはいきたいな、って。人生充実方面ももっと頑張りたいですけどっ」

「人生充実方面ってどういう意味だ？」と太一は尋《たず》ねる。

「う〜ん、わかりやすく言うなら……太一先輩にキメ声で『可愛いよ、紫乃』って言って貰えるくらい進化するってことですね！　きゃ〜！」

「キメ声てなんだよ。というかそれくらい、言ってやらんこともない……ごがふっ⁉」

稲葉の地獄《じごく》突《づ》きが太一の喉元《のどもと》に炸裂《さくれつ》した。

「稲葉んの攻撃が太一に⁉　やっぱり稲葉んは『デレばん』から脱皮して……」

「アタシ以外に可愛いなんて言う口……太一には必要ないよなぁ……？」

「や、『ヤンデレばん』は勘弁《かんべん》してよ⁉」

たぶん、稲葉は永瀬のノリに合わせてあげている。仲のよい二人だ。……いや、流石に今の稲葉のセリフが本気だとは考えたくない。

「それで、先輩達は文理選択どうするんですか？」

千尋が言うと、円城寺も続く。

「そ、そうです！　先輩達の華麗《かれい》なる将来設計是非《ぜひ》お聞きしたいですっ！」

無意味にハードルを上げた円城寺に、「わかったよ」とまずは稲葉が応じた。

「アタシは理系だ。就職難だなんだと言われようが、理系ならある程度の大学で後は学部選択を間違えなければ就職に困ることはないからな」

「現実主義なところが稲葉さんっぽいですね」

「理系で学部選択を間違えなければ就職に困らない……メモメモ」

「ふん、現実を見てなにが悪い。……まあ、非現実的な理由もあるっちゃあるが」

「非現実的ってなんなの、稲葉っちゃん？」

青木が食いついて訊く。

「できると思っている訳ではないし、そのために特別努力するつもりもない。どうせ時間の無駄《むだ》になるだろうからな。だが、もし万が一、なにかきっかけやら機会が降ってきた時なにもできず諦《あきら》めないで済むよう、知識をつけておきたいんだよ」

タメを作って、稲葉はにやりと唇《くちびる》の端を吊り上げる。

「〈ふうせんかずら〉の謎《なぞ》を解き明かすための、な」

大胆不敵《だいたんふてき》に宣言する。

「あ、諦めた訳じゃなかったんだ……」

桐山が呆然《ぼうぜん》と声を漏らした。

「どんな自然災害だろうがそのメカニズムを説き明かそうとするのが人間だろ？『わからない』のがアタシは大嫌いだ。言っとくが学部の選択にその目的を勘案《かんあん》はしないぞ。どの学部にいったからあいつの現象に近づく、ってこともないだろうし」

『もうそこにあるどうしようもないもの』と思うしかない事柄《ことがら》でも、稲葉は『事態の完《かん》全掌握《ぜんしょうあく》』という己の信条を貫き通そうとしている。しかも向こう見ずではなく現実の問題もきっちり見つめた上で、だ。凄いな、と太一は色眼鏡なしに思う。

「ちょっと稲葉ん格好よくね⁉　この後発表する人の気持ちにもなってよ〜。比べられたらしょぼく見えるよ〜」

永瀬がはぁ〜と溜息《ためいき》を吐きながら額《ひたい》に手を当てる。

「あ、あのっ、では……伊織先輩は……どういう荘厳華麗《そうごんかれい》な将来を……？」

「厳しいっ！　全然手を緩《ゆる》めてくれない！　紫乃ちゃんは毒舌っていうかドSなのかな⁉　邪推《じゃすい》するわたしが悪者みたいじゃん……、……って……うっ、キラキラした純粋な目だ……」

と永瀬は胸を押さえて痛がるフリをしてから、仕方ないな〜と話し出す。

「最近ね、わたし、自分のやりたいこと……それが、ちょっとだけ見えてきてるんだ」

えへへ、と永瀬ははにかんだ。

「その場合文系でも理系でもアリなんだよね〜。それ用の学部って手もあるけど」

「もったいぶられると気になりますね」と千尋。

「でもまだ公開は先だっ！　ヒントだけ言うと子供関係かな。もうちっと固まったらちゃんと発表するからお楽しみにっ！」

「微妙にってか普通に逃げてないか？」

稲葉がさらりと一言。

「誤魔化《ごまか》せそうだったのに！　やっぱり一番厳しいのは稲葉んだ〜！」

永瀬の発言に、太一は驚いていた。

自分の好きなものがわからない、自分がどうしたいのかさえわからない。そう言い続けてきた迷える少女が、自分のやりたいことに向かって進もうとしている。悩みを乗り越え歩み出しているとはわかっていたが、ここまで来ているとは知らなかった。

不意に目が合って、永瀬が向日葵《ひまわり》のような明るい笑みを見せた。太一も黙って頷《うなず》く。

——ありがとう。と聞こえた気がした。

「みんなが決意を固めている……。あたし迷ってるのに〜。置いてかないで〜」

桐山が小柄《こがら》な体をばたばたと動かす。

「なんで？　唯ってスポーツ推薦《すいせん》取れそうとか話あったじゃん」

永瀬が言う。

「次の大会で結果残せたらね。だけど迷ってるんだー。空手は高校で終わりかなって」

「もったいなくないか。才能の塊《かたまり》だろお前」

今度は稲葉が言う。

「塊……かなぁ。でも将来は世の中の役に立つ人になりたいから、ね。空手が役に立たないって訳じゃないけど、身体的に強いだけじゃダメでしょ？」

桐山は適性《てきせい》がある云々《うんぬん》より、なりたいものを目指すと語る。

「……〈ふうせんかずら〉は特殊な例だけど、あいつを見てて、世の中には理不尽《りふじん》なことに見舞われている人がたくさんいると思ったんだ。あたしは、そういう人達を守ってあげたいの！　……ある意味、世の悪を正したいんだから、警察官とかかな！」

弾《はじ》ける笑顔の少女は、可愛らしいだけに映るかもしれない。でもしっかり向き合えば、その内に秘めたる体と心の強さに気づける。

「志《こころざし》は素晴らしいが、それですぐ警察官になるって発想は安直《あんちょく》だな」

稲葉は辛《から》い。

「く、詳しくはこれから考えるんだもんっ！」

「じゃあ文理選択はどうするの？　とりあえず文系？」

永瀬に尋ねられ、桐山は「ん〜、それはまだ保留中」と答えた。

「先輩達凄いです……。一年後わたしも同じようになれるのか……」

円城寺が感嘆《かんたん》しているその横で、太一も同様に唸《うな》っていた。

文研部二年女子三人のポテンシャルは相当高い。この三人が本気を出せばなにかとんでもないことを成し遂げそうな、恐れにも似た期待感を覚える。

「で、男子二人はどうなんだい？　まずは〜……太一だっ！」

びっ、と永瀬に指を差される。

「俺は――」

反射的に口を開きかけて、言葉を発そうと開きかけて。

己の内から湧《わ》き出るものが皆無だと、気づく。

沈黙《ちんもく》する。為《な》す術《すべ》もなく。

「どうしたの？」

桐山が不思議そうに尋ねる。

黙りこくって動けなくなる。

「おい、太一……？」

稲葉にも声をかけられ、はっ、と我に返る。

全員の視線が自分に集中している。

頬《ほお》が熱くなる。赤くなっていないだろうか。全身に汗が滲《にじ》むのを感じる。

「いや……俺はまだ、全然、考えられてなくて。……本当に白紙なんだ、今から、考えないと、って思ってる」

「別に隠さなくても」

「違うよ千尋君。太一先輩クラスになると、たくさん選択肢《せんたくし》があり過ぎて迷っちゃうんだよ。声優とかナレーターとかアナウンサーとかわたしを毎朝甘い声で起こす係とか」

「本当は全体につっこむべきなんだろうが一つだけな。最後、職業ですらねえよ」

「あ……つ、つい願望がっ!?」

「なに人の彼氏で勝手に妄想してるんだ紫乃。……しかしモーニングコールか……是非検討してみよう……もちろん聞いていいのはアタシだけだが」

「い、稲葉先輩！　一度でいいのでそれを録音して聞かせてくださいっ！」

「……声に関するアグレッシブさは本気で凄いな円城寺」

千尋が呆れていた。

一年生二人と稲葉が話し出してくれたので、太一から注目が逸れた。ほっとする。

――なにを、ほっとしているんだ。

「むーん、まいっか。じゃ、青木は？」

永瀬が青木に話を振る。

「……オレはっ……」

言って、詰まる。タメを作っている訳ではなさそうだ。青木が躊躇《ためら》うのは、珍しい。

「…………もういっそ社長かな！　起業《きぎょう》して社長になるのさ！　大学行くの無理かもしれないし、なら働いちゃえってね！」

「バカだから大学には行けないの……？　可哀想……。偏差値《へんさち》の低いところなら、あんただって仮にもこの学校に入れたんだからなんとかなるでしょ……？」

「ガチで憐《あわ》れまないでよ唯！　バカなのは関係ないって！　……あ、や、やっぱ関係ある方向で……」

「なにを言ってるんだお前は、バカか？」

稲葉が冷たく言う。

「いやいやそうじゃなくてさぁ」

と、否定を入れたのは、青木ではなく永瀬だった。

「って、割り込むのはなしの方向？」

永瀬が青木に向けてなにかを確認する。二人が見つめ合い、妙な間ができる。

「なしの…………いやもう……ありの方向だっ！　隠そうが隠すまいが関係ないしっ」

「え……マジ？　わたし言えって勧《すす》めた訳じゃないよ？　確認というか……」

「わかってるよ伊織ちゃん。オレがそうしようと、思ったんだ」

「どうしたんだ？　なにかあるのか？」

二人が互いにしかわからない相談をするので、太一は尋ねた。

「まあまあ、なんだ今から言うさ。さらーっと聞いてくれたらいいんだけど」

前置きした上で、青木は続けて話す。

「実はちょっとトラブルがあって……親父《おやじ》が会社辞めさせられそうなんだ。ちょうど会社がリストラ要員を探してた時に、まー、やらかしたらしくてさ。本人は『やってない』って言ってるしオレ達も信じてるけど」

言葉の端々《はしばし》に、深刻《しんこく》な雰囲気が漂《ただよ》っている。

「『やってない』……って？」

桐山はとても心配そうな表情だ。

「んー……それはちょっと勘弁《かんべん》。ってか唯が不安そうにならなくても、大丈夫だって」

「あ……ごめん」

どう反応していいかわからないようで、桐山は俯《うつむ》いてしまう。

いやいや謝んないでよ、と青木は苦笑する。

「姉ちゃんも働いてるけど家のローンとか考えると、経済的な問題が、さ」

「でも今は……奨学金《しょうがくきん》とかあるだろうから」

太一は思いついて言う。

「んー、進学の費用はなんとかなるだろうけど、そうすると姉ちゃんが家を出て行けなくなるし。あ、姉ちゃん二十四でさ、責任感強いから、そういう状況ならオレが大学出るまではずっと家にいるとか言い出すんだよ。せっかく最近いい人と出会ったとか言ってたのにさー」

「……思いの外と言っていいかはわからないが、……マジな理由だな」

稲葉も神妙《しんみょう》な面持《おもも》ちだ。

「重くならない重くならない！　死ぬ訳でもないし。ま、家族は『なんとしてでも大学には入れる』って言ってるし、なんとかなるっしょ！」

青木は笑ってみせる。でもその笑顔に、陰《かげ》りが全く見えないかと言ったら、嘘《うそ》だった。

付き合いが長いからわかってしまう。青木は、ダメージを受けている。

現実的問題は、時に非現実的問題よりも、重くのしかかる。

だって自分達が生き続ける必要があるのは、現実なのだ。

「わたし偶然、青木と先生が話しているの立ち聞きしちゃって……」

永瀬が気まずそうに話す横で、桐山が顔を上げる。

「な、なにかできることがあったら言ってね！　ホント……言ってね！」

「サンキュ。じゃあ唯に頼っちゃうかもな！」

青木が笑顔を作るのに釣《つ》られ、桐山も表情を柔らかくした。

だけどすぐ桐山は暗い顔になって俯く。同時になにかぼそぼそと呟いた。

誰にもちゃんと届かなかったであろう小さな声だったが、太一は真正面にいたため口の動きを読み取ることができた。

――そんな状況にいるんじゃ……今告白して決着とか……できないよね。

□■□■□

太一は部活の帰りに稲葉と二人でカフェに寄った。

デート、と言うほどでもないが、時折太一と稲葉は部活終わりに二人の時間を作っている（二人で連れ立って皆と別れる際、永瀬から冷やかされるのは言うまでもない）。

「つん」

二人向かい合って座っていると、稲葉が脈絡《みゃくらく》もなく太一の頬をつついてきた。

「どうした？」

「つんつん」

うにうにと稲葉は人差し指で太一の頬をまた押す。

「だから」「つん」「なあ」「つんつん」「おい」「……つん？」

指を太一の頬に押しつけたまま、無垢《むく》な顔で稲葉が首を傾《かし》げる。

それはまるで赤ん坊が親に甘えるようで…………超可愛かった。

「い、稲葉……そういうの、なんか心臓にくる」

「ハートを打ち抜いてやったのさ」

今度は手で銃の形を作り、可愛さと格好よさが絶妙《ぜつみょう》に混ざり合ったウインクを決める。

「がはっ⁉」

撃たれたフリでもなく単純に心臓をやられて太一は胸を押さえた。

なんだ……凄い破壊力だぞこれは……。

「ふむ、今日のデレはこれくらいにしておくか」

「おい、夢から覚めることを言うなよ」

自分で出力を調整してデレるとかやめてくれ。

「ところでお前、本当に全く白紙なのか？　進路」

今日話題になった進路の話が、再び持ち上がる。

「ああ……。まだ……二カ月近くあるし、さ」

太一は歯切れの悪さを誤魔化すために、ミルクティーを啜《すす》る。

「文理選択すらも？」

「……おう」

「もう二年の秋なんだから、ある程度考えがあってもよさそうなんだがな」

最近、稲葉は太一にも多少手厳しくなっていた。

甘々の稲葉に慣れ過ぎたせいで、怒られているような気持ちになる。……が、確かに怒られても仕方ない。

青木みたいに選択肢を狭《せば》められている訳でもないのに、稲葉達のようにしっかり未来を見据えられず、将来を迷う段階にすら立てていない。

思えば高校受験の時も、将来なりたいものをちゃんと考えていなかった気がする。

「お前は多少優柔不断《ゆうじゅうふだん》なとこもあるからな。それは、優しさでもあるし」

優柔不断、優しさ、そんな甘い言葉で捉《とら》えてよいのだろうか。

「優しいからお前は……」

不意に影が稲葉の顔に走った。光を寄せ付けないくらい暗くて、でもそれはすぐ消え去り、稲葉は明るい顔になった。

「ゆっくり悩めよ、若造《わかぞう》」

「同い年だろ」

ふふふ、とおおらかに笑い、艶々《つやつや》したセミロングの髪が揺れる。

とても大人っぽい姿だ。当然、か。まだと言えばまだだが、もうすぐと言えばもうすぐ、自分達は大人になる。

進路。将来。仕事。夢。人生。

大き過ぎて全貌《ぜんぼう》の見えないそれらに、太一はぐうっと体が圧迫されるのを感じる。

進むべき道と言われても、太一に思い浮かぶものはなにもない。

ぼんやりとした不安に飲み込まれそうになって、慌てて息を吐き息苦しさから逃れる。

「まあ、なんとかなるさ」

稲葉の言葉に酷《ひど》く安心し、なんとかなるかと、今は楽観的《らっかんてき》に捉えておこうと決めた。

二章　これで最後だと宣告されて始まった話

「……皆さん今までお疲れ様でした……。……これで最後です」

八重《やえ》樫《がし》太一《たいち》を含め二年生五人だけの、放課後の文研部《ぶんけんぶ》部室。一年生二人は用事で欠席。そのタイミングを見計らったかのように――たぶん見計らっているのだろうが――、そいつは現れ、そして言った。進路調査票《しんろちょうさひょう》が配られた翌々日の、部室である。

「……え、なん、て？」

永瀬《ながせ》伊織《いおり》が聞き返す。

「……皆さんお疲れ様でしたと……」

「違《ちげ》えよ、その後だ！」

稲葉《いなば》姫子《ひめこ》が叫ぶ。

「ああ……これで最後です、と言いましたかねぇ……ああ、そうですねぇ……」

ふざけた口調は相変わらず、気怠《けだる》げな態度も毎度の如《ごと》く。人外の雰囲気を漂《ただよ》わせる、山星高校物理教師《やまぼしこうこうぶつりきょうし》、後藤龍善《ごとうりゅうぜん》。しかし後藤の外見ではあるが、今は後藤と呼ぶべき存在ではない。その中にいる、そいつが自称する名は。


〈ふうせんかずら〉。

文研部に目をつけ幾度《いくど》となく怪現象を引き起こしてきた、『なにか』だ。

「ちょっと、最後って……！」

「最後は……最後としか言いようがないと思うんですけど……桐山《きりやま》さん……」

だからなにが最後よ……、と震える桐山唯《ゆい》の横で、その桐山を守るように青木義文《あおきよしふみ》が身を乗り出した。

「お前みたいな嘘《うそ》つき適当野郎の言葉を誰が信じられるんだよっ！」

「いやいや青木さん……僕がなにかの説明で嘘ついたことありましたか……？　重要な話を言わなかったり……、適当に誤魔化《ごまか》したりしましたけど……。……嘘って、案外ついてない……ああ……すいません……やっぱり結構ついてましたね……。特に初め」

「またふざけた言葉で惑《まど》わせる気か……？」

警戒しながら太一も声を発する。前回現象を起こした時には、〈ふうせんかずら〉は一年生にしか接触《せっしょく》しなかった。その前の現象以来となるから、太一達が〈ふうせんかずら〉と対峙《たいじ》するのは半年近くぶりだ。

感慨《かんがい》などない。

あるのは呼び起こされる様々な記憶と、それに伴う、嫌悪感《けんおかん》。

意識しないように、割り切って今は忘れるように、そう心がけていたって、この半眼《はんがん》と撫《な》で肩と、なにより漂う生気のなさを見てしまえば、無理だ。否応なく込み上げる。

「落ち着け、一旦」

静かに言って、稲葉は息を吐《は》いた。自身も熱を帯びながら冷静であろうとする稲葉の意図を、太一は汲《く》み取った。他の皆も同じようにしたらしい。顔を見合わせて、四人は主導権を稲葉に預ける。もちろん、いつでも助けられるよう身構えた上で。

「……で、なんでまた急に最後だって？」

「ああ……いえ単純に……僕がやれることはもうおしまいになったので……」

「『僕が』ってことは、他の奴……例えば〈二番目〉はまた来るかも、ってか」

「……その可能性は……ないです……。……たぶん」

思わず、といった感じで永瀬が口を挟《はさ》む。

「やっぱり『たぶん』じゃん！」

「いえいえ信頼して欲しいですねぇ……。永瀬さんは……まあ色々あって無理かもしれませんが……。……皆さんには頑張って頂いたと……思ってるんです。……だから今度のこれは……そう……ボーナスステージですよ……」

「ボーナスとほざきながら、クソみたいなことには変わりないんだろうが」

「なんにも要《い》らないから関わらないでよっ！」

稲葉に続き、桐山も大きな声で突っぱねる。

舌打ちをしてから稲葉が問う。

「……よう、いつもみたいに、もう現象は始まってるのか？　変なことが起きたってのは、まだアタシ達の中じゃ認識《にんしき》されてないぞ？」

「まさか……また一年生の二人に」

太一が恐ろしい事態に身を震わせて呟《つぶや》く。

「……いやいや……まだ始めてないですよ稲葉さん……八重樫さん……」

にやりと、どこか愉快《ゆかい》そうに〈ふうせんかずら〉は唇《くちびる》の端を吊り上げた。

愉快そうに——そう、いつも得体が知れないのに今日は感情が透《す》けている。

「……今から始めるんですよ……」

宣言をしてから、始める。今まではなかったことだ。

少しずつやることを変え続け、自《みずか》らも微量に変わり続けてきた〈ふうせんかずら〉。

その変化量が一定を超えて、新たな『なにか』を生み出してしまった予感が、あった。

「ちなみに……皆さんには……なにも起こりません」

「……はぁ？　起こらないんだったら、テメエはなにしにきたんだよ？」

稲葉が全く理解できない、という声を出す。

「ああ……ですから……ボーナスステージの提供に……。……ていうかそろそろ付き合うの……しんどくなってきたので説明しますよ……？」

「相変わらずの傍若無人《ぼうじゃくぶじん》ぶりだな、クソが」

椅子に座っている太一達五人と、扉側に立つ〈ふうせんかずら〉。距離はわずか数メートル。しかしその断絶《だんぜつ》は果てしなく決して埋まらない。さながら天界と、地上の如く。

「まあ今回は……皆さんが、他人の願いを……願望《がんぼう》を……夢のような状態で見る……って感じですかねぇ……」

「他人の願望を……夢のような状態で？」

永瀬がオウム返しする。

「はい願望を夢で……ああ……もうひとくくりにして呼んじゃいましょうか……。つまりは『夢』を見られるんですよ……。願望という名の『夢』を……。将来の夢から……ちょっとなにかしたいだけの小さな日常の願いも……、まあ夢と呼んじゃって……」

丁寧《ていねい》な説明のようで、横柄《おうへい》さが見え隠れする。慇懃無礼《いんぎんぶれい》とはこのことか。

「まあその……他の人が未来に対して願っている、望んでいる『夢』の映像を……ランダムに見せてあげようじゃないかという……。ああ……付随《ふずい》して音声も聞こえますかね……？　皆さんが寝ている時に見る夢に似た形式で……ね」

「願望という名の『夢』を睡眠中の夢のように見る……。『感情伝導』と少し近い……か？　前は『感情』を『感じる』だったが、今回は『夢の映像』が『見える』……と」

早速稲葉が分析《ぶんせき》する。拒否の態度をとりつつも、情報を冷静に咀嚼《そしゃく》するのは忘れない。

「ちなみにその『夢』は、将来の夢から日々のちょっとした願いもその範疇に含んでいる、と。しかしお前、今更アタシらの中で『感情伝導』の二番煎《にばんせん》じやったたって、なにが起こるとも思えないぞ？」

「稲葉んの言う通りだ！　んなもんに負けるほどもうわたし達はやわじゃない！」

「……ああ……違いますよ。そこをはっきり言うべきでしたねぇ……。だから──」

──見えるのは……『他の人』の、です。皆さん同士のものは……見えません。

──ああ……『他の人』って言っても……この学校内の人、ですけど。


「え……そ、それって……嘘……ホントに……」

桐山が、声を漏らしながら片腕で自分の体を抱く。

太一も徐々《じょじょ》に思考が追いつき、頭で展開されていく全容《ぜんよう》に恐《おそ》れ戦《おのの》いた。

「……皆さん以外の……学校にいる全ての人間の『夢』を見られるんです……」

ああ……後宇和《うわ》さんと円城寺《えんじょうじ》さんの『夢』も見られません……。一度こちらに関わったので……ってこの説明は要りませんねぇ……ああ……やめましょう──そんな風に真剣みに甚《はなは》だしくかける調子で、〈ふうせんかずら〉は説明を続けた。

誰かが未来に対して願っている、望んでいる事柄の『映像』を、太一達五人はランダムに見ることができる。『映像』が基本になるが、付随して『音声』も聞こえる。

それは突然頭に浮かぶようにやってくる。現象だということや、ある程度の情報は始まればなんとなくわかる。

内容は直近のこともあれば長期的なこともあるが、多くのケースはその人が今気にしている、強く思っていることを『夢』に見る。

『夢』を見る側は文研部の二年生五人で、『夢』を見られる側の人間は、文研部の二年生五人と千尋《ちひろ》・円城寺の文研部一年生を除く、私立山星高校の人間全員。教師はどうなんだと尋ねると「ああ……たぶん入ってるんじゃないですかね……？」と曖昧《あいまい》に言っていた。

一度に複数人が同じ『夢』を見る場合もある。どのタイミングで誰のなんの『夢』を見るかはランダムだが、近くにいる人間の『夢』を見るケースが多い。また太一達が見たいと思う、もしくはその人物に関連することを考えているとその人物の『夢』を見やすくなる、……かもしれない。

「……で、だいたい説明できたかなと……。おわかりの通り……皆さんを害するものはなにもないですよね……？　まさしくボーナスステージ……ああ……素晴《すば》らしい」

確かに〈ふうせんかずら〉の言う通り、一見太一達に害はない。だが文研部以外の人間を巻き込む、という形式に、まだ太一は戸惑《とまど》っている。

「この『力』は……どう使って頂いても結構です……。最後ですから……僕もなるべく近くで見させて貰《もら》おうと思いますが……」

「なるべく近く、ってのは？」

太一は尋ねる。

「なるべく近く……です……。……最後ですからねぇ……」

また『最後』を強調する。ここまでくると、はったりとも思えなくなる。

「使いようによっては色々……素晴らしいこともできるんじゃないでしょうか……。今回は特に『面白くなる』ことも……気にしないでいいので……」

面白くならなくてもいい？　それが〈ふうせんかずら〉の目的ではなかったのか。

「皆さんのお気に召したら……もっと大勢の『夢』を見られるようにしようかなぁと検討中ですよ……。これは『面白い』ものを見せて頂いた僕からの……ある種……感謝の気持ちですから」

大仰《おおぎょう》に、しかしだらりゆるりと、〈ふうせんかずら〉は両腕を広げて見せた。

怒りが込み上げるでもなく恐怖するでもなく、ただ太一は不気味さを感じた。

最後だと言う。自分達を困らせる気はないらしい。自分達以外にまで怪現象が広がる。

他の皆も、反応に困るように中途半端な表情をしていた。……いや、一人だけ。

稲葉姫子だけは腕を組み、背筋をピンと伸ばして顎《あご》を上げ、座りながら相手を見下す格好だった。

そうだ、いつも皆がまだ混乱している状況でも、稲葉だけは一歩先を行ってくれる。

頼ってばかりで申し訳ないが、ここは稲葉に託《たく》す。

「あ、そっ」

一蹴《いっしゅう》。

稲葉はにべもなく鼻で笑った。どういう意味だ？

〈ふうせんかずら〉と稲葉の両者が、睨《にら》み合う。

稲葉は余裕を、崩さない。

「おっと、一つだけ確認だ。『夢』を見られたってことに、『夢』を見られる側の、つまりはアタシ達以外の学校の人間は気づくのか？」

「……いえ……気づきませんけど……」

「だよなぁ。そうなったら、そいつらにも説明して口止めして大変だもんなぁ」

稲葉は勝ち誇《ほこ》ったように、話す。

「……随分《ずいぶん》楽しそうな顔ですねぇ……稲葉さん」

その稲葉を見て、〈ふうせんかずら〉はなにを思うか。

「お前の間抜けさに同情しているだけだ。まさかこんな簡単な答えがある問題を出すとはな」

「……はぁ……早速気づくとは流石《さすが》稲葉さんというところですが……。……しかし……僕がそれをわかってないとでも……？」

「負け惜《お》しみか」

「……どうでしょうねぇ……」

再び〈ふうせんかずら〉と稲葉は押し黙って視線をぶつけ合う。

太一の理解の一段上で、熾烈《しれつ》な戦いが繰り広げられている。

先に目線を逸《そ》らしたのは〈ふうせんかずら〉だった。やる気のなさそうな目で、稲葉以外の面々に視線を巡らす。

「まぁ……稲葉さんがそこまでわかってるのなら……もう行きましょうか……」

己が上位にいる姿勢を崩さない〈ふうせんかずら〉に、稲葉がむっと顔をしかめる。

後藤に乗り移った〈ふうせんかずら〉は、背を向けることを厭《いと》わずに反転し、扉に手をかける。

「……おい、ちなみに終わりはいつだ？」

稲葉の問いに〈ふうせんかずら〉は、

「……さぁ？　では近いうちに……お会いしましょう……」

そう言い残して、去った。


〈ふうせんかずら〉が過ぎ去った後の部室。

「……さ、最後って本当なのかしら？」

桐山がまず言って、永瀬が応じる。

「信じられないけど……今更、そんな嘘つく意味もないと思うし……」

「え、マジ？　じゃあ、わ～いって喜ぶ系？　つってもまだ最後のが残ってるけど」

青木も困惑を隠せていない。

「他人の『夢』を見る……か。……この現象、名付けるなら、なんだろうな」

受け入れるしかないとわかっているから、太一は口にした。

室内に俯《うつむ》いている人間はいない。全員がしっかりと、前を向いている。

それがこの数奇《すうき》なる一年間で太一達が手に入れた、強さだ。

ふん、と鼻を鳴らした後稲葉が口を開く。

「名称《めいしょう》なぁ……。誰かの『夢』を……『夢』の中をこちらが一方的に見る……勝手に見る……透視《とうし》……。ああ、『夢中《むちゅう》透視』、ってところか？」

「……『夢中透視』、か。他の人を巻き込むのは……危険だよね」

桐山が呟《つぶや》き、青木も続く。

「五人でもなく七人でもなく学校全体って……何人いると思ってるんだよ。スケールが拡大し過ぎてて……」

「今まで以上の慎重《しんちょう》さが求められるよな、絶対」と太一も意見する。

全員戦う気力は持っているが、重い空気は隠せなかった。

数百人規模の現象とはいったいいかほどのものなのか。想像しただけでも、震える。

「他人の命運《めいうん》も握ってるだけ重大だと思うけど……それを乗り越えるためにも、対策を話し合い、ますかっ」

重く停滞《ていたい》した空気を紛《まぎ》らわすように、永瀬が一段明るい声で提案する。

「いや、必要ない」

稲葉があっさり止める。

「よーしって……え？　えええ？　必要ないの？　ホワイ？」

　青木ががくっと体を折る。

「ボーナステージ、その奴の言葉は、正しい。お前らわかってないのか？」

「ええと……さっぱりなんだが」

　正直に太一は述べる。

「この現象は起こったとしても、始まらないんだ」

　とんとん、と稲葉が指先で机を叩く。

「今回現象が起こったとしよう、アタシ達は自分達以外の『夢』を……まあ心の中を知る。でも、相手は見られたとわかっていない。つまり、だ」

　稲葉は力強い意志を瞳《ひとみ》に宿して、言う。

「見て見ぬフリをすれば、なにも起こっていないのと一緒なんだ」

「えと……現象を……無視、するの？」

　桐山が問いかける。

「そう、今回は条件が違うんだ。今まではアタシ達の中で起こり、それを互いに認知する状況だった。だから無視する訳にはいかなかった。でも今回の『夢中透視』は？　一方的に知るだけだ。その時点でなにか問題が発生しているか？　いや、いない」

　饒舌《じょうぜつ》に稲葉は語る。少し、饒舌過ぎるくらいに。

「まあ、アタシ達が余計な想いを知って、他人とやりにくくなる時はあるだろう。それは我慢《がまん》だ。逆に言えばその我慢だけでいいんだ」

一息つく間もなく、続ける。

「やってもやらなくてもいい、その意味じゃまさしく、本来存在しないボーナスステージだ。『夢中透視』だなんて名前をつける必要もなかったな」

正しい。正しい理論《りろん》に思える。ロジックにおかしな点はゼロだ。しかし、少し稲葉は。

「だってアタシ達がとる選択肢は決まっているだろう？」

急ぎ過ぎてはいないか——。

「つまりなにも、しない。この現象による物語を始めない」

「ちょ、ちょい待ちなさいな稲葉ん。んな速攻で結論出さなくても」

永瀬も太一と同じ懸念《けねん》を抱いたらしい。

「いいや決まっている。だってお前、この異常現象に誰かを巻き込む、そんな選択肢をとるって結論になるか？　嫌になるほどこの現象を体験したアタシらが？」

「……や、それだけは避けてきたね。わたし達」

「アタシ達が現象で知ったことを受けて行動すれば、そのルールを犯《おか》すと同義だ。現象がなければ起こらなかった出来事を、発生させるんだからな。ついてこれてるか唯？」

青木は無理だろうからいいや」

「う……。ええ。意味は、なんとか」

「酷《ひど》い⁉　でも否定できない⁉」

「でもさ稲葉」と太一は割り込む。一旦落ち着いて皆で話し合いたかった。

「例えばこの『夢中透視』で……まあ、まだ始まってないからどんなものかよくわからないが……もの凄い危機を知った時、それでも無視するのか?」

「未来予知ではないし、そんなパターンには陥《おちい》らないと思うが、もしなったら――」

冷静な、冷徹《れいてつ》な視線を稲葉は太一に向ける。こんな目を向けられるのはいつ以来だろうか。少なくとも、彼氏彼女になってからは、なかったように思う。

「それでも、無視する」

「えっ? 流石に、もの凄いピンチは別じゃない?」

桐山がとっさに意見する。

「んなの言い出したらキリがねえよ。本来あり得ないんだ、それを使って行動して、なにかが変わるってのは、あるべき運命を変えるってことじゃないか?」

そこまで言われてしまえば、もう誰も、反論できなくなる。

だからアタシの指示は最初で最後たった一つだけだ、そう前置きして稲葉は一言。

「なにもするな」

□■□■□

その後いくらか意見交換した後、解散となった。

稲葉が他のメンバーを待たずさっさと部室を出る。

「おい、稲葉っ。……悪い、先に行く」

残った三人に声をかけてから、太一は慌てて後を追った。

一度くらい現象が起こるのを待った方がいいのではないか、という意見を振り切って解散宣言したのも稲葉だった。

ほぼ走っているんじゃないかというスピードの稲葉を、部室棟《ぶしつとう》から出たところでやっと捕まえる。

「なあっ、なに急いでるんだよ稲葉」

肩を摑《つか》んで、多少強引に振り返らせる。

あ、と声を上げそうになった。

振り向いた稲葉の瞳が、潤《うる》んで、光っている。

守ってあげなければと、本能的に思った。

「あいつがきて、不安……だったんだよな」

「ちゃんと……ちゃんとできてたかっ」

稲葉が縋《すが》るように太一の制服をぎゅっと握《にぎ》る。

太一はその稲葉の手に、自分の手を重ねた。

「ちゃんとやれてたさ。俺なんかじゃ、ああまでとっさに頭が回らない。稲葉はこの現象の肝《きも》を一瞬で見破って……とにかく、凄かったよ」

久しぶりの遭遇だった。稲葉は元来心配性でもある。けれども先を読めているのが己しかいないから、先頭に立たなければならない。それが稲葉には負担であり、不安になったのだ。

「ロジックに問題はないはずなんだ……。でも〈ふうせんかずら〉は、それも想定内だって態度をとるし……。なにか見落としが……」

「稲葉は十分やってくれたよ。たとえ見落としがあったって、稲葉で無理なんだから仕方がない。後はみんなで、なんとかしよう」

「けどアタシは最近弱くなって……」

「弱くなった？　すっげー強いと思うぞ」

ネガティブになる稲葉を元気づけようと、太一は笑顔で語りかける。

「違うっ！　アタシはお前と付き合ってから弱く――」

叫びかけて、稲葉は目を見開いて止まった。それから太一に体をよせ、胸に顔を埋《う》めてくる。

「すまん。いきなり奴《やつ》が現れるもんだから、気が立って変な感じに、なった。許せ」

「おう、許す」

体に触《ふ》れようとしたら、稲葉はすぐに太一から離れていった。

「ふふっ、なんだこのやり取り」

稲葉は強がりの笑みを浮かべる。しっかり己を立て直そうとする稲葉も見ていて誇《ほこ》らしかったけれど、甘えてくれないのはちょっと寂しかった。

稲葉がくるりと太一に背を向け、歩き始める。自分に言い聞かすようにして話す。

「そう、大丈夫だ。奴の言った条件に嘘がないなら、問題が発生するはずがない」

太一も横に並び、稲葉の言う通り心配ないさと声をかけ――。

「……なにがあったって、なにもせず見逃せばいいんだ」

なにもせず、見逃す。

なにがあったって、見逃す。

それはつまり、見捨てる？

まだ実際に現象が起こってないから状況を把握《はあく》できてなくて、先ほどの稲葉の提案は、話半分に捉えていた。

だけど考えてみれば、稲葉が指示したことは、自分達がやろうとしていることは。

「できるだろう、太一？」

問いかけた稲葉。しかし太一は、その稲葉の横にいない。太一は稲葉の後ろ姿を見つめている。

「……ん？　……太一？」

太一が足を止めていることに気づいて、稲葉が立ち止まった。

はっ、として太一は前へ踏み出す。早足でまた稲葉の隣に並ぶ。と、独《ひと》り言《ごと》かどうか判断に迷う口調でぽつりと、稲葉は囁《ささや》いた。

「アタシは……正しい、よな？」

正しいと即答もせず、どういうことだと尋ねることもできず、太一は、黙っていた。

□■□■□

太一は一人通学路を歩きながら、そわそわと落ち着かない気分だった。

〈ふうせんかずら〉の現象が……『夢中透視』がいつ起こるともわからないのだ。異変を感じたらメールし合うと決めているが、まだ誰からも連絡はない。

角を曲がると、もう自宅だ。太一は少し安心する。道端《みちばた》で発生するのに比べたら、家の方が大分心配は減る。

「はっ……ふぅ……あれ？」

視界の端で誰かが立ち止まって声を発した。何気なく太一は目線を移す。

上下長袖《ながそで》の白いジャージ姿、おでこを出し後ろを纏《まと》め上げたヘアスタイルの、見覚えのある女子だった。

「え、藤島《ふじしま》？　なにしてるんだ？」

愛の伝道師《でんどうし》と崇《あが》められつつも二年で学級委員長選挙に敗戦、失意の中で野に下《くだ》るも、地道に復活への道を進む、藤島麻衣子《まいこ》ではないか。

トレードマークのいつものメガネには、スポーツ用の滑り止めが取り付けられていた。

「なにって、見てわからない？　ランニング中よ」

藤島は首にかけていたタオルで汗を拭《ぬぐ》う。

「なんで……って、体を鍛えるためか。藤島の家、ここから距離あるよな？」

「ああ、今日は結構走っちゃったわね。わたし毎度違うルートで走るから……と、八重樫君とお喋《しゃべ》りに興《きょう》じたいところだけど、もう行っていいかしら？」

藤島は腕を構えて、足をもぞっと動かす。

「悪い、邪魔したな。また学校で」

トレーニング中に足止めしては迷惑だろう。

「そっ、それじゃ！」

幾分《いくぶん》慌てた様子で、藤島が太一の横を通り駆けていく。頑張っているなぁ、と思いながら太一は歩き出す――。

視界が、揺れた。

二重に見える。二重に聞こえる。奇妙な世界、今まで体験したことのない世界。飲み込まれる。

【藤島がいる。目の前に扉。藤島は乱暴に開き、その中に駆け込む。扉にはＴＯＩＬＥＴの文字。個室に入ると同時に穿いているものを取り払う。そして――】

「な、なんだ今の？　……う」

我知らず太一は声を出し、目眩《めまい》を感じて額《ひたい》を押さえた。

急に生々しい映像が頭で再生された。音声まで聞こえた。忽然《こつぜん》と現れた、白昼夢《はくちゅうむ》だ。

どれだけの時間白昼夢に囚《とら》われていたのか、一瞬だとは思う。今自分の目に映るのは先ほどと変わらない光景《こうけい》だ。でも頭の中は、突然浮かんで消えた光景に支配されていた。

既にその白昼夢は過ぎ去っているのだけれど、目蓋《まぶた》にははっきりと映像が、そして耳には音声が記録されている。……とは言っても、『特定の』部分や詳細な部分は、白くぼんやりしているところも多いが。

妄想、した訳ではない。

妄想であるはずがない。

奇妙な感覚だ。浮かんだ、と言うより、無理矢理別のディスクを挿入《そうにゅう》され、再生ボタンを押されて映像を見せられたよう、とでも表現すべきだろう。

これは、絶対に普通ではあり得ない。考えられない。

でも太一には思い当たる……思い当たり過ぎる節があった。

おそらく今のが、〈ふうせんかずら〉による、『夢中透視』だ。

太一は振り返る、よろよろと走る藤島はまだ視界に収まった。

今回は願望という名の『夢』が見えると〈ふうせんかずら〉は言う。他の人が願っている、将来のことから日々のちょっとしたことまでをも含む『夢』。じゃあ今のは。

藤島の足取りはおぼつかない。ただ疲れているだけに見えるが……。もしかして。

「ふ、藤島っ！」

太一は名を呼びながら小走りして距離を詰める。

振り向いた藤島の顔色は、蒼白《そうはく》だ。

「な、なにかしら？」

「………トイレに行きたかったりしないか？」


お茶を二つ用意した八重樫家の食卓《しょくたく》に太一は着いた。『夢中透視』が発現した瞬間は気持ち悪くなったが、気を揉《も》むほど長くは続かず、すぐ体調は戻った。

先ほどの出来事を振り返ってみる。

映像はちょうど、藤島の体を一メートル上空から眺めている形であった。まるで背後霊《はいごれい》のポジションである。視界の端の方や、それ以外のところでもぼんやりしている部分が多々あった。トイレ内の様子も子細《しさい》に映っていた訳ではない。霞《かすみ》のかかった映像は、寝ている際に見る夢に似ていた。個室に入ったにもかかわらず、急に視点が切り替わり扉の文字が見えた場面もあり、その都合のよい視点転換も、夢と一緒だ。

水を流す音が聞こえてきた。しばらくして、そろりそろりと藤島が姿を見せる。

「あ……あの……どうも、ありがとう……」

俯いた藤島は手を体の前でもじもじさせる。

珍しいことに、太一は藤島が恥《は》じらうシーンを目撃しているよう——。

「ま、住宅街に迷い込んだところで尿意を感じてしまったのよ。今にも膀胱《ぼうこう》が」

「なに詳細な説明をしてるんだよ。恥じらってるんじゃなかったのか」

相変わらずポイントがずれている奴だ。後、変わり身が早い。

「せっかく……と言うのも変だがお茶でも飲んで行けよ」

藤島はしばし静止した後、「好意を無駄にしてはいけないわよね」と席に着き、テーブルに置いていたタオルを再び首にかけた。

「そ……そうだわ。言い忘れたけど……で、できれば消臭剤を使わせて、貰いたいかなって、思うのだけれど……」

また俯いて恥ずかしそうに藤島はごにょごにょ言った。

「別に気にしなくても、臭いなんてすぐ消えるだろうし」

「そう、八重樫君が臭いフェチでよかったわ」

「だから恥じらってるのかいないのかどっちなんだよ。臭いフェチでもないぞ」

わざとかと思うほど感情が読めない。まさか意識的にこちらを幻惑《げんわく》しているのか。

「……ところで八重樫君。よく私がお手洗いに行きたいってわかったわね」

「え？」

唐突に言われ、太一は唾《つば》を飲み込む。

「ばれちゃうと恥ずかしいから、仕草には出していないつもりだったのだけれど」

そう言えば、稲葉の『なにもするな』という指示をいきなり破ってしまった。初めての現象発動かつ、とっさの出来事だったとはいえ迂闊《うかつ》だった。

「いや、足下が頼りなかったし……」

「だから、疲れているようには見せても、下半身を気にしている風には見せないで」

「か、顔色が悪かったし」

「私が通り過ぎてから、呼び止められた気が――」

「ただーいまー」

玄関《げんかん》から明るく元気のよい声が聞こえた。妹が帰ってきたらしい。会話が中断され、太一はほっと息をつく……待て。

この鉢《はち》合《あ》わせは、凄く面倒なことに、なりそうな気がする。

「あ、お兄ちゃん。玄関に見たことない運動靴《うんどうぐつ》あったんだけ……ど？」

くりくりした目はあどけなくて、ゆるゆるとウェーブのかかった髪はしっとりと大人っぽい。子供の無邪気《むじゃき》さを保ちつつも、同年代の子よりお姉さんな雰囲気は、将来美人になるだろうと想像できた。そんな小学六年生の妹が、ランドセルを背負ったまま部屋の入り口で固まり、やがて口を開く。

「えーと……？　どちら様？」

「これが噂《うわさ》の妹さん、かしら？　初めまして、こんにちは。藤島麻衣子です。八重樫君とは友……もとい、ライバ……いえ、ただならぬ関係です」

「早速やりやがったな！　クラスメイトでいいだろ！」

なぜぶっ込む。絶対わざとだろ。

「あ、ご丁寧にどうも。妹の八重樫莉奈《りな》です……ってただならぬ関係⁉　お兄ちゃん前の彼女さんは……まさかっ！　早速二人目っ、いや……ただならぬだから、体だけの関係……」

「おい、なにかろくでもない想像をしてそうだが藤島はただの——」

「あ、妹さん。あちらの方、使わせて貰いました。ありがとうございます」

言いながら藤島はトイレの方を指す。……ちなみにそちらには洗面所や浴室《よくしつ》もある。

「え……お風呂……？　はっ、よく見たら湿《しめ》っている髪……タオル……。つまり、シャワーを使って……つまりは事後で……！」

「おいっ、事後ってなんだ⁉　事故でも藤島とはそんな風にはならんぞっ！」

「あら上手いわね、八重樫君。事後と事故なんて」

「一旦黙ってくれ藤島！」

「お兄ちゃん……。こんなに手が早かったんだね……、意外に肉食系？　ヘタレだと思って油断してたよ……。早めに教えること教えとくべきだったかぁ〜。あちゃ〜」

「莉奈っ、お前は致命的な勘違いをしているっ！　そして兄になにを教えるつもりだったんだ⁉　小六だろ、小六っ！　お前こそ、まさかもうっ……！」

「ちょ、ちょっとお兄ちゃん、変な想像してない⁉　わたしは最低でも、今のお兄ちゃんくらいの年齢《ねんれい》までは……しないつもり、だよ？　早ければいいってものじゃないと思うんだ、そういうの」

「できた妹さんじゃない、八重樫君。節操《せっそう》のない兄とは違って」

「余計な一文を付け足すな藤島っ！」

「あ、でもキスは別かな」

「うあああああああああああああ」

「うわっ……叫びながら頭抱えてしゃがみ込む人なんてリアルにいるのね……」

「で、でもお兄ちゃん？　もう経験済みなんだったら、今度教えてね、そういう話。一応、男の人目線の実体験を聞いておきたいし……ちょっぴり恥ずかしい、けどっ」

「顔赤くしちゃって可愛い～！　健気《けなげ》に背伸びしてる感じがいいわね、もうっ！」

視界が揺れる。再び。脳に異物感。とっさに口を押さえる。

無理矢理、頭に映像が差し込まれる。

【藤島がいる。その前には太一の妹。妹は熱っぽい顔をしている。藤島が妹に近づき、服に手をかける。妹が目を瞑《つむ》って、身を委《ゆだ》ねる】

気持ち悪い、と思ったがそれも一瞬だった。すぐなんともないと気づき、口を覆った手を放す。白昼夢だ。自分の妄想？　いや、自分がそんな想像する訳ない。だから。

「うおおおおお、それは妄想でも許さんぞ藤島ああああああ！」

「お、お兄ちゃんの背後にオーラが⁉　怒りに燃えるオーラが⁉」

「妄想はセーフでしょ⁉　私達から妄想すら奪うなんて殺生な！　私だって実際には絶対……っていうか口に出してないのにわかるの⁉　エスパー⁉」

「……っ、お前の考えなんてすぐ想像つくんだよおおお！」

その後、諸々の誤解を弁明《べんめい》するのに三十分ほどかかった（そして思いっ切り稲葉の『無視しろ、なにもするな』令に背いたことを大いに反省した）。

＋＋＋

後藤龍善《ごとうりゅうぜん》の姿で職員室に向かおうとする〈ふうせんかずら〉。その脇《わき》を女子生徒が通り過ぎ——空気が変わる。

「……ねえ、〈ふうせんかずら〉」

ゆったりとして独特なリズムのある、どこかふわりと浮かび上がる声で女子生徒は呼びかける。とろんとした半開きの目は、本人の意識はなく、別のなにかに体が乗っ取られているようだ。

「……〈二番目〉……。また……ですか……」

「いいじゃん。……どうせ見るだけ。ダメ……じゃないでしょ？」

〈二番目〉――文研部に『時間退行』を引き起こした存在が言う。

「……嫌なんですけどねぇ……」

「……？　……やっぱりあなた、ヘンね。あなたが、一番面白い」

「いやいや……気に入られても困るんですけど……」

「ところで……。任務《にんむ》終了みたいだね。いいの？」

「……いいの、……とは？」

「ちょっと最後が、名残惜《なごりお》しそう……違う？　なんで？　おかしくない？」

ぴたりと〈ふうせんかずら〉は動かなくなって、通常より長めの間が空《あ》く。

「…………………さぁ？」

〈ふうせんかずら〉は答える。続ける。

「……どっちにしろ……これ以上できることはないですし……」

「ふうん……まあいいや。じゃあ……わたしも見てるから。よろしく？」

言い終わった瞬間、〈二番目〉が女子生徒の体を解放し、がくりと膝《ひざ》をついた。

「……はっ。……え？　……えっと？」

おかしな感覚があったことを気にしつつも、女子生徒はその場を立ち去っていく。

それを見届けてから、できる限り姿勢をよくした〈ふうせんかずら〉は、職員室へと向かう。

三章　恋のキューピッド

翌朝、文研部《ぶんけんぶ》二年生五人は部室に集合し、報告会を行った。

全員が一回以上は『夢中透視《むちゅうとうし》』を経験していた。それは同じクラスの人だったり、学年は違うが見知っている人だったり、全く知らない人のパターンもあった。更に太一《たいち》を含め何人かは現象が本物か確かめる真似《まね》をした、と正直に話した。

「テメエら……まあ、初めは仕方ない。で、どうだった？　気分が悪くなったりは？」

稲葉《いなば》の問いに永瀬《ながせ》が答える。

「はい、わたしちょっとくらっときたかも。ま、壁に手をつく程度だけど」

「あ、俺もなった。すぐ大丈夫だ、ってわかるくらいだが」

太一も続く。他の皆も似たり寄ったりの感想であった。

青木《あおき》が口を開く。

「つーか、見ず知らずの人が野球をやってる映像を見せられるのって……なんか反応に困る。将来野球選手にでもなりたいのかな？　あー、でも学校のグラウンドっぽかったから、普通に野球やりたいっていう――」

「黙《だま》れ青木。話終わるぞ」と稲葉は一方的に宣告して立ち上がる。

「え？　もう？　早くない？」

当然の疑問を桐山《きりやま》が呈《てい》する。

「『夢中透視』は想定した範囲内、他人の願望という名の『夢』を見る……ただそれだけだった。なら対策もなにも、必要がない」

「でも一応」と永瀬が言いかけるがそれも稲葉は遮《さえぎ》る。

「一応もクソもない。お前ら自身に問題は起こらなかったんだろ？　じゃあ、後は『夢』を見ても黙っていれば終《しま》いだ。青木、今みたいに内容をばらすのを慎《つつし》めよ。他人のプライバシー覗《のぞ》き見るってレベルじゃないんだから、一生胸にしまってろ」

「へ、へい。それは……了解だけど」

「よし。じゃあ教室――あ」

稲葉が足を踏み外してバランスを崩す。

「稲葉！」「稲葉ん!?」

皆がすぐに反応したが、稲葉は転ぶことなく自力で体勢を立て直した。

「稲葉ん体調が……」

「いや、違う。『夢中透視』がきやがっただけだ。急に映像差し込まれるから焦《あせ》るんだよな……。まあ後二、三回で慣れるだろ」

はぁ、と稲葉は溜息《ためいき》を吐く。

「つーかあいつは朝からなにを考え……と、言うなと指示しておいてアタシが喋りそうになってるじゃねえか」

自嘲《じちょう》気味に笑って稲葉は再び歩き出す。

「ちょ、ちょっと稲葉ん本当に体調悪いとかじゃ……」

「だったら言うっての！　同じミス繰り返すほどバカじゃねえよ。……おいお前ら、もう『夢中透視』は話すらすんな。以上だ」

足早に出ていく稲葉に永瀬もついて行った。ここは永瀬に任せようか。

「うーん、ちょい無理してる感じがしない稲葉っちゃん？　どう、太一？」

三人だけが残った部室内で、青木が声をかけてくる。

「……不安がある中、稲葉なりに考えてのことなんだよ。稲葉はこうすれば問題ない、って答えを提示《ていじ》してくれている訳だし」

稲葉が断言する『正解』が今回はある。確かに答えは完璧《かんぺき》で、絶対の正解に見える。

「確かにね……。今回の現象、起こってもオレ達が『マジか～！』って心の中で呟《つぶや》いてるだけで止めとけば、ホント、なにも起こってないみたいに見えるからな」

まあオレ達も教室行きますか、と青木が立ち上がった瞬間、桐山が口を開いた。

「あっ、あの、青木！」

「ん？　なに？」

青木に問い返されると、桐山はあわあわと焦っていた。

「え、えっと……その……大丈夫、かな？　『現象』起こって、お家も大変みたいなのに。というかさ……若干《じゃっかん》ほっぺた赤くない？」

言われてみると、確かにそうだ。ほんの少しだが、左の頬《ほお》が腫《は》れていた。

青木は、桐山の指摘《してき》に反応しない。停止する。

「あ……青木？」

不安気な目で桐山が尋ねる。

「……げっ!?　わかるレベル!?　マジか〜！」

急に思い出したように、青木はテンション高く言った。取り繕《つくろ》った感じは否めない。

取り上げるべきか迷ったが、ここは青木の意志を尊重《そんちょう》してスルーすることにした。

「……いや、頬の赤みなんて言われなきゃなかなかわからんぞ。よく気づいたな桐山」

太一が述べると、桐山は先ほど以上に慌て出す。

「たっ、たっ、たまたまたまたま！　ほらっ、空手やってるからそういうのに敏感《びんかん》なの！　そ、そういうことだから！　……で、なんかあったの青木!?　どうなの！」

「いや……姉ちゃんにビンタ喰《く》らいまして。今朝。金銭事情やら進学云々《うんぬん》やらの件で」

この話題、掘り下げて大丈夫なのだろうか。心配になって太一は黙る。

しかし青木はべらべらと続けた。

「『オレはいいから姉ちゃんは自分の幸せ考えて』みたいなことを言ったらさ、『弟を犠《ぎ》牲《せい》にして姉だけ幸せになれるかバカ野郎！　てめえはてめえの世話だけしてろ！』って、ぶん殴られまして……」

「……なかなかアグレッシブなお姉さんだな」「か、格好《かっこう》いいけどね」

「つかよく考えたら……そのセリフで殴られるのおかしくね⁉　もうちょい優しい動作があるべきでしょ⁉　ミスマッチ！」

最後は青木らしくふざけて笑いに変えてしまっていたが、問題の深刻《しんこく》さは、重々しく太一にも伝わった。なによりそれで、青木が精神的ストレスを抱えているのではないかという疑いが持ち上がったのが、太一には気がかりだった。


「進路調査票《しんろちょうさひょう》ってのは現実を見つめさせられて憂鬱《ゆううつ》になるねぇ、こう、わたしみたいにまだまだ遊び足りない人間にはねぇ、八重樫《やえがし》君」

昼休みの二年二組、書道部の中山真理子《なかやままりこ》がツインテールをくるくると弄《いじ》りながら話す。

「ああ、だな」

「うんうん、遊び足りないねぇ、足りないねぇ、太一」

中山の隣にいる永瀬が同調する。二人は一年の時から大の仲良しだ。

「ああ、だな」

「中山ちゃんと同じ回答をコピペされた⁉　雑な扱い反対！」

「反対！　反対！」

「でも差をつけてたら……、それはそれで文句言ってただろ？」

「ぎくっ」

最早パターンが読めてくるくらい、太一は二人によくいじられている。

「なんだよ八重樫君～。冷静な返し覚えないで遊んでよ～。進路調査票が配られたからって真面目にならないで～」

「遊ぶのはいいけど、進路調査票は早めに出してねー」

通りかかった学級委員長、瀬戸内薫《せとうちかおる》が釘《くぎ》を刺す。ショートカットの彼女は、今日も耳に小さなピアスを光らせていた。

「そーいうー瀬戸内さんの進路はどうなってるのさ～？」

中山が絡《から》み気味に訊く。

「あたしは社会学とか教育学とか、そっち系にずっと興味があるから」

「真面目っ！　プチ不良やってたとは思えぬ！」

永瀬が叫ぶ。

「も～、それ言わないでよね～」

瀬戸内は苦笑するが、本当に嫌がってはなさそうだった。

じゃね、と瀬戸内が去っていく。

入れ替わりで桐山と栗原雪菜《くりはらゆきな》がやってきた。小柄で感情表現豊かな桐山と、スレンダーでカラッとした性格の栗原は、身長だけ見れば差はあるも、一年の時から続く仲のいいコンビである。

「なんの話してた？」

　桐山が尋ねる。

「進路的なやつ！」と永瀬が答えると、栗原が即反応した。

「進路……。や、その話も大事なんだけど、今は楽しいこと考えたい……。修学旅行の話しようっ！」

　ウェーブする明るく染められた髪を、栗原はわしゃわしゃと握った。

「なにかあったのか？」

　太一が桐山に小声で訊くと、「彼氏さんとちょっと……」とのことだった。

「そう、修学旅行だ！　高校最大の遠出イベント！」

「今年の北海道《ほっかいどう》はナイスだ！　飛行機初めてだから楽しみだし！」

　中山と永瀬が口々に言う。

　山星高校《やまぼしこうこう》の修学旅行は二年生の十月中旬、三泊四日で行われる。

「このクラスで行ける、ってのが嬉《うれ》しいよな」

　太一がふと呟くと、永瀬・中山・桐山・栗原の四人が一斉に太一の方を見た。

「な、どうした？」

「いやいや太一君、さらっと恥《は》ずかしいこと言うねぇ、って感じ」

「羞恥心《しゅうちしん》と縁遠《えんどお》い永瀬に指摘《してき》されるのは問題だと俺でもわかるな……」

「でもさ、いつものみんなと違うところに行くのって、やっぱわくわくするよね」

桐山の明るい声に、栗原が応じる。

「確かにねー。そーいうのだと男女の距離一気に縮まるし。チャンスなんだけどなー、……ただ、今はうちの学年に目ぼしいのがいないんだよねぇ」

「雪菜ってば、もう次のこと考えてるの？　早過ぎよ、早・過・ぎ」

「あんたがトロいだけじゃない。いい加減、修学旅行までにはコクりなさいよ」

「コクるとかないしっ！　コクらないしっ！　しっ、しっ！　……返事はするけど」

「え、ついに⁉」

栗原が色めき立つ。

「青木も苦労したなー。一年半だよ、一年半！　今時そういう一途《いちず》な奴いないよー。そこは好感度高いね。ま、あたしのタイプじゃないけど」

「あ……でも……今はダメなんだ。その……うん、タイミング的に」

なによそれ、と栗原が膝《ひざ》を折る。

桐山は困ったように笑った。その姿に、「そんな状況にいるんじゃ……今告白して決着とか……できないよね」と呟いた姿が、重なる。

「全く、あんたも高二なんだから、恋愛の一つや二つちゃっちゃっとやりなよ」

栗原のお説教に桐山は「うん……」と頷く。

続いて栗原は永瀬と中山に話題を振る。

「そだ、伊織や中山ちゃんは、どうなの？　相変わらず？　文化祭もあったし、なによりもうすぐ修学旅行だよ～。自由行動の時みんな彼氏彼女で動くかもよ～」

「わたしはまだそんな気になれないかなー、みたいなっ」

永瀬が答えると栗原は「えー」と不満げだ。

「伊織もさぁ、結構な人数から告白されて断り続けてるんでしょ？　絶対好きな奴《やつ》がいるとしか思えないよー」

「ややや、んなこたぁないんだよこれが。なかなか素敵な人が現れなくてねぇ」

首を動かす永瀬の視線が、太一を捉《とら》える。こういう場面でどんな顔をすばいいのか、未だに太一は迷ってしまう。

「高望みが過ぎるって。高校生男子なんてガキなんだからさー、妥協《だきょう》しないと」

「言われてるよ言われてるよ、八重樫君っ。『稲葉を落とした俺にその言葉は当てはらないぞ』って渋《しぶ》イイ声で主張しないと、渋イイ声で！」

「どさくさに紛《まぎ》れてあたしの質問スルーしようとしてない、中山ちゃん？」

「う、疑り深いなー……雪菜ちゃんは。いやぁー、そうねー、わたしはそうねー。浮いた話のない潤《うるお》いのない人生なんだよなー。なんでかな、雪菜ちゃん？」

「中山ちゃん明るいし人気あると思うんだけど。あー、でも確かに男子にも『友達！』って感じで接し過ぎちゃって恋愛対象から外れてる感じかも」

「なんだろうねー……。で、そこに悩み中」

あまり自身の恋だのなんだの話をしない中山ではあるが、やっぱりそこは年頃の女の子だ。というか、男子である太一の前ではしていないだけか。実は中山も、意外や意外、好きな人がいて――。

脳が揺れる。視界に、太一の目で捉えるものとは、別の光景。

【中山がいる。とても嬉《うれ》しそう。隣《となり》に誰かいて、その人と中山が手を繋《つな》いでいる。男子だ。男子の姿がはっきりと見えてくる。背は高くがっしりとした体格、坊主頭。野球部の石川《いしかわ》だ。二人はデートを楽しんでいる】

突然脳裏のスクリーンに映し出された映像に、太一は少し混乱する。しかしすぐ事態を飲み込む。白昼夢――『夢中透視』。

中山は、石川とデートしたいと思っている……らしい？

『夢中透視』は映像が見えるだけで、その心情までは教えてはくれない。音声もあるにはあるが、今のところ睡眠《すいみん》中の夢と似ており頭にはっきりとしたセリフまでは上ってこない。なので太一は考える。今の映像で、中山は嬉しそうにしていた、そして野球部の石川と手を繋いで、デートをして……つまり、中山がそうしたいと、思っている？　ということは中山は石川のことが――。

差し込まれた映像がまだ目の端《はし》に残っている気がして、太一は二、三度瞬《まばた》きする。

と、目の前で、桐山も頭を押さえて大きく瞬きをしていた。

目が合う。桐山は太一の顔をじろーっと注視《ちゅうし》した後、こそこそと近づいてきた。

「……ねえ、もしかして、太一も見た？」

「……ああ、中山の、だろ？」

ぼそぼそ話して二人で状況を確認する。どうやら二人は、同時に中山一人の『夢』を見ていた。が、同じく側にいる永瀬には伝わらなかったようだ。

「意外、だよな？　てか『好き』って解釈《かいしゃく》でいい、よな？」

お喋りな中山と違い、石川はどっしりと構える落ち着いた男子だ。

「だろうね……って。やめましょ。人の頭の中を覗いて内緒話《ないしょばなし》するのは」

それもそうだ、太一も今見た『夢』は心の中にしまった。


ところが午後の授業も進み、放課後を迎えた時である。

「たっ、たたったっ、太一っ！」

異様に興奮《こうふん》した桐山が、太一の座席まできて机をばんっと叩いた。

「お、おい慌てるな。どうしたんだよ？」

「あのねあのねっ……こ、ここじゃ不味《まず》いから来てっ！」

桐山に引っ張られ、廊下の隅《すみ》、人通りがない場所に連れてこられる。

「あ……あたし、見てしまったのよ……」

桐山はがくがくと震える。尋常ではない。いったいなにを見たと言うのだ。

「石川君も中山ちゃんのこといいなって思ってるの『夢』で知っちゃった！」

「な、なんだって⁉　そ、それは………特に問題のない、いいことだな」

両思いとは、素晴らしいではないか。

「でもねっ、石川君は『付き合いたい』って思ってるけど、願っているだけで実行に移す気がなさそうなんだよー、今はー」

「そこまで『夢中透視』でわかるのか？」

「あーそれは、あたしの予想も入ってる。『告白したい』って感じの映像だったんだけど、『いつかでいい』って感じもして……。今すぐ『実行するぞ』って感じじゃないのは確か。わかる、この感じ？」

「なんとなくわかるよ」

サンプルはまだ少ないが、思い返せば太一も似た印象を覚える。

ふと、そこで気づく。

「『夢中透視』はあくまで『こうなって欲しい』願望《がんぼう》を映すもので、頭の中の論理的《ろんりてき》な考えを正確に読み取るものではない……とする。じゃあ逆を返せば、『夢中透視』で見えるものは『まだ実行に移す気はないこと』にならないか？　……つまり願っていることはわかるけど、それが予知《よち》にはならない」

無理なこじつけかもしれないが。

「すごーい、太一。稲葉みたいな分析《ぶんせき》だ」

「いやぁ、付き合ってるから似てきたのかな、はは」

言ってみると結構恥ずかしかった。少し後悔《こうかい》。

「……付き合うって、大事な、素晴らしいこと、だよね」

太一の軽口に愛想《あいそ》笑いもせず、静かに桐山は問うた。

「だと思うよ。俺は」

「ならさ」

桐山は前置きして、止まった。逡巡《しゅんじゅん》する。

小さく息を吐いた。桐山の表情には、強い決意の色が灯っていた。

「二人の恋を後押ししてあげた方がいい、って思わない？」

ぴん、と空気が張り詰めた。痺《しび》れるような空気に、太一は息を呑《の》む。

友人の恋を後押ししようという、どこにだってある何気ない提案。でも今の自分達にとっては、それは、とても重大な意味を持つ『なにか』だ。

その門をくぐると、二度と戻ってこられないほどの岐路《きろ》に、立っている。

「タイミング、って重要じゃない？」

桐山はさらさらと流れる長髪を手で梳《す》いた。

「あたし本当に決着つけようと思ったの、青木と。でも夏は道場《どうじょう》だ旅行だ、って忙しくて時間が取れなくて。……まあ、言い訳だね。一応答えは出たんだけど、いざそれを口にしようとすると、勇気が出なくって」

情けないでしょー、と桐山は弱く笑う。

「けどそのままじゃダメだって本気で思って。よし、って決意固めたんだ……。でも。前、青木の家のこと、知っちゃって。流石に今は言えないな、って」

確かに今は、タイミングがよくない気はする。そして思い出されたことが一つ。

「……俺も、タイミングが違っていたら永瀬と付き合っていたかもしれないんだよな」

それは、事実だ。

「だからっ」

桐山は高ぶる気持ちを抑えられないように声を荒げた。

「ちゃんとお互いが好きなのに、断られる可能性に怯《おび》えて躊躇《ためら》っているのなら、背中を押してあげようかな、と思ったの。もちろん最後どうするか決めるのは本人だけど」

自分達はわかっているから。『夢中透視』で想いを垣間《かいま》見たから。

桐山の発想は正しいこと？

黙って悩んでいると、桐山がはっと目を大きくした。

「あ……って考えただけの話だからっ。実際にやるのは、稲葉に禁止されてるし。……この話、怒られちゃいそうだから稲葉には内緒ねっ」

桐山は微笑んで、人差し指を口の前で立てた。

□■□■□

二人で話していたため、太一と桐山は遅れて部室に到着した。

「全員きたな。じゃあ始めるぞ。紫乃《しの》に千尋《ちひろ》」

稲葉が話し始める。今日すべきことは、二年生五人全会一致《ぜんかいいっち》で決めてあった。

「はい？」「はっ、はいっ」

宇和《うわ》千尋が頬杖《ほおづえ》をついていた手を下ろし、円城寺《えんじょうじ》紫乃が姿勢を正す。

「単刀直入に言う。……また、〈ふうせんかずら〉が現れた」

稲葉が中心となって現状、文研部が採《と》る方針を説明した。

「そう……ですか。……〈ふうせんかずら〉……が」

円城寺の顔は青ざめていた。見かねたように永瀬が声をかける。

「大丈夫だよ、紫乃ちゃん。今回紫乃ちゃんには害がないみたいだし」

「それで言や、アタシらにだって害はないんだぞ？」と稲葉が付け足す。

「はっ……はい！　そうですね！　……わたしが大変な訳じゃないのに落ち込んでしまいまして……申し訳ないです。先輩方が大変だというのに……」

「だから紫乃ちゃんは気にしないいっ！」

もう一度永瀬が念押した。

「大丈夫、千尋君？」

桐山が、もう一人顔を青くしている千尋に話しかける。

「大丈夫……です」

円城寺にとっても、千尋にとっても、〈ふうせんかずら〉の再来《さいらい》は悪夢でしかないだろう。太一も〈ふうせんかずら〉が起こす二度目の現象に巻き込まれるとわかった時は、ショックを受けたものだ。

稲葉がごほん、と咳払《せきばら》いをした。

「ないとは思うが、二人ともつけ込まれるなよ」

厳しい口調に、過《あやま》ちを犯《おか》したと反省している一年生二人は、体を小さくする。

「誘惑にも脅《おど》しにも乗るな。それからアタシ達に現象が起こっている事実も忘れておけ。

二人の分は見えないらしいから心配は要《い》らない。余計な真似、するなよ」

しかし威圧的《いあってき》な言い方だ。ここは自分が、と太一は萎縮《いしゅく》した二人にフォローを入れる。

「まあなにかあったら、どんな些細《ささい》なことでも言ってくれよ」

「そーそー、みんなで協力すればだいたいなんとかなるからなっ！」

青木が明るいトーンで続いてくれた。

「あ……あのっ、言われた通りお邪魔《じゃま》しないように……します」

俯《うつむ》いて自信がなさそうに、円城寺は話し始めた。けれど。

「で、でももし万が一、わたしになにかお手伝いできることがあれば……なんでも言ってくれたらっ、頑張りますので！　……わ、わたしの力はたかが知れてますけど。みんなで協力っ……したい、ので！」

頑張ります、協力したい、恐くて堪《たま》らないはずなのに、円城寺はそう言ってくれた。

「紫乃ちゃん……なんていい子なのっ！」

感極《かんきわ》まったらしい桐山が円城寺に抱きつく。

「む、むぎゅ〜、痛いです唯《ゆい》先輩……」

「ちっひーはどうなんだい？」

多少挑発するように永瀬が問いかける。

千尋は大きく息を吐いた。制服のネクタイを乱暴に緩《ゆる》め、言う。

「俺も、まだ迷惑かけた借りを返せてないと思うんで。……〈ふうせんかずら〉の現象で返せるチャンスがあるなら、是非《ぜひ》」

「期待通りだけど固いぜちっひー！」

永瀬が拳《こぶし》を突き上げた。円城寺も、胸の前で手を組んで顔を明るく輝かせる。

「ビビりでヘタレで肝心《かんじん》なところでダメだけど……千尋君がいれば百人力だよ！」

「紫乃ちゃん⁉　褒《ほ》め言葉に入るまでの毒舌でちっひーが瀕死《ひんし》の状態だよ⁉」

ふん、と稲葉が鼻を鳴らした。優しい響きが感じられた。

「期待しておいてやるよ。頼んだぞ。で、話は変わるが二年、妙な真似してないな？」

ぎくっ、と桐山がわかりやすく縮み上がった。

「……唯。お前早速やりやがったのか……？」

怒りの滲《にじ》む稲葉の問いに、桐山はぶるんぶるんと首を振る。

「ち、違うってば！　まだなにもやってない！　本当だから！」

「……『まだ』、だと？」

「ち、違う！　それはその……違うくない、けど」

「あぁん？」

見かねて太一は口を挟む。

「桐山と俺で話してたんだ。相手のためになることでも、やっちゃダメなのか、って」

太一の言葉に、稲葉の瞳《ひとみ》が弱く揺れた。けれど揺らぎは幻《まぼろし》の如《ごと》くすぐ消える。

「言ったよな？　議論するまでもない、と」

力強い、燃えるような目が太一を捉《とら》える。

「話し合いはやった方がいいんじゃないのか？」

「ない。それで終わりだ」

「だからすぐ結論出さないで」

「はいはーい、やめいやめい！」

永瀬が割り込んできた。太一は稲葉から決まり悪く目を逸《そ》らす。

「稲葉んの言わんとすることもわかるけど、強引過ぎるのは確かです。ってことで、この場はわたしが預かりましょう。部長ですから！　みんな覚えてる〜？」

「あっ！　す、すっかり忘れていました！　伊織《いおり》先輩が部長でした！」

「……わざわざ表明しなくてもいいんだよ紫乃ちゃん？」

せっかく部長らしく振る舞ったのに出端《でばな》をくじかれた永瀬であるが、改めて場を仕切り直す。

「稲葉んの主張はこれまでで一通りなされたよね。ということで、他に意見のある人は言っちゃおう！　稲葉んは黙《だま》って聞くように！　後で反論の機会《きかい》をあげます！」

じゃ、と太一が手を挙《あ》げる。

「現象を無視する、確かに一番よさそうな案に思える。でもまだ結論づけるのは早いと思うんだ。『なるべく普段通りにする』が、これまでの俺達の方針だってのもわかってるけど、今回は事情が違うらしいし」

「ふむ、正論だね。次は唯かい？」

「あ、あたしは……その、変なことじゃなくて、それが凄くいいことに繋《つな》がるか、悪いことから誰かを守れるなら、『夢中透視』を利用するのも考えなきゃって思うんだ」

「『力』を使う……んですか？」

尋ねたのは千尋だ。前、『力』を使って失敗した千尋の問いに、桐山も複雑《ふくざつ》な表情だ。

「『使う』って決めた訳じゃないよ。……ただ、本当に必要っていうか、どうしてもっていう場面なら、使う可能性も考えなきゃ、って」

「えっと、他に意見は？　ないのなら、稲葉んからの反論を――」

話し合いは平行線を辿《たど》って妥協点《だきょうてん》を見出せなかった。太一と桐山が『力』を使う可能性があることも考えなければ」と主張したが、稲葉は「必要ない」の一点張りだった。

時間がきたのでその日は解散となった。各々《おのおの》帰路《きろ》に就《つ》く。

太一・桐山・青木は途中まで一緒の者同士、駅のホームで電車を待っていた。

「安易に『夢中透視』で知ったことを元に行動しちゃいけないってのはわかるけどー」

桐山が不満げに呟くので、太一が応じる。

「全部がダメなのはな。誰にも言えず困ってる人の話を知る場合もあるんだし。確か青木が体験した『夢中透視』にあったんだよな、そういうの」

「ああ、うん。プライバシーがあるんで詳しくは言わないけど、『それが解決できたら』って願ってる感じかな」

むーん、と桐山が眉間《みけん》にシワを寄せる。

「困っている人がいたらさ、やっぱり助けてあげるべきだと思わない？　たとえそれに使う力が、普通のものじゃないとしても。青木はどう思う？　部室じゃあんまり意見言ってなかったけど」

「オレがマジな意見してもなー、って感じじゃん？　でもまあ、なんっつうの」

軽い調子で言ってから、青木はすっと真面目な顔になった。

「オレは使わない方がいいと思うかな。稲葉っちゃんと同意見な訳だ」

桐山は酷《ひど》く驚いた様子だった。

「……え？　稲葉の味方？　……なんで、どうして？」

「だってさー、『いいことはやる』、『困ってる人は助ける』って言ったたって、それ誰が判断すんの、って話。映像を見て、オレ達が勝手にするんだろ？　それってスゲえ傲慢《ごうまん》ってか何様？　みたいな。だからなにもしない、とね」

青木のセリフに桐山はむーとあからさまにむくれる。青木は自分の味方をしてくれると、考えていたのかもしれない。

自分の考えをしっかり貫く青木を、太一はらしいと思い、同時に負けた気もした。

「……やっぱお前、凄いよな。周りのこともきちんと考えられるし」

完全に同意はできないが、その意見も理解できた。

「……いや～、……凄くはないかな。唯に嫌われんのが嫌で部室じゃ言わなかったんだし……」

青木は太一にだけ聞こえる小声で囁《ささや》く。

「じゃあ、聞くんだけど」

桐山に声をかけられ、青木は口をつぐんだ。

「例えば……例えばの話！　青木のお家……今、大変みたいだけど。それが『夢中透視』で解決できそうだって、仮に、わかっても……やっぱり……なにもしないの？」

その題材は確かに、話としてわかりやすい。ただそれを話題に出していいのだろうかと、太一は内心どきりとした。

青木は黙る。沈黙《ちんもく》が恐い。やがて、青木は言う。

「……ああ、なにもしない」

「え？　な、なんで⁉　おかしくない⁉　意地張ってチャンスを逃すって……」

「ダメなものは、ダメだから」

「い、意味わかんないんですけど⁉」

「いいんだ……勝手になんとかするから」

「か、勝手にって……！　だいたいその件、どうなってるのよ⁉」

桐山はむきになっていた。同じく青木も、少しむきになっている気がした。いやどちらかと言うと、イライラしている感じか。

「そりゃ話しにくいとは思うけど、困ってること言ってくれたら手伝ってあげられるかもしれないのにっ！　お父さんのお仕事で困っているなら、簡単じゃないかもしれないけど、紹介してあげるとか。そう言えばお父さんが『やらかした』って言ってたけど、いったいなにを――」

「痴漢《ちかん》」

短く青木は答えた。唐突《とうとつ》に単語だけが、ぽっ、と場に現れたので、初めは別の言葉に聞こえてしまった。口論に発展しそうだったので止めに入ろうかと思っていた太一も、もう、なにもできなくなる。

「ちか……ん？」

「女子高生相手に……。まあ冤罪《えんざい》だって親父《おやじ》は言ってるし、オレ達家族も信じてるけど。とりあえず今は拘留《こうりゅう》されてないし……。……まあ、これからどうなるかはわかんね」

「だって……でも……あの……」

突然告げられた事実に桐山はしどろもどろ、先ほどまでの勢いはあっという間に消え泣きそうな顔で「……ごめん」と謝る。

「いや、唯が謝る必要はないじゃん。……マジで、マジで！」

固い声だったのを失敗だと感じたのだろうか、青木は最後、とってつけたようにテンションを上げた。だけどそれが、青木にしてみれば感情を殺さなければ話せないものだということは、わかってしまった。

なんとかいつもの自分を保とうとしている青木。でも、完全には叶《かな》わないでいる。

「女子高生……痴漢……。……冤罪って」

どうしていいかもわからないのか、呆《ほう》けた声を桐山は漏らす。

「聞きかじりの話だが……冤罪でも有罪になること多い……、とは聞くよな」

太一が応じる。

「で、でも最近そのせいで本当に痴漢されたのに声を上げられなくて悲しい思いをしてる女の子が増えてるって……あ、ち、違うよ！　青木のお父さんはっ、絶対そんなことしないと思うから！」

慌てた様子で桐山がフォローを入れる。

「……というか、あたし、実際会って話したことあるし、『人格入れ替わり』で青木に入れ替わってる……って超特殊状況だけど、悪い人じゃないってのは、凄く伝わってるし、うん」

「俺も、だ。青木のお父さんが悪い人じゃないのはわかってる。……俺も、なにかの間違いだと信じてるよ」

「……さんきゅ。でも電車の中で他に目撃者もいないみたいで……」

青木は小さく言って、俯いた。表情は窺《うかが》い知れない。

まさか父親が犯罪者にされるかどうかの瀬戸際《せとぎわ》にいるとまでは、思っていなかった。

そんな状況で、平静でいろというのも無茶な話だ。

アナウンスが鳴って、駅に電車が滑《すべ》り込んでくる。

ほとんど独り言のように、青木が呟く。

「誰かだけを助けるのは、不公平になるから。もしやるなら、全員を助けないと。全部か、ゼロかだ。んで全部は……正しい感じがしない。だから俺は……」

青木は強く、拳《こぶし》を握る。

全部か、ゼロか。

無理に気を張っている感じが、しない訳じゃない。でもこんな状況でも流されず自分を持っていられる青木を、太一は眩《まぶ》しく思った。

帰宅しても太一の頭はぐるぐると回って気持ちは晴れず、なにも手につかなかった。

青木の家の件は、もう自分程度の高校生が出しゃばってもどうにもならない。

「てか……自分が考えるべきは『夢中透視』の方、か」

稲葉と青木の意見もわかる。でも桐山の主張する論を全部切り捨ててしまうのは、よいことなのか。助けられる誰かを、見捨てなければならないのか。

もう、知ってしまっているのに。突如。

微弱な視界の揺れ。脳に映像が映り込む、音声が割り込む。

【別クラスの女子。学校の廊下《ろうか》。下を向いてきょろきょろと目線を走らせる。はっ、として一点で目を止める。青い熊の携帯《けいたい》ストラップ。女子は顔を輝かせて「よかった……。よかった……」と呟く】

――廊下でストラップを見つけて喜ぶ女子に関する『夢中透視』。彼女はストラップをなくしてしまい、それを見つけたいと願っているのではないだろうか――。今回はセリフもはっきりと聞こえ頭に残っていた。

些細《ささい》な、けれどその子にとってはとても大切かもしれない願い――『夢』。明日学校に行った際は、落とし物がないか多少注意して歩こう、と。

これも、稲葉に言わせれば『やってはいけないこと』、なのか。

稲葉と青木の主張する正しさ。桐山の主張する正しさ。考える。そこでふと、気づく。

心情的に自分は桐山側に立っていたが、まだ別段、太一自身が意見を表明した訳ではなかった。話し合おうと、結論を急ぎ過ぎだと、言っただけだ。

仲立《なかだ》ちの役割に回った永瀬を除《のぞ》けば、自分だけが宙《ちゅう》ぶらりんな状態ではないか？

——ところでお前、本当に全く白紙なのか？

——もう二年の秋なんだから、ある程度考えがあってもよさそうなんだがな。

急に、稲葉と進路の話をしていた時の言葉が思い浮かんだ。

関係ない。頭から振り払う。

考えるんだ、自分の正しいと思うことを。

皆のため現象の本質を見抜き、一番に方針を示した稲葉。

事実上のリーダー稲葉の論にも、己《おのれ》の中の正しさをぶつけた桐山。

桐山と反対意見でも自分を貫いた青木。

状況を見極めて中立に回った永瀬。

そして、自分は——。

□■□■□

「助けられる人は助けて、やれることはやりたいと思うんだ。もちろん、大ごとにはならない、無理のない範囲《はんい》で」

土日休みが明けて、月曜日。太一は桐山にそう提案した。

「えっと？」

いきなり廊下に呼び出して言ったものだから、桐山は戸惑《とまど》っていた。

「ああ、『夢中透視』の……『力』の話ね。……え、利用するの？」

「俺はそれが正しいと思うんだ」

自分で考えて、自分も皆と同じように結論を出した。

「う、うん。あたしも基本はその考えなんだけど……。ただよく考えてみると、ちょっと危ない気もして。……もしかしてこうやって行動させることが、〈ふうせんかずら〉の策《さく》じゃないかな、とか」

それはもちろん太一も危惧《きぐ》した。

「可能性は、あると思う。でもさ、誰かのためになることは、間違いないんだ」

休み中にも、太一は何人もの人間の、願望という名の『夢』を見た。

誰かのためになることが、自分にだってできるなら。

やってやるのが、正しいことではないのだろうか。

「誰かのため、ね」

桐山は含みのある言い方をして、澄《す》んだ瞳で太一を見つめた。

どきりとして、胸の奥が少しだけ痛くなった。なぜか。

「うん、だよね。……でも、稲葉を納得させるなんてできるのかしら？」

「いや……稲葉の許可を得る必要あるか？」

「許可を得る……ええ!?」

桐山が驚きの声を上げる。

「ちょ、ちょっと太一。無断でやるのは……」

「ダメと決まってもないだろ？」

稲葉のことはとても信頼している。尊敬もしている。でも稲葉、稲葉、とずっと縋《すが》って、従っていればいい、とも思わないのだ。

「……あたしはみんなを納得させて、やった方がいいと思うけど」

「でも稲葉は、折れそうにないだろ。なにがあっても」

「だからって……」

「いや、実際俺も迷ってるんだけど」

乗ってきてくれるかと思ったら、煮《に》え切らない態度だったので、太一の中で再び迷いの渦《うず》が湧《わ》き上がってきた。

こんなことだから、優柔不断《ゆうじゅうふだん》だと言われるのか。

この世にあり得ない力。こちらを『面白くすること』を最上の目的にし続けている〈ふうせんかずら〉。そいつが提示する、いつもと違う特殊な条件。力を与えられ、制御し切れず失敗した千尋。誰かの運命に介入《かいにゅう》してしまうこと。

挙げればキリがないほど、否定材料は浮かび上がる。

だけど逆に言えば、自分はその危険性を十二分に認識しているのだ。

暴走せず、危なくなったら引けば、被害は極小《ごくしょう》で抑えられる。

その見返りに自分達が手に入れる可能性は、果てしなく大きい。

「というか、俺だっていきなりやろうとは思っていない。だから……、決定は後回しにして、試《ため》してみないか。中山と石川の件を、助けてみるんだ」

自分も、自分の正しいと思う道を進むのだ。


助ける、と言っても大した真似《まね》をする訳ではない。

他人の恋愛など、第三者の介入は混乱を招くだけであり、本人達の問題なのだ。

だから太一達がするのは、勇気を出して貰《もら》うための、ほんの一押しだ。

「石川。傍《はた》から思ったんだけどさ、もしかして……中山のこと気にしてないか？」

休み時間、太一は一人でいた石川に話しかける。石川とは仲がいい方なので、その点でもやりやすかった。

「……？　……いぃ⁉　そ、そ、そんなことは、な、ないぞっ」

激しく動揺《どうよう》された。渋い声が裏返っている。

これでも普段は、修行僧《しゅぎょうそう》を思わせるほどしっかりして落ち着いた奴なのだが。

「落ち着け、落ち着け。なんとなく、思っただけだからさ」

「だ、誰かに言ったりしてないか……？　それになぜそう思った……？」

大柄《おおがら》な石川が慌てている姿は、普段とのギャップで可愛《かわい》らしく見えてしまった。

「誰にも言ってないって。偶然、見ていてそう思っただけだよ」

「俺は微塵《みじん》にも出していない自信があったんだが……って、認めてしまったな。まあ八重樫は、中山とも仲がよさそうだし……」

「石川が中山って、意外だよな。よく話してるイメージもないし」

「……む、むう。俺ははしゃいだりできないタイプだからな。中山みたいな……底抜けに明るい奴を見ているのが楽しいんだ。……それに勘違いかもしれないが、俺と話す時の中山の態度が、他の奴と違うような気がするんだ」

「脈、ありそうじゃないか」

「……それが嫌われているのか、別の感情なのかわからないんだ」

なるほど、だから思い切れずにいたのか。

もう間違いないだろう、この二人はきっかけさえあれば成功する。ならば。

「今の話とは関係なく、これも俺が見ていて思ったんだけどさ……」

やり過ぎず、ほんのきっかけを与えるだけで、最終的な判断は本人ができるように。

「実は中山も……結構石川を気にしている節《ふし》があるぞ？」

太一が石川に行ったのと同様のアプローチを、桐山も中山にかけた。これが太一と桐山、二人によるちょっとした『手助け』である。

なにも早く告白しろと言った訳でもない、両思いだと情報を伝えた訳でもない。だからすぐ動きが出るなんて思っていなかったし、自分の力がどうのこうの関係なく、いつか二人にとってよい結末になればいいと思っていた。

ところが翌朝、である。

「ゆ、ゆゆゆゆ唯ちゃん！　や、ややややや八重樫君も！　カモン！」

超ハイな中山が二人の腕をむんずと摑《つか》んで引っ張った。太一は目を白黒させる桐山と、仲よく廊下の端まで連れて行かれる。

「ど、どうしたのよ中山ちゃん⁉」「なにがあった中山⁉」

中山は太一と桐山を並ばせ、二人の肩をがしっと左右の手で抱いた。

「わ、わたししししっ、……石川君と付き合うことになったよ〜！　ありがとう〜〜〜！」

中山が二人まとめて抱きつこうとする。

「な、中山ちゃん⁉　うぷっ！」

桐山が中山の腕より脱出するのに続き、太一も中山から逃れる。

「なにが……ってつ、つつつつ付き合う⁉　中山ちゃんと⁉　石川君が⁉」

「そうなんだよ〰〰！　でも声小さく〜！　みんなにばれちゃうから〰〰！」

「と言う、中山も相当声でかいから注意しろよ」

しかし、待て。今、中山はなんと言った？

「冷静なつっこみどもどもどーも八重樫君っ！　はぅ〰〰でもこれで落ち着けますか〜⁉　無理〜！」

中山は今にも飛び立ってしまいそうに体をばたばたさせる。

「中山ちゃんっ、詳細情報、詳細情報！」

「あ、うん。放課後呼び出されて、告白されて、一旦パニックになったけどその場でオッケーして……普通だ！　普通過ぎる！　だが、それがいい！　のだああ！」

付き合う。二人が、付き合うことになった。

「おう……、確かに普通だ。で、なぜそれを俺に？　桐山はわかるけど」

太一は流されるまま、とにかく話を続ける。

「だってだって石川君が『八重樫の一言があったから告白できた』って言ってたから！　そういや唯ちゃんも昨日『石川君といい感じなんじゃない』って教えてくれてありがとね！　二人は見る目あるなー。恋愛マスター⁉」

自分のおかげで、二人が、結ばれる？

これは素晴らしいこと以外のなにものでもないではないか。

「そんなんじゃないよ。でもホントっっっにおめでとうっ！　よかったね！」

桐山も満面の笑みで、自分のことのように嬉《うれ》しがっている。

太一も続けて「おめでとう」と言った。

「ありがとね、ありがとね。う～ん、まさか石川君が知らぬ間にわたしにラブくなってるとはいやー予想外！」

「俺にしてみれば、中山が石川を好きなのも、予想外だけどな」

「『好き』だなんて恥ずかしいなぁ、もう八重樫君はっ！　でも石川君って、渋くて和風で、武士っぽいじゃん！　う～んいいなぁ～、先祖《せんぞ》は足軽大将《あしがるたいしょう》だね！」

「なんだその微妙な階級《かいきゅう》チョイスは」

「おかげで修学旅行の楽しみが二倍、四倍、八倍増しだぜ！　やはは～！　ロマンチックな二人の夜とかあんのかな……ってちょ！　なに言ってるのワ・タ・シ！」

中山は限界突破したテンションでたっぷりとのろけてくれた。


永瀬が登校しているのを見つけ、中山は「伊織に知らせてくる！　後まだ他には内緒の方向よろしくよろしく！」と走り去っていった。

太一は桐山と二人で取り残される。二人で顔を見合わせ、ぷっ、と噴《ふ》き出して笑う。

「あははは、あたし達なんだろ？　でも中山ちゃんが喜んでくれてとっても嬉しい」

「俺も本当によかったと思うし、嬉しいよ」

晴れ晴れとした顔の桐山が、ゆっくり、ほんの少しの躊躇《ためら》いと共に口を開く。

「……やっぱりこれ、間違ってないよね？」

太一は頷かない。桐山は続けて話す。

「力があるのなら、誰かを助けてあげるべきだよね？　変な『夢』じゃなければ……」

なにが間違っているのか、正しいのか。誰にもわからない。

ただ確かなのは、それを決めるのは、自分だということ。

だから太一は、言った。

「『夢』を……願いを知って、それを叶えてあげられるのなら、やってやりたいよな。……いや、やるべきだ」

そして、同時に、気づいた。

人の心の中にある願望という名の『夢』を知り、他に大きな影響がでない限り、できるだけ望みを叶えてあげる。

それは丸っきり、神の所行《しょぎょう》ではないか、と。

四章　信じた道が分かれたから

石川《いしかわ》と中山《なかやま》のカップル成立に少しだけ手を貸した後、週末までの三日間で、太一《たいち》と桐山《きりやま》は『夢』で『友達と仲直りしたい』と思っている人を助けてあげたり、『誰《だれ》かと付き合いたい』と思っている両思い同士のカップルの背中を押してあげたり、はたまた『汚してしまった服をどうにかしたい』と思っている子に染み抜きの技を教えてあげたりした（突然言い出すと変なので話題を誘導《ゆうどう》してから）。

対人《たいじん》、の問題については、無理矢理に促《うなが》すことは全《まった》くしていない。あくまできっかけを作るに留めている。加えて、例えば誰かが一方的に片思いをして『付き合いたい』と思っているような時は、一切手を出していない。

『夢中透視《むちゅうとうし》』に慣れるにつれ、発生頻度《はっせいひんど》はだんだんと増えていた。三日間で太一と桐山が介入したのは、対人関係に関するものが三件、個人的な問題が四件である。

周囲の人間や、なによりも稲葉《いなば》達には勘《かん》づかれないようにこっそりと動いているので、今のところ二人の行動は誰にも看破《かんぱ》されていない。確かに特別な『力』を使ってはいるが、現実での行動はなんら特別でもない通常の範囲《はんい》のことなのでばれにくいのだろう。

ここ数日で、太一と桐山は確実に何人かの幸せを生み出す手伝いができた。

太一はそれにとても、満足していた。


週末金曜の部活終わり、今日は十日ぶりに稲葉とカフェに訪《おとず》れている。

単刀直入、稲葉に問われた。

「お前余計なことやってないか？」

「……余計なこと、って？」

気づくのが、早くないか。大げさなことなどやっていないのに。

「太一は自己犠牲《じこぎせい》野郎のお節介《せっかい》野郎だからな、気にもなるさ」

隠れて動いていることを、摑《つか》まれたのではないらしい。

「大丈夫だよ」

太一は、誤魔化《ごまか》す……嘘《うそ》をつく。

よくはないが、稲葉と衝突《しょうとつ》せず、余計な心配をかけないためにはベストの選択なのだ。

『夢中透視』を元に動けば、それは通常ではあり得ない出来事を起こすことだ、と稲葉は言う。でも日常生活でも自然と知り得る程度の内容を、『夢中透視』で知る分は、さほど日常から外れないと思える。

「……てか、先週はやたら『力』使うことも考えた方がいい、って言ってたクセに今週になるとあんまり言わなくなったのも気になってな。まあ、アタシが『話すな』と言っているのを守ってくれているのかもしれんが……」

鋭《するど》く眼光《がんこう》が光る。

「こ、こっちも言いたいことは主張した訳だし……」

睨まれて、太一は『時間退行』のことを思い出した。あの時、太一は〈二番目〉に目をつけられて、一人だけ秘密を握《にぎ》らされ嘘をつけと強要《きょうよう》された。そこで自分は満足な対応ができず、失敗した。

だが今は、あの時と違う。ダラダラと決断を先延《さきの》ばしにせず、自分の、自分自身で正しいと信ずる道を、進んでいるのだ。

「なんにしても、もし妙なことになったら相談する。逆に稲葉こそ大丈夫か？」

「アタシは……全然。……ありがとう、な」

びしっとした稲葉が不意打ちを喰《く》らって照れる姿を、太一は密《ひそ》かに好きだったりする。

□■□■□

土日休みの間にも、何度も『夢中透視』を見た。回数が増えたので、プライバシーを侵害《しんがい》しない程度に、太一は『夢』をメモ書きするようになった。月曜、火曜と太一と桐山は動き、ほんの少し誰かの幸せの手伝いをする。

「結構やれてるな、俺達。妙なことになりそうな気配もないし」

手応えを感じて、太一は桐山に話す。危険な気配がないのも本当だった。というよりも、危ない橋は『やるべきではないこと』と割り切って関わらないようにしているのだ。

「たまに『あ、この人こんなこと思ってるんだー』ってのはあるけど……全然、問題発生する気がしないもんね。本当に〈ふうせんかずら〉の現象か疑っちゃうくらい」

桐山も言う。

「だからって気を緩《ゆる》めちゃいかんが」

「わかってるよ。いつものパターンなら、これくらいの時期でなにか起こるし」

二人は早朝会議で気持ちを新たにし、時間差で二年二組に向かった。

水曜朝の教室。教室に着いた太一は、席が近くの男子と喋《しゃべ》る——。

【背が高い、つんつんとしたウルフヘア。渡瀬伸吾《わたせしんご》がいる。ユニホーム姿。サッカーをしている。焦点《しょうてん》がスパイクシューズに合う。店内。スポーツ用品店。渡瀬はレジで店員にシューズを渡す】

「おい、どうした?」

『夢中透視』で生まれた空白を妙に思われた。慣れて気持ち悪さは感じなくなったとはいえ、突然違う映像が頭に差し込まれるのだから一瞬動きが止まってしまう。

「……いや、なんでも」

渡瀬は新しいスパイクシューズを買いたいらしい。そう言えば今度試合があると言っていた。まあ、この願望《がんぼう》に関しては心の中で頑張ってくれ、と応援するしかない。

と、制服を背後から摑《つか》まれる。

「ん？」と振り返ると、今にも泣きそうな桐山が立っていた。

「……どうしよう太一……。凄いもの見ちゃった……」

ついになにかが起こったのかと、太一は直感した。


——青木《あおき》のお父さんに関する事件を『夢中透視』で見ちゃった。

そう、桐山は言った。

二時間目終わりの休み時間、太一と桐山は三年生の教室がある階を歩いていた。先輩《せんぱい》ばかりの階なので少々緊張する。

先ほど桐山に聞いた話を、太一は思い出す。

「女の人の『夢中透視』を見て……その夢の中に、青木のお父さんが出てきた。で、ぐちゃぐちゃで状況がはっきりしない『夢』だったけど、キーワードははっきりわかった。痴漢《ちかん》とか、会社をクビになるとか。後、警察の人がいて、電車の中のシーンもあった」

「……なるほど、可能性は結構ありそうだな。女子高生に、電車の中とも言ってたし」

まさか事件に関わったかもしれない人間が、山星高校《やまぼしこうこう》にいるとは思わなかった。だが行動範囲が被《かぶ》るエリアも多いだろうし、確かにあり得なくはない話だ。

「でも妙なの」

「妙？」

「女の子は凄い剣幕《けんまく》で『違います！　違います！　アタシが悪いんですっ！』って叫んでた。……あんなに声がはっきり聞こえたの初めてだった」

「セリフの内容までは聞こえないことも多いからな……。で、女子は自分が悪いと思っている訳か……ん、あれ？　……変だよな。女の子が痴漢されたと仮定すれば……」

『夢中透視』が見せるのは、その人物が願っていることのはず。過去にあった出来事が見える、訳ではない。つまり。

「女子は痴漢事件を否定して、自分が悪いと主張したいと願っている……？」

「……どんな夢なのよ」

「……そこに出てくる人物が青木の父親ってのもな……、実際事件があって、その後無関係に誰かが『夢』を見るってのはあり得ないだろうし……」

「この女の子が……青木のお父さんの事件の被害者《ひがいしゃ》か、そうじゃなくても目撃者っていうの、間違いなさそうじゃない？」

　桐山の言う通りだと太一も思う。

「過去の出来事を思い返してるんだろうか……。となるとそこにどんな願いを抱いてるんだ……？　やり直したいと願っている、とか？」

「にしては『アタシが悪いんです』はおかしい気もするし……」

なんにせよその女子に一度コンタクトをとろうという話になり、二人は一時間目直後の休み時間に続き三年生の階を訪《おとず》れているのだ。

名前などの情報は不明だが、桐山はその姿形をはっきりと見ており「三年生にあんな人がいたような……。え、なんで知ってるかって？　結構可愛《かわい》いからよ！」と期待できる（危険な臭《にお》いのする）発言があったので、見つけるのは可能だろう。元より『夢中透視』ができたということは、山星校内の誰かなのでいつかは見つかるはずである。

二人は廊下を歩き、教室を覗《のぞ》く。休み時間なので教室の外に出ている生徒も多い。

「……あの人だ」

目当ての人物を桐山が見つけた。指を差す。

セミロングの髪をした、背の高い女子だ。濃《こ》い目の化粧《けしょう》で性格はきつそうな印象を受ける。しかし今は、遠くから見てもわかるくらい、酷《ひど》くどんよりとした表情をしていた。

「うん、あの顔。……間違いない」

「話しかけてみるか？」

「そうしたいけど、全く関わりないと難しいわよね……」

とりあえず今は教室に戻り、後で作戦を練《ね》ることにした。

「なんか最近太一と唯《ゆい》よく一緒にいるよねぇ」

教室に入るなり、永瀬《ながせ》に言われた。

何気ない、重くも軽くもない口調。冗談とも本気の指摘《してき》ともつかない……いや、わざとどちらにでもとれるようにしている感じがする。

「え……」「いや……」

二人揃《そろ》って、言葉に詰まり固まる。

「しかも休み時間中揃って消えるなぁという……」

「ま、まあ、あれよ。その……そ、相談よ！　相談！」

「相談？」

「え……とっ」

出任せで後が続けられなくなった桐山が「どうしよう」と目で太一に助けを求める。

「相談……あ、あれだ永瀬。青木というか……恋愛というか……」

太一は信憑性《しんぴょうせい》のありそうな題材《だいざい》をなんとか見つける。

「あー……なる。ならわたしの方から口出すことはないねー」

ひとまずこの場は乗り切れたが、まだ永瀬は疑っているような視線を向け続けていた。

太一は、青木の父親と関連があるらしき女子の件を考えながら、授業を受けた。

事情を聞くにしても、女の子は被害者かもしれない。嫌な思い出を蒸し返すのは気が引ける。ただ、桐山の見た『夢』を聞くに、どうもただの被害者には思えないが……。

教師が黒板《こくばん》の数式を消そうとする。まだ写していない部分があったので、太一は慌ててノートに書き殴る――。

【女子の姿。今日桐山と休み時間に探していた女子だ。泣いている。泣きながら頭を下げている。何度も下げる。女子の前には男性……青木の父親。「怒られて頭にきて……嘘《うそ》をついてしまいました」「許して下さいとは言いません……。でも事情だけはわかって下さい。警察の人がきて、妙な流れになって、それで……」。頭を下げる。地に付けるように。下げる。下げる】


太一は一度目を強く瞑《つぶ》り、再び開く。

板書は既《すで》に消えていた。

□■□■□

桐山が見た『夢』、太一が見た『夢』。

二つを組み合わせて導《みちび》き出される結論は、一つだった。

「青木のお父さんが痴漢の疑いをかけられているのは……冤罪《えんざい》かもしれない」

桐山の発言に、太一が頷《うなず》く。

「確定する訳にはいかないけどな。推測《すいそく》で補ってる部分が大きいし」

昼休み、人目を気にしてバラバラに教室を出た後、太一と桐山は校舎《こうしゃ》の隅《すみ》で合流した。永瀬も中山とわいわいやっていたので、まだ気づいていないと思う。後は一応教室に戻る時も時間差を作ればいいだろう。……が、今はなによりも目の前の問題だ。

『夢中透視』で今しがた自分達が行き着いた結論は、これまでのものと比べものにならないくらい重い。

それは、圧倒的強度《きょうど》で、現実を変えてしまえる。

「青木から話を聞いた限りじゃ、まだお父さんの嫌疑《けんぎ》は晴れてないいんだよね……。となると、真実を知ってるのは……本人以外じゃあたし達、だけ？」

「……よく、偶然で見られたな、こんな『夢』。まるで運命みたいに——」

「それはお二人が……そのことを意識してたからじゃないですかねぇ……」

ぞわぞわと背筋《せすじ》を悪寒《おかん》が這《は》い上がった。

振り向く。

「……〈ふうせんかずら〉っ」

この段階で、白昼堂々《はくちゅうどうどう》、現れるとは思わなかった。

だらんとした、後藤龍善《ごとうりゅうぜん》の姿だ。

「……あんたいつもどうやって近づいてるの……？　気配を感じないんだけど」

両拳を握《にぎ》って構《かま》えた桐山が、尋ねる。

「いやいや桐山さん……僕は普通に歩いているだけですよ……？」

「なんの用だ？」と今度は太一が問う。

「……ああ……ええと。ああ……桐山さんが……願って、後八重樫《やえがし》さんもよく考えていたから……『夢』を見られたんだと伝えに……来たんですよ」

逐一《ちくいち》思考まで追っているのか。

「……まあ願ったら必ず見える訳ではないですけどねぇ……」

「で……、なんで出てきたの。わざわざそれを言いにじゃないでしょ？」

「はぁ……それを言いにですけど……？」

「……はい？」と毒気の抜かれた声を出す桐山。

「ああ……まぁ……絶対じゃないけど、見ようと心がけることも大事ですよ……と。お二人がやろうとしていることからしたら……、その知識は大事でしょう……？」

太一と桐山がやろうとしていること。

〈ふうせんかずら〉が二人を見つめる。

〈ふうせんかずら〉は二人を見て愉しんでいる？

「俺達は……掌《てのひら》の上で踊らされているのか？　こう動くことを、見込んでいたのか？」

「……ああ……そう動いて貰ってもいいなぁ、とは……思ってましたが。……まぁどっちでもいいですね……」

　煮え切らない回答だった。反応に困る。

「ただ皆さんがそうすると言うのなら……ちょっとお手伝いしようかと。なにせ……ボーナスステージですからねぇ……」

「さっさと『現象』を終わらせてくれてもいいんだけどね」

「終わらせていいんですか……桐山さん？　青木さんが助けられなくなりますけど……。せっかく助けられそうなのに……ねぇ？」

　桐山が息を呑《の》んだ。唇《くちびる》を噛み締《し》めて俯《うつむ》く。

　なんだ、今の発言は。〈ふうせんかずら〉は知っているのか。太一達の推理《すいり》が、真実だと。それとも、ただこちらを揺さぶるために言っているだけか。

「……まぁ僕は、見てるだけですから……ご自由に。……ああ、それと。……くれぐれも他の人に『力』のことがばれないように……。面倒なのは嫌ですからねぇ……」

〈ふうせんかずら〉は言い残すとそのまま去っていった。というか物置の陰《かげ》に入り、次出て来た時には乗り移られていない後藤龍善に戻っていた。

□■□■□

　二クラス合同の体育の授業では、太一達のクラスと稲葉達のクラスが一緒になる。

太一も皆と共に授業を受ける。これだけ非現実的展開の中、更には現実的な問題にもぶつかっているのに、普通に授業をこなしているのは、毎度ながらどこか滑稽《こっけい》だった。

男子はバスケットボール、女子はバレーボールを行う。

二人組になってドリブルとパス練習をする時、太一は青木を誘った。どうにも元気がなさそうだったからである。

「ヘイ、パス……って、おい」

青木がドリブルに失敗して、自身の足に当て、ボールを蹴飛ばす。

「……おっと、……わり」

「なんか……大丈夫か？　寝不足っぽいけど？」

「うーん……まあ昨日っつか深夜までやってたから今日だけど。家族会議があって……子供は引っ込んどけって姉ちゃんには怒鳴《どな》られたけど、そうもいかないじゃん」

青木だけではない、青木家の……下手をすればもっと多くの人間が関わる、問題。

「いやホント……子供を育てるのって金かかるんだな……」

お金の問題は、現実の中でも特に生々しい。

「最後は結局離婚だなんだまでに話脱線《だっせん》するし……。……あ、本当にやる気はないと思うよ。売り言葉に買い言葉みたいな感じで……ってか、んな話するもんじゃないよな。お前が聞き上手だから悪いんだぞ！」

青木は強めに、パスを放つ。

太一はボールを受け止める。このボールに青木のストレスが少しでもこもっていてくれればと、思う。自分の中に溜《た》め込むのはよくない。

しかし青木が弱っている姿を見せるのは珍《めずら》しい。いつもはそれが自分の役割だと言わんばかりに、いつも通り振る舞うのに。常に『現象』の問題をはね飛ばす青木でさえも、支えきれないほど重々しい現実問題だ、ということだろうか。

視線を感じて、太一はその方向を見る。

桐山が、心配そうに青木を見ていた。

その視線に、青木は気づいていない。


放課後、部室に行く前に太一と桐山は二人で会議を開いた。

「……やっぱり、青木のお父さんの痴漢事件が冤罪だ、って証明されたら、会社を辞めさせられなくて済むのかな？」

沈んだ口調で桐山は話す。

「その可能性は、ありそうだよな。その話が事実であると仮定してな」

「じゃあ女の子が悪いんだって警察に報《しら》せれば……いや『本当のこと白状《はくじょう》したら？』って本人に言えば、解決するかも、ってこと？」

「でも冤罪だとすれば、……逆に、女子にとって、犯罪になる、かもしれないよな」

どの程度かわからないが、警察も絡《から》んだ上で女子はなにか嘘をついたらしいのだ。あれだけ謝りたいと願っているのだから、女子にも過失《かしつ》があると考えるのが妥当《だとう》だろう。

「……犯罪、だよね」

自分達がやろうとしていることは、犯罪の告発だ。これまで自分達がやってきた、お気楽な他の誰にも迷惑をかけない手助けとは、根本《こんぽん》から異なる。

そんな大それたことをやっていいのか。許されるのか。

罪を犯した人間は罰《ばつ》せられるべきである。それは当然の理論だ。でも自らの手で、誰かをそこに突き落とせるか？　それを自分達で決定できるか？

神でも、ないのに。

その命題《めいだい》に突き当たって、太一は怯《ひる》んだ。

——もちろんこれが、日常の生活で発見された真実なら迷わず警察にも行っただろう。

でも、今、自分達が利用しているのは、通常ではない『力』だ。

自分達は世界の摂理《せつり》に反する位置に立って、ことを起こそうとしている。

「どっちかが……警察に捕まっちゃうの？　どうしたらいいの……？」

呟く桐山に、太一はなにも言えない。


答えは出せないまま、重い足取りで太一と桐山は部室に向かう。

部室に集まったのは六人で、青木だけがいなかった。

「青木がなんで休みか知ってる、稲葉？」

桐山が、同クラスの稲葉に尋ねる。

「家の用事、だとさ」

答えを聞き、桐山の顔が暗くなった。

部活は基本的に通常運転で、各人が好きなことをしている。だが『現象』が起こっているプレッシャーもあって、いつもより部室は静かだった。

『夢中透視』についての話し合いはほとんど行えていない。稲葉が初めに「現象は無視しているな？　他の異常もないな？」と反論を許さず訊くだけだ。その後話を持ち出そうとしても、稲葉が「口にするな」「黙《だま》れ」と一切の議論《ぎろん》を許さなかった。

だから、太一と桐山は部活終わりに永瀬を呼び出すと決め、計画を立てた。

「じゃあ、今日俺用事あるから」そう言って太一は先に立ち上がる。

「用事……どうかしたのか？」

稲葉に尋ねられる。

「一人で行かないとダメなやつだから……」

「だからなにを……っまあ、いいか」

強く問い詰めようとして、途中で方針転換したのか稲葉はそれ以上聞かなかった。だが続けて言う。

「……なんか、二人の時間作れてないな。進路考えたり……忙しいのかもしれんが」

「うん……」

稲葉の指示に背《そむ》いている。その後ろめたさから、太一は稲葉と話しにくくなっている。

稲葉の指示……いや、主張か。稲葉の意見に絶対に従わなければならない定めはない。

意見は、自分で決めて持っておくべきだ。

と、円城寺《えんじょうじ》が声を上げる。

「はっ……一人で用事……そして進路を考える……これは……声優養成学校を見学に行くフラグですね！」

「一つもフラグ立ってねえよ。お前の脳内お花畑の話を現実に持ち出すな」

一年生の二人がやいのやいの言い出してくれたおかげで、太一と稲葉の間の妙な空気は、どこかへと霧散《むさん》してくれた。


学校近くの公園で待っていると、永瀬と桐山がやってきた。桐山が「相談したいことがある」と永瀬を連れて来ているはずだ。

太一を見ると永瀬は「あー。やっぱそういうことねー」と苦笑した。

「学校内じゃあれだし、部活中は稲葉がいるし……わざわざ悪いな」と謝りながら太一は缶ジュースを永瀬に渡す。それから桐山にも。

ベンチに座ろうとしたが、少し汚れていたので立ったまま話をする。

「永瀬は、『夢中透視』で知ったことを元に行動する件、どう思ってるんだ？　前も司会みたいなポジションで、永瀬自身がどうかって聞いてないなと思って」

まず太一が口火《くちび》を切った。慎重《しんちょう》を期《き》すならば力を使ってもいいのでは、と主張する太一と桐山。なにがあっても絶対に使うべきではない、と主張する稲葉と青木。現状二対二である。別に多数決ではないが、永瀬がどう思っているのか話を聞いてみたかった。

永瀬はふーむ、と唸《うな》りながら背を向けて歩き出す。

暑い日で、夕方なのにまだ陽射《ひざ》しが強く残っていた。缶を弄《もてあそ》ぶ永瀬の姿がだんだん夕日と被って、太一は目を細める。

「力を得たからなにかをすべきなのか、本来あり得ないから使用すべきでないのか」

落ち着いたトーンで話してから、永瀬は振り返る。

「わたしには、判断できない。まだ、決められない」

優しい表情で永瀬は首を傾《かし》げる。柔らかな長髪が、ふわりと零《こぼ》れる。

「や〜、ごめんね太一と唯的には、わたしに『力があるならなにかすべきだ！』って言って欲しかったんだよね。どっちかって言うと」

「そ、そんなつもりないよっ！　……でも、どっちかって言うと、そうか」

「少なくとも、『まだ判断できない』ってスタンスなら、現状は使うべきではないよね。中途半端に手を出したら痛い目見るのは、わかってることじゃん？」

永瀬は話す。現段階の文研部五人の中では、誰よりも冷静に物事を見ている気がした。

「ま、判断保留って優柔不断極まりないし、逃げてるって言われても仕方ないけど！」

「そんなことは……ないだろ」と太一は呟く。永瀬は永瀬なりの決意を持って、真正面から問題を見つめていると思えた。

とにかく、と永瀬は強い口調で言う。

「『力』を利用するなら、相当な覚悟《かくご》が要るだろうね」


方向の違う永瀬と別れ、太一と桐山は二人して駅まで歩く。桐山は黙ってなにかを考えている様子だったので、太一も声をかけず物思いに耽《ふけ》る。永瀬の意見も踏まえてだ。

守らなければならない一線がある。その話は、太一と桐山で以前にもした。区切りをつけずずるずると引き込まれれば、〈ふうせんかずら〉の思うツボであろう。

非現実的な現象が影響する範囲を、むやみに広げていいはずがない。

しかしそれで、現実の問題を解決しないでいい理由にはならなかった。

自分達の目の前には、誰かが不幸になろうとしている事件がある。

それを正す力が、自分達にはある。

「あたし……やるわ」

不意に、桐山が言った。決意に満ちた声だった。

「……貫かなきゃならない正義《せいぎ》が、あると思うの」

正義。一介の高校生には重過ぎるその言葉を、桐山は口にした。

「守れる人は守らなきゃ。間違いは正さなきゃ。見過ごしたら……悪者と一緒だもの」

この頃よく思うのだけれど、桐山はとても真っ直ぐで、正義感に溢《あふ》れる心を持っている。桐山の善良《ぜんりょう》さを曇《くも》らせてはならないと、太一は思う。

「俺も、そう思う」

太一はほとんど無意識に、口にしていた。

しかし口にした瞬間、それが正しいことだとすぐ確信した。間違いがない。絶対。

桐山に乗っかった……だけじゃなく、自分もそう思うのだ。

今までの、全ての己が選んだ道は、この正義の道を進むためにあったのではないか。

そうとまで思えてくる。

「正しいことをやれるのなら、やろう。……〈ふうせんかずら〉の企《たくら》みが不気味だけど、それだって注意していれば、大問題にしないで済むはずだ」

何度あの『現象』を越えてきたと思うのだ。危機がくれば、経験則《けいけんそく》でわかる。

恐れていては前に進めない。なにもできない人間になって、どうする。

「解決できる問題は、解決しよう。ただ大ごとになりそうになればすぐに手を引こう」

太一の提案に、うん、と桐山は頷く。

「……他のみんなには言えないよね、これ。……あたし達が勝手にやることに巻き込んじゃダメでしょ？　だから二人だけの秘密になるのかな、やっぱ」

桐山は眉間《みけん》にシワを寄せて、苦笑した。

「なんかヘンね。あたし達付き合っている訳でもないのに、二人で協力してばかりで、しかも稲葉と青木とは……反対の動きを。……おまけに黙って」

——なにもするな。稲葉の声が蘇《よみがえ》る。

そのセリフを、太一は心の中で打ち消す。稲葉と対等に並び合うためにも、自分は自分の意志で道を決める。自分が今やるべきは、この戦いで間違いない。

「付き合ってるからって、意見が常に一致する訳じゃない。……それに黙っているから、相手に負担《ふたん》をかけないでいられる」

独りよがりではなく思いやる気持ちで、そう、できている。

「だよね。……よし、頑張る」

桐山は拳《こぶし》を握って、空中に向かって正拳《せいけん》を一突き。

「あたし……青木にずっと助けられてきた。今度はあたしが、助ける番だよね」

それを聞いた瞬間、太一は危うさのかけらを感じた。私情が桐山の決断に影響を与えたとしたら、いつかほころびが出るような。だがそもそもこの決断が自分達個人の想いからなんだと思い直し、太一はわざわざ指摘しなかった。

□■□■□

決行は間を置かず翌日にした。事件の捜査《そうさ》や会社での処理がどこまで進んでいるかわからないし、太一達の予想が見当違《けんとうちが》いだとしても、早く確かめるに越したことはない。もうここまできたら、太一と桐山は策《さく》を弄《ろう》さず真正面からいこうと決めた。

作戦開始は昼休み。昼食が終わった頃合いを見計らう。

「だ……大丈夫かな太一？　勘違いだったらどうしよう……。酷《ひど》い疑いをかけて……」

実行直前の打ち合わせ、桐山はかたかたと震えながら言う。

「間違いだったら、謝ればいい。俺も全力で謝る」

作戦の第一段階は桐山だけに任せることになるから、緊張もわかった。

「……先輩、あたしは二年の桐山唯と言います……。……お話があるので来て頂けませんか……。先輩……」

ぶつぶつと話すべき台詞《せりふ》を繰り返す桐山を、太一は「頑張れ」と送り出す。

それから太一は校舎の隅に先回り。祈りながら、気が気じゃない時間を過ごして待つ。

三分……五分……七分……。と、ついに。

桐山の先導で問題となる三年の女子が現れた。警戒されないよう桐山だけで呼び出したのが功《こう》を奏《そう》したか。第一段階クリアだ。

そしてここからは太一も加わる。

「……なに？　いきなり人気のないところに連れてきて」

そう話す女子と桐山の前に、太一は物置の陰から姿を現す。

「わっ！　……ちょっと、なによ」

女子は怯《おび》えた表情をして逃げようと後ろに下がる。

「ま、待って下さい」と桐山が腕を掴んでそれを止めた。

前置きを言う時間はなさそうだ。一気に勝負をかける。

「単刀直入に言います。先輩、あの電車での痴漢の件……正直に話しましょう」

確証がないので曖昧《あいまい》に、でも全て見抜いているのだと思わせるために核心《かくしん》を突き、あらかじめ決めていた言葉を、太一は放った。

その瞬間、女子が完全に硬直《こうちょく》した。

「あ……え……あ……」

まともに声も出せず固まった後、「はぁっ」と大きく息をついてあえぐ。呼吸すらできていなかったようだ。

「はぁ……はぁ……。な、なにを言ってるワケ?」

誤魔化《ごまか》そうとしてるが、もう、なにかがあることは子供にでもわかったろう。

「偶然……目撃してる人がいて……その人から話が聞けたんです」

「嘘よ」

今度はノータイムで返答した。けれど顔は、みるみる引きつっていく。

女子の隣に立つ桐山も追い打つ。

「……本当なんです」

「嘘よっっ!」

女子は激高《げきこう》し、桐山につかみかかる。不意を突かれたのか桐山は為《な》す術《すべ》もなく胸倉をつかまれる。押し込まれる。

「ありっっ得ないっ！　嘘よっ！　あの時学校の奴らはいなかったし！　他の乗客も揉《も》めだしてからの……こと……しか……」

興奮して上気した顔が、真っ青になった。自分がなにを口にしたか、気づいたらしい。

「ああ……なんでよ……なんで……急に……なんで……今」

ぶるぶると震え出した女子が呟き、そして、——逃げ出した。

「あっ」と桐山が言う間に女子はその場から離れようと走る。走る。

——取り乱す女子を見て、太一は恐くなった。その時はまだ、自分達がやっていることを、正確に理解していなかったのかもしれない。ふわふわ現実感のない世界を漂っているつもりでいた。これが現実だとの認識が、足りていなかった。

そう、これは現実なのだ。

映画の中でもドラマの中でもない、正真正銘《しょうしんしょうめい》の、現実。

現実に、女子は追い詰められている。それを追い詰めているのは、自分達。その現実。

桐山が後を追おうと動く。それに続いて、慌てて太一も駆け出した。

「ど、どうしよっ」

「とりあえず、止めるしかっ」

ハンデはあれど相手は普通の女子、運動神経に優《すぐ》れる桐山はすぐに追いついてしまう。

桐山が腕を掴む。

「待って、下さい！　落ち着いてっ！」

「離してっ！　離してっ！　関係ない！　あたし悪くないっ！」

女子が激しく暴れる。

「違うんです！　先輩が悪いなんて思ってません！　ただ……これで困っている人がいるんですっ！　その人はこの学校にいて……つまりその子の父親が……。だからっ！」

それは桐山の本心からの言葉であったろう。

女子の動きが、ぴたりと止まる。荒い息だけが、続く。

そうだ、女子は謝りたいと『夢』の中で願っていた。つまり後悔《こうかい》している。犯人扱いするのではなく、その面からアプローチをかければ。太一は言う。

「先輩……後悔、してるんですよね。じゃあ、やり直しましょう。ちゃんと謝りましょう。上手くいけば、その子は助かるんです。先輩もそれ以上後悔しなくて、済むんです。……打算とかなしでその子のためにも……お願いします」

太一の言葉を聞くと、女子の瞳が潤《うる》む。どんどん涙が滲《にじ》み、ついに、零れる。

「……ウソ……そんな……ごめん……なさい。ごめん……。……聞いて、くれる？　アタシの話……ちゃんと……聞いてくれる……？」

泣きながら言う女子はとても年上には見えず、幼い女の子のようだった。

「聞きます。話して、下さい」

桐山が続くと、女子はその場にしゃがみ込んだ。

「そんな……そんなつもり……全然なかったのっ！」

誰にも相談できず一人溜《た》め込んでいたのだろう。女子は吐き出すように全てを話してくれた。

女子は電車内で電話しているところを、青木の父親に咎《とが》められたらしい。それでも無視して会話していると、青木の父親が強く注意をしてきて、その過程《かてい》で腕を軽く摑まれる場面があった。それを揚《あ》げ足取りの要領《ようりょう》で「痴漢だ！　痴漢だ！」と叫んだ。

「……そしたら駅員さんとか……鉄道警察の人とか出てきて大ごとになって……。今更違いますとか、言えなくなって……。警察の人は『こういう風にやられたんだよな？』とか勝手に話してくるし……」

居合わせている乗客が少なく、全てのやり取りを目撃している人間はいなかった。

「家に帰って……、ネットで痴漢の冤罪とか、痴漢で会社をクビになったとか見て……、本当に大変なことをしてしまったんだと思った……。でも大変だとわかればわかるほど、アタシもどうすればいいかわからなくなって……。違いますって、アタシが悪いんですって、言いたかったのに……」

女子は感情が高ぶって脈絡《みゃくらく》がないところがあったものの、丁寧《ていねい》に説明してくれた。

悪いことに変わりはないが、全ての罪を彼女になすりつけるのは、可哀想《かわいそう》にも思えた。

けれど警察が関わる事態になった以上、出るところには出なければならない。本人も重々承知していた。それが罪になるのかは、わからないが。

「それで……どうしようと思ってますか。これから」

いくらか女子が落ち着いたところで、太一は訊く。

「……今話して、決心ついた。ちゃんと……警察の人に話そうと思う。相手のおじさんにも謝らないと……。ずっと……そうしたいって思ってたんだから」

それは嘘偽《うそいつわ》りのない事実なのだと思う。だって女子が心の奥底で願っていたから、桐山と太一は『夢中透視』でこの事件の真相を知ったのだ。

そう思えば、今回太一と桐山がやったことも、誰かへのほんの一押しに過ぎなかった。そのまま『後は自分でやってくれ』とするのも忍びないので、父親が警察のお偉《えら》いさんをやっている藤島麻衣子《ふじしままいこ》に仲介を頼んでみた。上手いことやってくれるのではないかという期待もあった。

事情を聞くと、藤島はすぐ手配をしてくれ、学校が終わると同時、迎えに来た警察官と女子は警察に向かった。

「……最大限、配慮《はいりょ》して貰えるようには頼んでおいたわ。相手が手を摑んできたっていうのは事実でしょうし、落とし所が上手くいけば、大きな罪にはならないはずよ」

処理を終えた藤島が太一と桐山に報告してくれる。

「そうか。ありがとう、世話をかけた」

「いいのよ。それより、とんでもない事件に関わってたのね。しかも素晴らしい活躍じゃない。世の中の痴漢冤罪事件を一つ解決して、罪の意識に苛《さいな》まれる女の子を救って」

「たまたまよっ、たまたまっ！」

桐山が慌てて謙遜《けんそん》する。

「ふうん。……八重樫君もたまだ、って言うの？」

「あ、ああ。そうだけど」

「へえ、そう」

じろりと太一を見つめる藤島の目には、どこか、含みがあった。

□■□■□

そんなつもりはなくとも、誰が主導した訳でなくとも、噂《うわさ》とは、広がるものである。

三年の女子が痴漢を偽証《ぎしょう》した話、それを太一と桐山が解決したという話は、週明けには、校内の一部の人間の知るところとなった。

「お手柄じゃん唯〜」

栗原雪菜《くりはらゆきな》が嬉しそうに桐山の頭をぐしゃぐしゃと撫《な》でる。

「や、やめてよ雪菜……。そんなんじゃないし……全然」

今度は瀬戸内薫《せとうちかおる》が言う。

「唯ちゃんもしかして後ろめたさ感じてる？　気にしなくていいよ。悪いことしちゃったら、それに対してすべきことがあるんだから」

隣で聞いていた太一も、瀬戸内の弁《べん》に少し救われる。

なるべく大げさにはしたくなかったが、ある程度噂になるのは仕方ない。幸《さいわ》い、冤罪を着せられた男性が青木の父親だという事実や、詳細な事情は流れていないようで太一は安心する。それが明らかになれば、自分達のやったことが稲葉達に露見《ろけん》する——いや。

情報収集と情報分析《ぶんせき》が趣味《しゅみ》とまで語る彼女は。

稲葉姫子《ひめこ》は、そんなに甘い女か？

「……よう、太一に唯」

心臓が止まるかと思うほどのタイミングで、稲葉が、二年二組の教室に現れた。

静かだ。静かなだけ、秘めたる感情が読めない。

「昼休み、……ちっとツラ貸せや」

凄惨《せいさん》に、稲葉は笑った。


「お前ら『夢中透視』を使って……青木の父親が痴漢と訴えられた件を解決したな？」

単刀直入。前置きもなし。

稲葉は、キレていた。なのにそれを爆発させずに内でぐつぐつと煮えたぎらせている。

恐い。素直に思った。

「……ああ、そうだ」

この段階まできて隠せはしないと、太一は認める。

「詳しく聞かせろ」

部室には、文研部の二年生五人が揃《そろ》い、長机を囲んでいた。

不安気な桐山の視線を感じながら、太一は大まかな流れを説明する。

「――で、女子が警察に行った……という流れだ」

太一が話し終える。と、その瞬間、稲葉は蔑《さげす》むように笑った。

「お前らの話は、そこで終わりなんだな」

「……どういう意味だよ」

少しの苛立《いらだ》ちと、不気味さとを感じて、太一は聞き返す。

「その後どうなったか、お前らは知らねえだろって話だ。お前らの中ではそこで終わっても、現実はそうはいかないんだ。……言ってやれ青木」

稲葉が青木にバトンを渡す。青木は深刻な顔つきをしていた。これまで自身の問題に悩みを吐露《とろ》していた時よりも、重々しい表情だ。

「まあ……無事親父の嫌疑は晴れましてお咎《とが》めなし。まだ女の子の処分がどうなるかわかんないけど、親父が訴えるつもりはないって。……で、会社をクビになるって話も、なしになりそう」

話を聞いて、固かった桐山の表情がほんのりほころぶ。

太一も一安心だ。しかし、じゃあなぜ青木は切羽詰《せっぱつ》まった顔をしている。喜びを表に出さない。なにが、青木を追い詰めている。

永瀬は、じっと行く末を見守っている。

「……その代わり、会社の他の誰かが、クビになりそう。元々親父の会社、リストラ要員探してたから」

ぴきっ、と桐山の顔が引きつって固まった。

太一も同じように、表情筋が変なつり方をした。

「……わかるか、お前ら？」

じっくりと言い聞かすように、ゆっくりと染み込ますように、稲葉が言葉を紡《つむ》ぐ。

ごりごりと、咎が押しつけられる。

「お前らは誰かと、その家族の人生を狂わせた」

「でもそれじゃあっ！」

大声を上げている自分に、驚いた。まさか一番初めに声を荒げるのが自分なんて。

「青木の親父さんは無実の罪で会社クビになりそうで、青木だって……」

「そういう話じゃっっっっねえんだよっっっ！」

稲葉が机を殴りつけ、吠えた。

金縛《かなしば》りにあったみたいに、体を動かせなくなった。

「身内のっ、知ってる奴を助けるためならっ、他の奴がどうなってもいいのか!? んなワケねえだろうがっ！　アタシの忠告《ちゅうこく》無視してこそこそ動きやがってよぉ！」

涙声の桐山が必死に説明する。

「ま、待ってよ稲葉。……黙って動いたことは謝るわ、ごめんなさい。でもわかって欲しいのは、あたし達が動いたのは、それが悪いこと……犯罪だったから、だよ。犯罪とか関係なく……、自分達の都合で……、誰かの不幸を誰かに擦《なす》り付けた訳じゃ」

「善悪の有無は関係ないんだよクソがっ！　だいたいなにが善でなにが悪だ⁉」

桐山の善戦を、一喝《いっかつ》で叩き伏せる。

だが太一も黙ったままではいられない。

「でっ、でも犯罪だぞ⁉　犯罪は、悪だって法律で決まってるだろ！」

「それは人間が自分達の手に負える範囲で決めたルールだっ！」

「ならっ」

「でもアタシ達はその普通の人間のルールを逸脱《いつだつ》しているんだろうがっ！　忘れたとは言わさねえぞっっ！」

ルールを逸脱して、『力』を持った人間。

そんな普通じゃなくなった人間の採《と》る道は。

ぐすっ、ぐすっ、と鼻を啜《すす》る音が響いた。

「……あたし、正しいもん」

桐山は主張する。

「だって困っている人を、青木のお父さんを……それから青木を、助けられた、もん」

桐山は青木を見た。傍からでも、肯定《こうてい》してくれと縋《すが》っているのがわかった。

好きな人からそんな目で見つめられ、青木は、苦しそうな顔をして、

「……そんなもの必要なかったのにっ」

斬り、捨てた。

桐山は信じられないと言いたげに、青ざめる。

「そんなことやり出したらっ、不幸な問題全部に首をつっこまなきゃならなくなる。オレのだけじゃ、不公平になる！」

「ふ……不公平とか意味わかんないっ！」

一転、桐山の頰《ほお》に今度は赤みが差した。

「間違っていることを正してなにが悪いの⁉　あたしだって凄く青木に助けて貰った！　そのお返しができたと思ってるっ！　これですっきり……返事もできて、決着もつけられるでしょ⁉　それが間違いだって言うの⁉」

「唯は……オレがなにかしたからっ、なにかしてくれるって⁉　お返しだって⁉　オレはそんなもの……、そんな義務とか……同情とか……よしてくれっ！」

わなわなと震えて、青木は唇を嚙む。

わからない。どうしてそれだけ青木が頑《かたく》ななのか。いや、なにがあっても絶対に譲《ゆず》れない部分だったのか。太一や桐山が、稲葉に逆らってもこれは譲れないと思ったように。

「なんでよ……！　あんたは喜ぶでしょ……！　喜ばなきゃ……おかしいでしょ」

桐山は俯いて目を擦《こす》った。

先ほどよりは幾分落ち着いた口調で、稲葉が言う。

「……やっちゃいけないことがあるんだよ。不条理だと思っても、無慈悲《むじひ》だと感じても、涙を呑むほど悔《くや》しくても、この現実には受け入れるしかないものがある」

「犯罪を見逃せと？　不幸になる人を放っておけと？」

太一は尋ねる。これは自己犠牲？　いや違う。人として正しいことを言っている。

「『力』を使って自分達の利益や欲求のため動くのは、絶対に間違いだと思う。けど『動いてはいけない』というルールを盲信《もうしん》して、誰かのためになる、誰かを救えることをやらないのは──」

「主人公か、テメエは」

侮蔑《ぶべつ》を孕《はら》んだ、稲葉の一言だった。

「お前みたいなのがいるから、始めなくてもいい『物語』が始まるんだ」

「なにが……言いたいんだよ？」

「まるでアホな冒険物語の主人公だなって言ってるんだよ。わかるか、意味？　悪政が敷かれてようが誰も動かなければ安定しているのに、なんとかしなきゃと動き出すから戦乱を招く。そういう奴だってことだ」

自分が今やっているのは、無用な混乱を招くだけ？　誰かを、助けているのに。

「今までならそれでもよかったんだよ、主人公気質。でも今、この場面じゃ、それは致命的な欠点で、絶対的な間違いだ。なにもしないことが、できないんだからな」

徹底的になじられて、太一の頭にも血が上った。

内から、感情が迸《ほとばし》る。

「ああ、できないさっ！　だからなんだ！　俺はそういう人間だ！　元から『そう』だから変われない！　昔稲葉が言ったようにな！」

稲葉が、『自己犠牲野郎』だと言った。

それは元から『そう』だから変えられないんだろと、言った。

ならば、自分が貫くべきは。

「俺は、やるぞ。自分が正しいと思うなら……『夢中透視』を使って、誰かを助ける」

そう、するしかない。

自分は戦う、そう決意した太一に――、桐山も続いてくれた。

「あたしも……やる。それであたしが正しいって、証明する」

青木はなにかを言いたげに、でもなにも言えずに頭をぐしゃぐしゃと掻《か》く。

永瀬は全てを見極めるように沈黙して動かない。

隣り合う太一と桐山、その正面に並ぶ稲葉と青木。二人対二人、正面同士で睨《にら》み合う。

なんだ、どうした。

どうして自分達は、いがみ合っている。ましてや対立している。

誰かの悩みが露見《ろけん》した訳でもない、誰かの感情が無理矢理表に出されている訳でもない、誰かの過去が枷《かせ》となってすれ違っている訳でもない、互いの心が透かされている訳でもない、誰かの偽者《にせもの》が現れている訳でもない。

この現象によって、自分達の中の誰にも問題は顕在化《けんざいか》していない。

でも。

だから。

それは揺らぐ余地がなく、互いを決定的に断絶《だんぜつ》させる。

信じるものが違うから。

信じた道が分かれたから。

稲葉が目をすがめてから、正面に戻して睨みつけた。

桐山と、太一を。

「……いいか、もう一度言うぞ。どうあろうが、普通あり得ない『力』で、世の中に影響を与えたら、それこそ〈ふうせんかずら〉と一緒だ。なにかを変えてしまって、元に戻せない。明らかに間違った、最悪の行為だ」

糾弾《きゅうだん》する。

「だからアタシは『夢中透視』が起ころうがなにもしないし、もしお前らが『力』を使って動こうというのなら、全力で阻止《そし》する」

いつもいつでも太一の味方でいてくれた稲葉が、

「それが……アタシの正しいと思う道であり、正義だ」

初めて、敵として、立ち塞《ふさ》がった。

＋＋＋

「〰〰っなんでこうなるんだよっ！」

一人きりになった帰り道、稲葉姫子は思わず声を荒げた。

がん、と電柱を靴の裏で蹴飛ばす。

バカみたいにわかりやすい、八つ当たりだった。

唯と太一と敵対して。太一と。敵対して。太一と。太一と。太一と……。

「……わかるさ、そりゃ。優しい奴だ……いい奴らだ……。そうしたい気持ちだって、アタシにもわかるさ」

でも、自分が正しい。奴らは勘違《かんちが》いをしている。自分が、止めねばならない。

この信念を曲げたら歯止めが利かなくなる。

利かなくなって自分達は異常から抜け出せなくなる。そして自分は、――から抜け出せなくなる。守らなければならない最終防衛線。犠牲《ぎせい》をいくら支払ってもすべきこと。

これは最早、戦争だ。

五章　名探偵な彼女

翌日の文研部《ぶんけんぶ》部室には七人全員が揃《そろ》った。

それが正しいことなら『力』を使うべきだと言う太一《たいち》と桐山《きりやま》。なにがあっても『力』を使うべきではないと言う稲葉《いなば》と青木《あおき》。対立している派閥《はばつ》同士クラスが違うため、お互いが顔を合わすのは昨日の昼休み以来である。

仲違《なかたが》いもあり昨日は部活を休止した太一達であったが、永瀬《ながせ》の取りなしで、部活はちゃんと続けよう、お互い顔を合わそう、という話になっている。

二対二に分かれてしまった文研部。永瀬はどちらが正しいとも言わず、おそらく意図的に、バランサーの役目を果たそうとしていた。

「……で、雰囲気悪くないっすか？」

「……昨日も突然『部活はなしだ』ってお話でしたし」

事情を知らない宇和千尋《うわちひろ》と円城寺紫乃《えんじょうじしの》が、揃って不審《ふしん》な顔をする。

「おう、そうだね。一年生ズにはなにも言ってなかったね」

永瀬が二人に話をする間、他の二年生四人は気まずそうにそれぞれの作業をしていた。

かいつまんで永瀬が説明し終えた時、稲葉が口を開いた。

「紫乃と千尋は、どちらが正しいと思うんだ？」

いきなり切り込むか、と太一は肝《きも》を冷やす。稲葉の目は千尋と円城寺の二人に向けられているが、その警戒は太一と桐山に放たれているとびんびんに伝わってきた。

「どっ、どちらが正しいと……言われましても……」

おろおろと、円城寺は視線を彷徨《さまよ》わす。

「どちらの派閥に属するかでなんかあるんですか？」

対して千尋は、冷静に尋ね返した。

「いや。お前らだから事情だけは話しているが、直接関係ないのにわざわざ巻き込むつもりはない。だから純粋《じゅんすい》に意見を聞いているだけだ」

気のないフリを装っているが、桐山はあからさまにそわそわとしていた。

そうですか、と一呼吸置いてから、千尋は語る。

「なら、俺はなにもすべきじゃないと思いますね。やらなきゃなにも起こらない。事なかれ主義もどうかと思いますけど、この場合は。……なにより、痛い目見てますし」

苦々しい顔をする千尋に、稲葉はにやりと笑う。

「説得力があるなお前が言うと」

「そ、そんな千尋君……。みんなを助けられるのに……」

弱々しく、桐山が呟《つぶや》く。

「黙れ唯《ゆい》。千尋はそういう意見だ」

それをビシリと稲葉が遮《さえぎ》った。

「ノンノン稲葉ん、喧嘩腰《けんかごし》なのはダメだよ〜」

するりと永瀬が滑り込んで緩衝材《かんしょうざい》になった。重くもなく軽くもなく、そんなトーンで雰囲気を調整する。

「……しかし絶妙《ぜつみょう》だなお前は」と稲葉も呆れ半分感心半分の様子だ。

「うっしし。わたしも本気を出せばこんなもんなのさ」

「んで紫乃は？」

だが稲葉は、なあなあで終わらせるつもりはないらしい。

「はっ……はい！　わたしはっ……わたしは……」

意見を言おうとするが、円城寺は皆の視線が集まるにつれ体を縮める。

「ま、無理なら無理で」と青木が話しかけた、しかしその時。

円城寺がきりりっと顔を上げた。

「わ、わたしはっ……なにかできるなら、すべきともっ……思います！　というか……よい気もします……。と、というか……いえ、なんというか」

意気込んで言いかけて、稲葉に睨《にら》まれて後半は尻切れトンボになった。

「円城寺は、それがよいことなら『力』を利用してもいいと思うんだな？」

太一が助け船を出す。

「はっ、はい！　上手く言えないっのですがっ！　溺《おぼ》れる人に手を伸ばさないのは、間違いっ、かなと。変な力でも、力があるなら人を助けなきゃって思うんです！」

「『夢』はその人の願いだから、溺れてるのとは違うぞ」

稲葉が文句をつけるので、太一は反論する。

「でも理解の仕方は同じだろ」

しかし稲葉は太一を相手にしない。

「考えろ紫乃。『願い』は誰かに叶《かな》えて貰《もら》うものか？　自分で成し遂げるものだろ」

「自分で……成し遂げ……は、はい」

「けど協力して貰うことは普通の」

「本人が自らの意志で『願い』を叶えようとして、誰かに協力を求めるのなら当然アリだ。協力と、勝手に人の『願い』に手を出すことは、違う」

「え……あのでもっ……願いなら……そうかもしれませんが……ええと……」

混乱し出した円城寺を見かね、桐山が口を挟《はさ》む。

「なによ稲葉。理屈で無理矢理、紫乃ちゃんを味方につけるつもり？」

「お前らの外堀を埋めてやろうとしているのさ。文句あるか？」

直接的でなくとも、嫌な攻めだ。

「肯定《こうてい》してくれる人間なしじゃ戦えねえだろ、お前らは」

「た……戦えるわよ。自分が、正しいと思ってるんだから」

「俺も、そうだ。……俺だって」

自分の意志で決定で、この場所に立っている。だから。

「その言葉……そっくりそのまま、稲葉に返してやるよ」

「っ……お前……！」

稲葉の瞳《ひとみ》が揺れた。揺らがせてしまったことに、太一は戸惑《とまど》う。

「口論やめなさい。建設的《けんせつてき》な議論ならよいけれども。全く何回わたしに仲裁《ちゅうさい》キャラやらせるのさっ。『レフェリー永瀬』に改名させる気かっ！」

永瀬の苦労も慮《おもんぱか》り、太一もそれ以上の話をやめる。

そしてなにか違和感があるなと感じ、気づく。こんな雰囲気の悪い場面、ムードメーカーとして場を取りなしたりおどけたりする青木が、なにもしなかったのだ。

もう文化研究部《ぶんかけんきゅうぶ》は、これまでの形を保ててはいなかった。

□■□■□

稲葉達の前で明確に『力』を使うと宣言してから、太一と桐山は以前より積極的に『夢中透視《むちゅうとうし》』を使って人を助けるようになった。

悩みの解決に手を貸したり、やりたいことを手伝ってあげたり。もちろん人から奇異《きい》に思われない範囲で、だ。しかしそうやって行動し始め、あるいはできるだけ『夢』を見たいと願ったからであろうか。元より増加傾向にあった『夢中透視』の発生頻度《はっせいひんど》が、当初の一日数回から、現在は一日十数度に増えていた。これは桐山も同じらしい。寝ている間は起こらないため、平均すれば一時間に一度の計算だった（永瀬に聞いてみたところ、永瀬は一日七、八回との話だ）。

しかしおかげで色々とできることは増えた、と言うべきだろう。大きな『夢』は当然無理だが、小さな今叶えたい『夢』なら結構なんとかできた。というより、身近な『夢』は本人が少し頑張るか、ちょっと手伝えば叶うものが多かった。だから軽く背中を押すなり、ほんの少しなにかをすれば、それで太一達の役目は終わるのだ。

その中で、一つ。やたらとはまったのが、恋愛相談役だった。

太一達は『将来オリンピックに出場したい』という壮大《そうだい》な『夢』から『数学の授業が早く終わって欲しい』という手近な『夢』まで見てきたが、やたらと恋愛に関する『夢中透視』を見る機会が多くあった。

思春期真っ直中の高校生、気になる人が一人もいない、なんて人間いやしない。学校にくれば、一度や二度自分の好きな人間を見る。となればそれは必然的に意識される。学校にいるほぼ全員が、一日一度は意識してしまうこと。それが『夢』となって、太一達の前に現れるのだ。そして『夢』が見えれば、やれることがある。

太一と桐山が行うのは、両想いのカップリングを発見すれば、ちょっと背を押してあげることだ（一方からの好意を知れば、太一達自身意識するためか、もう一方の好意をキャッチしやすくなっていた）。

両想いだからゴーサインを出す訳だが、客観的に見ればそれは、

「八重樫《やえがし》君と唯ちゃんに相談した人達ほぼ百パーセントでカップルになってない⁉　カップルってるよね⁉　なにこれ凄くない⁉　恋愛マスターだ！」（中山真理子《なかやままりこ》談）

という評価になるらしい。

おかげで太一と桐山が明確に行動し始めて一週間も経つ頃には噂《うわさ》が広がり、相談者が現れるようになっていた。噂の伝わり方で、どうも太一の名の方が売れているらしい。

例えばこの間は、隣のクラスの女子から「あたし八重樫君のクラスの平《たいら》が気になってるんだけど……どうかな？」と尋《たず》ねられた。太一は「しばらく時間をくれ」と言い置いて、平の好きな人間が『夢』でわかればいいのに、と頭の片隅《かたすみ》において過ごした。すると二日後、

【平がいて、歩いている。下校中のようだ。隣にいるのは、相談者の女子。とても親しげな様子で肩を寄せ合っている。そしてお互いの手は――】

という『夢中透視』に出会うことができ、女子に「脈《みゃく》ありだと思う」と伝えた。

すると更に二日後。

「八重樫君、ありがとうっ！　告白成功した！　あいつも……平もあたしのこと、気にしてた、らしい」

「よかったじゃないか。おめでとう」

「でもさっ、なんで脈アリだってわかったの？」

「あ、ああ。知り合いに話聞いたりして、さ」

「ふうん、探偵《たんてい》みたいだね。とにかくっ、ありがと！　八重樫君に『いける』って言って貰《もら》えなきゃ、今の関係を壊すのが恐くてコクれてなかったと思う！」

晴れてカップル誕生《たんじょう》のお手伝いができたのである。


十月に入った。

今日も放課後、太一はクラスの男子から一件相談を持ちかけられていた。

「本当に……本当に大丈夫なんだな？」

「ああ、思い切っていくんだ」

太一は背中を押す。

「……わかった。さんきゅ、八重樫！　お前に言われるといける気がしてきた！　マジ愛の伝道師《でんどうし》！」

頑張れ、と言って男子を送り出す。

向こうから相談にきたパターンで、かつお相手の女子に好意があるとわかっていたから（桐山の『夢中透視』による情報）、はっきり伝えた。

　太一も教室から出ようと立ち上がる。

「最近絶好調みたいね、八重樫君」

　冷たく透き通った音色が、周囲の温度を変えた。そんな錯覚《さっかく》。

　教室に残っていた三人組が出ていき、教室には太一と、――藤島《ふじしま》麻衣子《まいこ》だけになる。

　二人は向き合う。周囲の背景を薄くするくらい、藤島には強烈《きょうれつ》な存在感があった。

　なんだろう、この、胸騒《むなさわ》ぎは。

「恋愛関係を中心に各種相談に乗ってあげて、今だってなかなかのものよ」

「……あれ、側にいたっけ？」

「…………影が薄いって言いたいのかしら」

「まあ、最近クラス全体で発言することも少なくなったし」

「ううっ……、わ、私だって……私だってぇ……！」

　藤島はメガネをずらして、涙ぐんだ目を擦《こす》る。

「な、泣くなよっ。冗談だよ、冗談。お前ばりにキャラ濃い奴いないぞ」

　どうせ好き勝手言い散らかしてくると思ったのに、予想外の反応ではないか――。

【藤島がいる。腰に手を当て、高笑いする。藤島の目の前にはひれ伏す人間。土下座《どげざ》状態。そうする者は……八重樫太一。太一が言う、「わたくしめの負けです藤島様……。

愛の伝道師の称号《しょうごう》は藤島様のものです……」藤島が返す、「そうよ、その称号は私こそがよく似合うわ。ふはははは」】

とんでもない『夢』を見ていた。元気そうでなによりだ。

「心配しなくても、『愛の伝道師』の称号はいつかお前に返ってくるさ」

「なっ……私が盗み聞き中に一番気になった部分を的確にフォローとはやるわね……」

凄みがある、とさっきは無意味に妄想《もうそう》してしまったが、ただの勘違いだったらしい。

そもそも最近は強キャラ藤島は鳴りを潜め、ただの変キャラになっているし。

「いや、まあたまたま——」

「なんて、腑抜《ふぬ》けたセリフを私が吐くとでも思ってるのかしら、この甘ちゃんは」

トーンが変わる。急激に。

鋭く冷えた視線がメガネの奥から太一を捉える。声も出せず、動けなくなる。

そして間髪《かんぱつ》入れずに。


「ねえ、八重樫君？　あなたって他人の心でも読めるの？」

藤島は目を露《つゆ》ほども逸《そ》らさない。お得意の冗談《じょうだん》とは、思えない。

「急に……なにを言ってるんだよ」

「唐突にできるようになったわよね。『特殊な能力』でも得る機会があった？」

　ほとんど、かすっている。

　藤島麻衣子が真実を言い当てかけた。

　警告音が、太一の中で唸《うな》るように鳴り響く。

　——くれぐれも他の人に『力』のことがばれないように……。面倒なのは嫌ですからねぇ……。

　〈ふうせんかずら〉のセリフ。『面倒なのは』とは。『面倒なことになる』という表現とは違うそれは、〈ふうせんかずら〉がなにか面倒をしなければならないとの意味か。

　だとしたら藤島は。失態《しったい》を犯した自分へのペナルティは。

　どうせ大丈夫だ、そう考える自分もいる。でも〈ふうせんかずら〉の気まぐれに保証《ほしょう》はない。だいたいもう最後だと、奴は宣言している。

　もう二度と太一達をどうにかするつもりのない〈ふうせんかずら〉には、太一達を無事に置いておく理由がない。

　それは下手をすると決定的にいつもと違うことではないか。

　支配される自分達の命運は、全て奴の胸三寸。だから。

「ねえ、八重樫君？　聞いてる？」

　だから自分は、危険水域《すいいき》にいる。最悪自分はいい。でも、藤島は。

「……おう、聞いてる。藤島が突拍子《とっぴょうし》もないこと言うから、驚いて」

「事実でしょうに」

「……いやいや」

「ふうむ、簡単に口を割ってはくれないか」

言って、藤島は腕を組む。まだ確実な証拠を摑《つか》んではないらしい。

「というか……、なんでそんな話になるんだ」

「八重樫君。さっきもそうだけど、察《さっ》しがよ過ぎるわよ。普段鈍感《どんかん》なのに。まあ、なにより最近の八重樫君の相談されっぷりを見ると……」

「相談されっぷりって……、なにか変か？　急に噂になったのは認めるが」

『力』の使い方に致命的《ちめいてき》なミスをしたか。無理はしていない、はずだが。

「その過剰《かじょう》っぷりもあるけど。なにより『八重樫君が』ってのが、ね」

「俺のなにが問題だ？」

「だってあなた、相談されて上手く相手を導けるタイプじゃないもの。絶対に」

「え？」

「意図《いと》も意志もない八重樫君には、無理なはずだもの」

「……待てよ。意図や意志がない訳ないだろ」

なにも考えていないと言われているみたいで、むかっとした。

「ああ、ごめんなさい。ニュアンスが伝わりづらかった？　じゃあ言い換えるわ。八重樫君には」

——思想がないのよ。


「八重樫君って主人公みたい、一昔前のロールプレイングゲームの」

主人公、という言い方を先日稲葉にもされた。それは偶然？

「凄い能力を秘めてる。勇気もある。決断力もある。だから誰かを救ったりできちゃう。まさしくヒーロー」

「……随分褒《ほ》めてくれているみたいだが」

皮肉を込めて太一は言う。

「褒めてるわよ。素晴らしいと思ってる。お世辞《せじ》じゃなく」

「じゃあ」

「でも、流されているだけなのよね」

流されている、だけ。

「自らアクションを起こさない。目の前にピンチの人がいるから助ける。助けてって言われたから助ける」

淡々と、しかし着々と太一を追い詰める。

「能力はあるからイベントが起これば対処できるけど、自らイベントは起こせない、みたいな。主人公が喋らないロールプレイングゲームってそういう感じでしょ？　用意された選択肢をなぞるだけで。うん、なかなかどうして、いいたとえね」

「……自画自賛《じがじさん》かよ」

承伏《しょうふく》はしかねる。でもどう否定すべきか判断できなくて、当たり障《さわ》りのないつっこみをする。

「思想がない八重樫君には、自ら先だって誰かを助けるなんて真似できない。察しよく相手の気持ちを先回りすることもできない」

「おい……、散々な言い様だが、そういうお前は」

人のことを言えるのか――、そう続けようとして太一は口をつぐんだ。

仁王立ちする藤島の強烈な存在感は、太一より強い、と思える。

体のサイズが問題じゃない。姿勢が問題じゃない。なにがそうさせる。意志か決意か目的か。思想か。……思想とはなんだ。

「別に非難《ひなん》したい訳じゃないのよ。だってまだまだ子供の私達はこれから見つけていければいいんだし。まあ、そろそろ進路も決めなくちゃならないから、おぼろげながらでも持っておいた方がいいけど」

「非難じゃなけりゃなんなんだよ。俺はなんでお前に責められるんだ」

じゃあ単刀直入に、と藤島は前置きし、言う。

「八重樫太一に、今あなたがやっている人助けの仕方はできない。人として成長したにはあまりにも突然過ぎる。にもかかわらずあなたの今の人助けは完璧過ぎる。それこそ、

「……言いたいことはあるが前半を認めたとして、だ。それで妙な『力』って発想はどうなんだ？」

改めて指摘《してき》すると、藤島は顔をしかめた。

「……正直、変なこと言っていると自分でも思うわ。でも、妙なのよ。……最近もそうだけど、ちょうど去年の今頃くらいから、かな。時折、八重樫君を含む文化研究部の人達がおかしなことになっている」

どう？　と言わんばかりの挑発的な目に、太一は言葉を返せない。生唾《なまつば》を飲み込む。

「一つ一つは些細《ささい》な、『ちょっとおかしいな』で流せることだった。でもこれだけ積み重なれば、それは『異変』だと確信せざるを得ない。そして『異変』だと意識して考え直せば、なにかが起こっているとしか思えなくなった」

通算《つうさん》で六度、『現象』は引き起こされている。それは常に太一達文研部内、隔離された域内での話であり、自分達は封じ込めに成功していると思っていた。でも隔離《かくり》されたコミュニティにいても、否応なく太一達自身は外界と接している。

だから直接触れられていなくとも、決定的な場面を目撃されなくとも。

正解に行き着かれたって、不思議じゃ、ない。

「私の予想では、八重樫君がその中心にいるんじゃないかと、思っているのだけど」

流石に間違っている部分も、あるが。背中に冷たい汗が流れるのを感じる。

「あなた達は、なにをしているの？」

一歩近づく藤島。一歩下がる太一。

更に太一は一歩下がる、そこで足が机にぶつかって、逃げ場を失う。

追い込まれる。

「あなた達は、なにをしているの？」

藤島がキスでもするかのように顔を寄せる。涼やかな表情のその裏には、決して折れそうにない強固な信念が垣間《かいま》見えた。

油断していたと、太一は、悟った。

勘《かん》が鋭いと知っていた。訳のわからないポテンシャルを持っているとも知っていた。

でも今まで『恋だ』『愛だ』と変な方向に突き抜けたり、はたまた迷走したり、ネタにしか走らないから、そういう奴なのだと思っていた。

今の状況は自分が招いた。現象中の大事な場面で幾度《いくど》か絡《から》んだ人間に相対するには、自分の態度は軽率《けいそつ》だった。

「……ま、答えてはくれないわよね」

言って、藤島は太一から離れる。

「でも勝負はこれからよ、八重樫君。完璧に秘密を暴いてやるから覚悟して。なにかはある、絶対に」

藤島のパワーが、今、八重樫太一に、そしてその裏にある文研部の秘密に向けられる。

本能が告げる。この女を、本気で敵に回してはいけなかった。

「差し詰め今の私は、そう、名探偵・藤島麻衣子、ね」

びしっ、と腕を伸ばしてポーズを決める藤島は、どこまでも真剣にふざけて、太一に宣戦布告した。

□■□■□

稲葉と対立した。藤島には宣戦布告された。が、それでも、いや、だからこそ太一は『夢中透視』を使って行動しようとその日のうちに決めた。

ここで止まってしまえば、まさに『思想がない』と認めることになる気がしたのだ。自分が正しいと信じた道は、障害《しょうがい》があっても貫かなければならないと、思うのだ。

藤島の件は、翌日すぐ桐山に話した。桐山は「大丈夫かな……」と心配していたが、藤島は標的《ひょうてき》を太一に絞《しぼ》っているらしく、桐山が疑われている気配はなかった。なのであえて表に出る相談役は、ほとんど太一が買って出る形にした。

藤島に現象の件をきな臭《くさ》く思われている事実は、稲葉達にも相談すべきかもしれなかった。けれど太一はそれもせずにいる。だって『夢中透視』を利用しているのは自分達だけであり、それは明らかに自分達で解決すべき問題だ。

今回は、最早《もはや》五人ではないのだ。

一日、二日、三日……と時間が経過する。

太一が相談を受けつけ、かなりの解決率を誇《ほこ》っている噂は、徐々《じょじょ》に徐々に広がっていった。当然稲葉や藤島も動いているようで、時折《ときおり》「稲葉さんに『あいつには相談するな』って言われたんだけど」や「藤島さんに相談の時の会話問い詰められたんだけど、なんだったんだろ？」との話を聞いた。しかし直接的になにかをされることも尻尾《しっぽ》を摑《つか》まれることもなく、また数日が過ぎた。

「ねえ太一、最近稲葉んと喋《しゃべ》ってる？」

部室に入るなり、間近に寄られ永瀬に問われた。

「……喋ってなくないのは、知ってるだろ？」

敵対宣言をされても、部活には参加している。子供じゃないんだ。考え方が違うからと言って、相手の人間性まで否定しない。

「二人きりで、恋人として、ってことに決まってんじゃん」

「それは……」

当分稲葉とは表面的な会話を、部室でのみしかしていなかった。二人きりは気まずい。

「だと思った～。今日さ、用事あったりなんやりで部活来る人少ないんだよねー。具体的にはわたしと太一と稲葉んだけ」

露骨《ろこつ》に出席率が悪化した者はいないが、文研部の集まりは少しだけ悪くなっていた。

「だから今日は」

「……おっす」と、扉を開いて稲葉が現れる。

「二人でデートしてきなっ。部長命令だよ！」

「ん？　……なんだ？　おい、伊織《いおり》⁉」「押すなっ、永瀬。っておう⁉」

永瀬は太一と稲葉を無理矢理くっつけるようにして、部室から追い出した。

「はぁ？　なんだあいつ意味わからんぞ」

状況を理解できず声を荒げる稲葉に太一は説明する。

「えー……今日は来る面子《めんつ》少ないし二人でデートしてこい、だと」

「ば、バカ言うな。アタシ達は恋人同士とはいえ、今は戦争をする敵国同士だ。国交を断絶した訳ではないが、安易《あんい》に同席なんぞできるか」

「えらく固い言い方をするな」

話す稲葉は、どこか気弱げに見える。固い言い回しで一線を引いているのに……いや。逆に、わざと固い言葉遣《ことばづか》いで、無理矢理線を引こうとしているんだ。

指摘しようか。違う。それよりも、ここは強引にいくべきだ、と思った。

「だとしても彼氏彼女なんだから、お茶でもしようぜ」

返事を待たずに先に歩き出す。と、しばらく間があってから、稲葉はおずおずついてきてくれた。

「……彼氏彼女とか……そういうの強調するのは……反則だろ」

背中越しに稲葉の声を聞きながら、太一は思う。

察しがいい、だろ？

——そういうことじゃないのよ。

なぜか、否定の言葉が藤島の声で聞こえた。

馴染《なじ》みのカフェに寄り、太一はチーズケーキと紅茶《こうちゃ》を、稲葉はチョコレートケーキとコーヒーを注文した。

最近の授業はどうだとか、昨日やっていたサッカーの結果はああだとか、そろそろ公開の映画はこうだとか、当たり障《さわ》りのない会話をしばらく続け、ケーキを食べ終えたところで、お互い黙《だま》った。

稲葉との沈黙《ちんもく》は、本来なら嫌いじゃない。でも今は心が落ち着かなかった。

間を持たせるために、二人は飲み物を口に運ぶ。

先に飲み切ってしまったのは稲葉だった。ふぅと息をついて観念《かんねん》したように話し出す。

「お前まだやってるんだよな、あれ」

目を合わせない。稲葉にしては、珍しい。

「ああ」

「当分やめる気もないんだろう？」

「……こっちから言わなくても、相談にくる人が出てきたし。今更、やめるのはな」

稲葉は一瞬、とても辛そうな顔をした。

「今回の現象は正攻法《せいこうほう》じゃないから、困るな。敵に襲われている、災害《さいがい》が起こっている……、そんな困難《こんなん》に陥《おちい》らせてくれた方が、やりやすいよ」

喧嘩腰《けんかごし》にならず二人は話している。

落ち着いた空気。でも心がざわめく空気。

「……本当は力尽くでも止めてやりてぇんだがな」

「止めないのか？」

尋ねると、稲葉は目を細めて太一を軽く睨《にら》んだ。挑発ととられたのかもしれない。

「本気で止める手なら、ある。物理的に太一を監禁《かんきん》する、とか。お前の社会的信用を失墜《しっつい》させる方向でもいける。誰もお前の話を聞かなくなればいい訳だから」

稲葉はさらさらと話す。伊達《だて》や酔狂《すいきょう》で言っていないのが恐ろしい。

「でも当然、そこまではできない。そいつをやれば、終わった後元に戻ることができなくなる。それは……『奴』との勝負における敗北だ」

つまり元に戻す気さえなければ、それが可能である事実。

しばし黙考《もっこう》し、稲葉は首を横に振った。

「……できない。そこは越えちゃいけないラインだ、……と思う。自分の正しい考えを貫き通して、正しい結末に持っていきたくともそれは……ダメだ。譲《ゆず》っちゃいけない」

稲葉はコーヒーを飲もうとしたが空であると気づき、苛立たしげにカップを遠ざける。

「つーか、お前はアタシが反対意見なことを、どう思ってる？」

「どう、って」

「あるだろっ、なんか感想が。葛藤《かっとう》が」

「俺は、だな。当たり前だけど……稲葉と対立なんかしたくない。でも、やらなきゃいけないことがあると思うんだ」

言葉を切る。

「……それだけか？」

稲葉は少し目を見開いた。驚いたように、あり得ないと言うように。

それだけ？　なにか間違っているのか。いや、正しいだろう。

「……ああ、そうか。お前は、そうなんだ」

溜息混じりに言う稲葉には、怒りの感情が見え隠れしている。強い、怒りだ。

「なあ、聞くぞ？」

震える声が、次のセリフに、重大な意味が込められていると伝える。

「——お前は誰のために生きているんだ？」

こんな問いを、投げかけられるとは思わなかった。

「誰って、それは……」

想定外。想定外だから答えがすぐに出てこない。想定外、だから。

まだ声を発することができない。答えが出てこない。太一は自分の中を探る。

「それは……、もちろん」

もちろん、自分が思うのは。

「みんなの、ため」

「……ふざけてんじゃねえぞ？」

地の底から唸《うな》るような稲葉の声が、太一の体を這《は》い上がる。

静かな、だがはっきりとした怒りが、太一に向かって放たれた。

「まだ、自己犠牲精神全開でほざくか」

「違うだろっ。それは独りよがりなんだとわかってる。ただ自分を犠牲《ぎせい》にするんじゃなくて、みんなのことも考えて」

「やめろ。もう、言うな」

遮り、稲葉は両手で己《おのれ》の顔を覆う。

「だんだん……お前という人間がわかってきたよ。……本当の意味で」

弱々しく、怯《おび》えるみたいな、声だ。なにに怯えているのか。わからない。

自分が、稲葉に見透かされていく感覚。太一はそれに、恐怖する。

同時に伝播《でんぱ》してくる稲葉の不安を、どうにかしてやりたいと思う。しかし今は自分の方が大変で……。ああ……なんだか訳がわからない。

「これだけは、言っといてやるよ」

手を顔から離し、稲葉は太一を見据《みす》えた。酷《ひど》く、距離が遠く感じられる。

「この世の全員が『誰かの』ために生きたとする。誰かは誰かのために、その誰かはまた別の誰かのために、そいつはまた別の誰かのために……。それが輪になれば、誰も目的を持たないことになる。誰かのために……、と思う人間しかいないから」

『誰かのために』『みんなのために』、それは間違いのない美徳のはず。なのに稲葉は、

「そんな世界が行き着く果ては、緩慢《かんまん》なる衰退《すいたい》と死だ」

徹底的に否定する。

太一は拒否反応を覚えた。稲葉の論を認めたくない。しかしそこに、筋が通っているのも一つの事実で――。


【女子がいる。ショートカット、耳に小さなピアス。瀬戸内《せとうち》薫《かおる》だ。瀬戸内は上を見上げている。背の高い本棚がある。一冊の本をじっと見つめる。でもそのままじゃ届かない。唐突に台が出現する。満足そうに瀬戸内はその台に乗る】


「――なんで急に立ち上がってるんだ太一？」

「え……いや……その」

しどろもどろになって、太一は席に座り直す。カフェのすぐ側に大きなチェーンの古本屋がある。そこの棚は非常に高く、上段の作品をとるには踏み台が必須《ひっす》なのだ。おそらく瀬戸内は今店内にいて、台がなく困っているのではないだろうか。それをたまたま、

近くにいることもあり太一が『夢中透視』した……。

「おい、太一」

はっ、となって太一は稲葉の顔に焦点《しょうてん》を合わせる。

「聞いてるかお前？　ぼうっとして……まさかお前。誰かの『夢』を、見たのか？」

どきりと、動揺《どうよう》する。

「……んで助けにいこうとした訳か。はんっ、クソ野郎が」

嫌悪感を剥《む》き出しにした稲葉の毒が太一に浴《あ》びせられる。

いつ以来だろう、こんな稲葉は。付き合い始めてからはほとんどなかったと思う。

「なあ太一」

稲葉はテーブル上の伝票を確認する。帰り支度《じたく》を始める。

「考え方の相違《そうい》と、付き合うかどうかの話は別か？」

目は合わせない。稲葉の視線は手元にやられている。

「アタシのこととか、将来のこととか、ちゃんと考えてるか？」

激情に駆られる訳でもなく冷静に、稲葉が問いただしてくる。

嫌な静けさが、二人の間に波打つ。その小さな波の背後には、巨大な大波が隠れているのではないか。

誰かと付き合うのは太一にとって初めてだ。だからそんな体験したことない。けど感覚的にこの雰囲気は、いつ、『別れよう』と告げられてもおかしくないと、思った。

稲葉が腰を上げたのに続き、太一も立ち上がる。

「なあ太一、アタシはお前のことが好きだよ」

照れる訳でもなく、淡々と稲葉は言った。ただあるがままに。

不意打ちに、思わず太一の動きが止まる。

「それで……お前は本当にアタシのこと好きか？」

一刹那《いちせつな》、答え方に迷った。

——その迷いが間違いであり、全てだった。

稲葉の横顔が見る見る青ざめる。絶望の色にひたひたと染まる。

「いや……稲葉、違うって。俺は間違いなくお前のことを——うおっ⁉」

目を伏せた稲葉が、ほとんどパンチするみたいな勢いで拳を突き出してきた。その拳を太一が受け止めると、稲葉がお金を押しつけてきた。

稲葉が頭を少し下げ、こつん、と額を太一の胸に当てる。

夏の残滓《ざんし》が微かに香《かお》る、女の子の匂いがした。

こんなにも近くに稲葉はいるのに。自分に身を預けてくれているのに。陽炎《かげろう》のように、今にも自分の目の前から消え去りそうな、気配がした。

太一が手で触れようとすると、稲葉はさっと体を引く。

声をかけなくては。太一は焦燥《しょうそう》に駆られる。けど気の利《き》いたセリフも、思いつけない。

「……というか、今日のお金は俺が持つよ。俺が誘ったんだし」

太一が言うと、にっこりとした作り笑顔で、稲葉は首を振る。

「いい。敵から、賄賂《わいろ》まがいのものを受け取れないから」

恋人同士のやり取りは終わり、これからは敵対する者同士のやり取り。そう線を引かれたようだ。

「好きだぞ、太一。だから本気で、潰す」

――たとえ、お前と別れることになっても。

□■□■□

駅まで一緒に向かい、稲葉と別れて太一は帰路《きろ》に就《つ》く。

稲葉から告げられた言葉に、体がぐらぐらになる。なにかきっかけがあれば、崩れてしまいそうだ。電車に乗っている間も、頭はぼうっとしたまま上手く働かなかった。

改札から出てしばらく歩き――と、そこに。

〈ふうせんかずら〉が立っている。

太一が幾度《いくど》となく通い慣れた道。その風景に、あまりにも当然の如《ごと》く紛《まぎ》れ込んでいるから、初めは偽者《にせもの》かと思った。

だがそれは間違いなく後藤龍善《ごとうりゅうぜん》の姿で、後藤龍善ではない、異質の存在だった。

前々から心配しているのだが、こんなにも勝手に『身体』を使われて、後藤の体調と生活は大丈夫なのだろうか。

「……なんか、今回はよく現れるな、俺の前に」

だらんとした後藤の姿の〈ふうせんかずら〉に、太一は話しかける。

「……そう思います……？　まあ実際そうなんですけどねぇ……」

こんなにも普通の往来《おうらい》で話していいのかと思ったが、よく確認すれば駐車場近くの人通りが少ない場所であった。おそらく計算済みなのだろう。

「なにか、俺の前に現れる狙いが？」

「いやぁ……まあ……なんというか……。重要なものが……見つかりそうな気がして」

「重要なもの？」

なにか大切な事実が語られるのではないかと太一は期待する。が、すぐに無駄な希望だろうと諦める。どうせここいらで「ああ……喋《しゃべ》らなくていいことを喋ってしまいましたねぇ……」とでも言って、話を打ち切るはずだ。——と、思っていた、のに。

「ええ……下手をすると……あれ？　ああ、上手くいくと……か。……僕がずっと追いかけていたものが……ここに……あるんじゃないかと。その鍵《かぎ》が……八重樫さんを見ていれば……わかるんじゃないかと……」

〈ふうせんかずら〉は、真面目に答えるのだ。それは、いつもの〈ふうせんかずら〉と異なっている。

「なぜ、俺に鍵が？」

「いやまあそういう気がするからとしか……言い様が……ああ、でも。……もしかしたら……、なんでしょう？　表現するなら……僕と八重樫さんが……似ているから？」

「……は？」

自分と、〈ふうせんかずら〉が？

「いやおい……、どこをどう見たらそんな話になるんだ。とことん似てないだろ」

人間かもわからぬ存在から、似ているなどと言われたら、気味が悪い。

「ああ……流石に言い方を間違えましたかねぇ……でもそういうことです。……で、僕はなんでここに……ああ。八重樫さんを激励にきたんですよ……。頑張ってと」

応援？　行動の目的が、全くわからない。

ただ明らかに、〈ふうせんかずら〉は今までとは異なる誘因で動いている。

「じゃあ……長居して変に摑まれるのも……避けたいですし……行きましょうか」

「摑まれる……？　誰の話を……って、おい。……無視か」

勝手に現れ、勝手に話し、勝手に〈ふうせんかずら〉は去った。

六章　対決と罠

「八重樫《やえがし》さん！」

廊下《ろうか》で呼び止められて、太一《たいち》は振り返る。

「おお、紀村《きむら》か」

以前恋愛相談に乗ってあげた一年生の男子だ。

「いやぁ〜、この前は本当にありがとうございましたっ。おかげで順調なんすよ〜」

「それはよかったな」

「はいっ、先輩《せんぱい》のアドバイスのおかげっすね！　みんなにも宣伝《せんでん》しますよ！　じゃ！」

「おい待て、変に言いふらすなよ……ってもう聞いてないなあいつ……」

〈ふうせんかずら〉の狙いは不気味だったが、まだ現象による直接的な被害はないし、
現時点では起こる気配もない。もし兆候があれば撤退すると取り決めた上で、太一と桐《きり》山《やま》は現象を使用した行動を続けている。

二人が積極的に人助けをするようになってから二週間。山星高校《やまぼしこうこう》では、ちょっとした

ブームが巻き起こっていた。

その名も恋愛ブームである（そのまま過ぎる名称《めいしょう》なのはご愛敬《あいきょう》）。

大本のきっかけは別に太一達ではなかった。文化祭終わりから、生徒達の仲も深まり始める九月という季節柄《がら》もあってか、ちらりほらりとカップルが増え出した。

そこに偶然《ぐうぜん》、太一と桐山の恋愛相談の手助けが、ぴたりとはまったのだ。太一と桐山の助けたカップルの成立が、更なるカップルの成立を生んだ。

学校中の誰《だれ》しも、気になる子の一人や二人はいる。けれど告白までに発展するには、色々とハードルがある。そのハードルが、周りの雰囲気でなんとなく下がっていた。

特に二年では、太一と桐山（特に太一）からお墨《すみ》付きを貰《もら》えれば絶対成功する、という験担《げんかつ》ぎが噂《うわさ》になって、それがハードルを越えるための強力な後押しになった。

「あ、八重樫君？　この子好きな子いるらしいからアドバイスしてあげてよ～」などと、二、三回しか喋《しゃべ》ったことのない他クラスの女子に、廊下でいきなり頼まれる始末である。

ここまで色々な人の相談を受けてきて、特定の人間だけ断ることはできない。

詳細を軽く聞いたところで、頷《うなず》く。

「わかったよ。ただ、凄いアドバイスしてる訳じゃないし、できる訳でもないぞ？　後、ちょっと時間かかるけどいいか？」

恋愛がホットな話題になっていると、皆、恋愛の話題が頭から離れないようで、『夢《む》中透視《ちゅうとうし》』にて恋愛に関する事柄を見やすくなっていた。

「いいよ～。時間かけてから解答あるのがマジっぽくていいんだよね～。あ、変に期待し過ぎてないから大丈夫だよ。験担ぎみたいなもんだし～」

「験担ぎにしては的中率やばいらしいけどね！　リアルに『時期を待て』ってアドバイスもしてるらしいじゃん」

この手の相談を受けていて一番困るのは、片想い状態の男女である。まさか『あなたの好きな人は他の人が好きですよ』とは言えるはずがない。なので大抵は『時期を待て』『もう少し友達を続けてから』など御茶《おちゃ》を濁《にご》す言い方をしていた。

「よ～し、これで修学旅行の自由行動の時も安心だな」

「げっ、あんたそういうつもりなの？　じゃあ独り身のわたしはどうすんのよ」

「ま、とっとと彼氏作りなってこと」

「やば～。間に合うかな～。あ、そん時は相談来るから八重樫君よろしくね！」

じゃあね～、と女子達が太一から離れていった。

こういう積極的なタイプはもちろん、最近は本来なら直接相談に来ないような子達まで、周りのお節介《せっかい》な友達が勝手に「あの子とあの子は付き合えると思う？　いけるでしょ？」と話しに来るもので、相談件数は結構な数になっていた。

「太一」と前から桐山が駆け寄ってきた。表情は優《すぐ》れず曇《くも》り気味である。

「……また、頼まれてたの？　今度は誰だって？」

「えっと……」太一は今聞いた内容を話す。

「おっけ。その男の子の好きな子が、『夢中透視』でわかればいいのね」

「ああ、頼むな」

慣れたやり取りをこなした後、桐山は暗い顔で黙《だま》った。

「どうかしたか？」

「……ここまで大ごとにしちゃって、よかったのかな」

最近二人の間では、たまにその話題が上る。

「誰かを好きとか、プライベートなこと、覗《のぞ》いちゃってる。……現象なんだから、どうしようもなく見えるのは仕方ないけど、あたし達も凄く積極的に……」

同じ憂《うれ》いは、太一の中にもあった。

「でもそれを悪用する訳じゃない、言いふらしたりなんか一度もしていない」

己《おのれ》にも言い聞かすように、太一は話す。

「それは、そうだけど」

「大丈夫だ。人を幸せにしているんだから」

こんなにも、人の役に立っているのだ。皆のためになにかをやり皆に喜んで貰う。

これ以上に優先すべきことがあるか？

「幸せ……。そうだよね。誰かと誰かが付き合うって、凄く幸せなことだよね」

呟《つぶや》いてから、桐山はふと気づいたように顔を上げた。

「付き合っていて、太一は幸せ？」

稲葉姫子《いなばひめこ》という人間と、一番近い距離にいて、触《ふ》れ合って自分は。

「ああ、幸せだ」

桐山が茶化す気配がなかったから、照れ臭い言葉も素直に言えた。

誰かと心で繋がっている感覚はなにものにも代えがたい。これがあるから自分は……これがなかったら自分は？　いや、仮の話を考える必要はないか。でも、付き合うこともあれば別れることもあるから。なにを。不吉だ。

――お前は本当にアタシのこと好きか？

「そっか、いいね。……そう言えば、この頃青木《あおき》とあんまり喋れてないな」

最後、ぼそぼそと桐山は呟いた。

□■□■□

太一に敵対宣言をした稲葉と藤島《ふじしま》が直接立ち塞《ふさ》がったのは、思わぬ角度からだった。

「要約《ようやく》すると、テニス部で風紀《ふうき》の乱れとか決められた練習時間の超過《ちょうか》とかあって、それにキレた顧問が『練習時間短くする！』、『補習も課す！』って言い出して、いや練習時間はまだしも補習は意味わかんないですよ！　みたいな」

太一の前で大仰な身振り手振りを交えて説明するのは、テニス部男子の一年生紀村だ。

「うん。で？」と太一は話を促《うなが》す。

「うちって各部活の活動時間、それぞれの部活ごとに決まるじゃないですか、権限《けんげん》握ってるのが生徒会で。その生徒会も、夜遅くまで繁華街《はんかがい》で遊ぶ生徒がいるとか風紀の乱れに困ってて、対策を講《こう》じようとしているらしくて」

「ほうほう」

「じゃあちょうどいいからテニス部の件を取り上げて討論会《とうろんかい》をしようじゃないかと！　討論会はテニス部対生徒会の構図になるらしいっすよ」

「うんうん、で？」

「八重樫さん！　助っ人として参戦して下さい！」

「なんでだよ。全然関係ないだろ」

学年が違うのに恋愛相談にくるわ、この前廊下で会った時も気軽に話しかけてくるわ、調子のいい奴だとは知っていたが、まさかこんな頼みを振られるとは思わなかった。

「そうかもしれませんけど……。華麗《かれい》に恋愛相談をこなす八重樫さんなら、と。お願いします八重樫さん……いや、太一さん！　宇和《うわ》風に言うと！」

「や、ホントすいません太一さん。こいつすぐ帰らせますんで」

「待て宇和おい!?　引っ張るなって！　援護《えんご》してくれんじゃないの!?」

紀村が付き添いで来ていた宇和千尋《ちひろ》とやり合う。二人は同じクラスらしいのだ。

「どっちかつーと止めに来た」

「二人ともどーどー、小物同士で争わない争わない」

更にそこには、毒舌を炸裂《さくれつ》させる円城寺紫乃《えんじょうじしの》もいる。

「おい円城寺。わざわざ小物とつけたのはどういう意味だ」

「あ……ごっ、ごめん千尋君！　じゃあ中物……かな？　太一先輩が大物だから、比較《ひかく》したらそうなるかな、……って」

「……そこと比べられたらその通りだとしか言えねえよ」

「ほっ……よかった～。やっぱり千尋君は小物チキンなんだね！」

「嬉《うれ》しそうな顔で言うな！　お前最近毒性増してんだよ！」

「というかなんで円城寺までここに？」と太一が尋ねる。

「は……、はい！　千尋君と紀村君が、太一先輩の元へお願いに行くとか行かないとか、そんな話をしておりましたので……こりゃわたしもフォローすべきだと！」

「でも本当は？」と千尋。

「太一先輩の素敵ボイスを聞きに来ただけの面も否定できません！　イエスッ！　……ってなに言わせせんの千尋君!?」

本当に息の合ってきた二人である。

「ともかく俺を論客《ろんきゃく》として迎え入れたいんだな。てか、俺は口が上手くもないぞ」

太一が言うと、円城寺が反応する。

「太一先輩、屁理屈《へりくつ》系上手くないですか？　凄くいい言葉もっ、頂いた記憶がっ」

「……そんなことあったか？」

首を傾《かし》げる太一だが、紀村は援軍を得て勢いづく。

「ほらほらっ！　円城寺さんも言ってるし！　テニス部から参加するのほとんど一年なんすよ〜」

「二年や三年はどうしたんだ？」

「うち二年が少ないんですよ。部活への意欲もあんまりですし。三年は引退してます」

「……で、俺か。まあ、やっぱりなんで俺かよくわからんな」

「まあ〜……そうっすよね。実を言うと、敵さんの推薦《すいせん》もあったんですよね。『こっちは二年も結構出るから、二年の先輩連れてきたら？　八重樫君がかなりオススメだ。どうせ主人公キャラの八重樫君なら断らない』って」

「なんだその推薦は……つーか、主人公云々とか、って……まさ「わたしよ」

「うおおおお⁉」

急に背後から耳元で囁《ささや》かれ、太一は思わず飛び上がる。

「いいリアクションするわね、八重樫君」

「……やっぱりお前か」

所属部活、生徒会執行部《しっこうぶ》の、藤島麻衣子《まいこ》である。

「で、なんで紀村に俺を薦《すす》めた？」

「そうね、周囲を盛り立て恋愛ブームを煽り、おかげで一部風紀の乱れが目立っていることについて、八重樫君はどういう考えか知りたかったから、かしら」

「え……そんなことに、なってるのか……？」

　胸がひやっと冷えた。自分が周囲を変え、世界に悪い影響を……。

「ごめんなさい、今のはわざとらしく言ってみただけ。本当は、そう。ただ直接対決したかっただけよ」

　くいとメガネを手で押し上げ、藤島はにやりと小さく笑う。

「俺は……」

　太一は言葉を濁《にご》し、視線を逃がす。と、一年生が視界に入る。

　紀村は「頼んますっ」と手を合わせ拝《おが》んでいる。円城寺と目が合う。

「あのっ……太一先輩には、素晴らしい才能があるのでっ、紀村君のためにも……が、頑張って頂けると、いいかなって」

　千尋と目が合う。千尋は……なにも言わない。ただ、目も逸《そ》らさない。

　自分にはどんなことができるのか。それはわからないけれど。でも今、自分が期待されているのは確かで。その期待に、応えなければ『ならない』のも確かで——。

「紀村、わかったよ。手伝おう」

　悪いことじゃない。よいことだから。

「や、八重樫さん……いや八重樫様！　やっぱ最高ですっ！」

　よ〜しみんなに報告だー、と騒がしく走り出した紀村に続き、挨拶《あいさつ》をしてから千尋と円城寺も帰っていく。

「ということは、私の敵に回るということね、八重樫君」

「お前の敵になりたい訳じゃないぞ……。しかし嬉しそうだな藤島」

「うふふ。いい勝負をしましょう」

「──なあ、そこ。アタシも参戦していいか？」

大胆不敵《だいたんふてき》な挑発めいた口調に、太一は後ろを振り返る。

その視線の先に、稲葉姫子がいる。いつから、どこから聞いていたのか。

「……稲葉」

太一にはわかっている。稲葉は、いつも隣にいてくれた稲葉には、今太一の味方をする気がない。

「むう……稲葉さん……。恋人だからって八重樫君を助けるの？　希望者は参加可能にしているから断れないけど、稲葉さんまで敵に回られると流石に勝算《しょうさん》が……」

「おい勘違《かんちが》いするな藤島。アタシが立つのはお前ら側だ。太一の敵側、だ」

稲葉は太一の前に立ち塞がるため、そこにいるのだ。

「え？　……へえ、そう。こちらはもちろん歓迎《かんげい》よ」

藤島が唇の端《はし》を愉快《ゆかい》そうに吊り上げると、稲葉もにんまりと笑う。

「最強タッグ結成だな。ところで太一、どうだ、賭《かけ》をしないか？　ここでアタシらの側が勝ったら、今やっていることをやめる、とか」

「いや……それはまた話が別だろ」

無意味に乱入してきたかと思ったら、そういう狙いか。

「ちっ、型通りの答えか。まあどうせ、逃げられない勝負に持ち込むんだけどな」

稲葉が言うのだから、つまらないはったりではないはずだ。なにを企《たくら》んでいるのか。

「ああそれから太一。聞いておきたいんだが」

稲葉が太一を見つめる。熱っぽくも、冷たくもなく、その瞳《ひとみ》は澄《す》んで透明だった。

「お前は風紀を乱したり、部活の時間を超過したりした奴らが、学校の課す補習に反対すること、正しいと思うか？　逆に言えば違反《いはん》があったからって、それで補習をさせるのは正しいか？」

これは稲葉の雰囲気からして、きちんと答えるべき問いだ。しっかりと、考えて。

「……それは、一概《いちがい》には言えないよな。どちらに言い分もある」

「なのにお前は、あいつらの味方をするんだな」

「……え」

なぜか、なにか、今のは、致命的《ちめいてき》だった気がする。

しかしその理由は、わからなかった。

□■□■□

討論会の件で気もそぞろな週末、太一は一人で駅前のＣＤショップを訪れていた。

「あれ、太一さんじゃないですか？」

と、そこで思わぬことに宇和千尋と出くわした。千尋はチェーンのついたジーンズパンツに、上はタイト目の黒のロングTシャツ姿だった。

「おお、千尋。どうしたんだよ……ってCD探しに来てるんだよな」

「まあ、そうっすね」

千尋は既《すで》に太一が知らないコアそうなCDを手に持っていた。千尋と二人だとなにを話していいか迷ってしまうが、このまま別れるのも寂しいので音楽の話なぞをした。

いくらか話して、あんまり引き留めるのも迷惑かと思う。

「じゃあ、また学校で……」

「あ、太一さん。その……聞きたいことがあるんですけど」

畏《かしこ》まった感じで千尋が言ってきた。

「おう、なんだ？」

「なんで……紀村からの頼みを聞いたんですか？」

討論会の件らしい。

「……なんで、って。まあ、頼まれたし」

「頼まれたら、なんでも聞くんすか？」

「……んな訳ない、けどさ」

なんとなく、緊張した嫌な空気になった。先ほどまでは意識に上らなかった、店内に流れるテンポの速いジャズが、太一の緊張感を更に煽る。

「太一さんって優しいですよね」

褒《ほ》めているというよりただ冷たく淡々と、事実を述べるみたいだった。

なので、どう返答すべきか決められない。

「そう、か？」

「優し過ぎて、最早無関心なんじゃないかってほどですよ」

「いや……ちょっと意味が」

「太一さん」

千尋の表情が、固く、強張《こわば》る。

「太一さんって、怒らないですよね」

「……怒りっぽいタイプではないと自負するが、人並みに怒ることもあるぞ」

「じゃあ、なんで。……前の現象で俺に散々やられた件、怒らないんですか？　記憶を失ったんですよ？」

偽者《にせもの》が現れたように見せかける……千尋が言う『幻想投影《げんそうとうえい》』の時の、話。

「記憶の件は……覚えてないから、怒りようがないんだよ」

太一にしてみればいつの間にか解決していたのだ。確かに数日間文研部のことを忘れて過ごしていたのは気持ち悪過ぎる話だが、どう忘れていたかを忘れているので、怒りの感情も沸《わ》き起こらない。

「稲葉さんに……あんなことしたり」

命令して、稲葉を脱衣させた、話。

ああ……確かにそれは。自分の大切な彼女をそんな風にされたのは、腹立たしい。

腹立たしい、が。

「謝って貰えた訳だし。終わった、ことだし」

答えると、「ああそうですか」と暗く、千尋は片方の頬《ほお》を歪《ゆが》めて嗤《わら》った。

太一には、その表情に隠された感情の意味を理解できない。

千尋は太一から視線を外し、商品棚の方を向く。そして話す。

「これでも、稲葉さんとかには、まあ、別のところで絞《しぼ》られたりしたんですよ」

その話は、知らなかった。

「いや……俺が言うのはホントあれなんで。『雑魚《ざこ》が戯言《ざれごと》喋ってるわ』って感じで聞き流して貰っても、大丈夫なんですけど——」

——太一さん、それ、はっきり言って気持ち悪いですよ。

□■□■□

稲葉と藤島、恐るべき二人が手を組んで敵に回ると知ってからわずか数日後、太一は稲葉の『逃げられない勝負に持ち込む』、という言葉の意味を知る。

「聞いたよ、八重樫。格好いいことやってんじゃん」

教室で、あははと明るく笑いながら栗原雪菜《くりはらゆきな》が言う。

「……栗原まで知ってるのか」

脱力して太一は呟く。

「だってあっちこっちで聞くよ、討論会やるって件。『あの天才恋愛相談師が生徒の権利を守るため立ち上がり、学校側の補習命令に反論する！』ってね」

「あ、煽《あお》り過ぎだろ……」

どこかのテレビバラエティみたいな文句をつけられていた。

「まー、ただの討論にしては注目され過ぎとは思うけど。元は一部活の問題でしょ？」

栗原の言う通り、ただの討論会がこれほど注目を浴《あ》びるはずがない。おそらく背後で噂を流している大本がいる。それはもちろん……。

「おい藤島、打ち合わせを……」

太一の視線に気づき、稲葉姫子が振り向く。

稲葉は太一に近づく。口を太一の耳に寄せる。

「……これだけ噂になって期待されて討論会で敗北したら、お前の信用は失墜《しっつい》するだろうなぁ……。相談しにくる奴も減るだろうよ。……もちろん、噂の流し方にもよるが」

全て計算通りに、事を運ばれていた。本来なんの関係もないことが、今や太一が現象を使って動く問題を食い止める、必殺の一手になっている。

やはり稲葉姫子は、敵に回してはいけない存在だった。


討論会当日。場所は生徒会の会議室。部屋は文研部の部室より二回りほど大きい。東側と西側に向かい合う形で長机と椅子《いす》が並べられており、南の窓側にも長机と椅子のセットが配置されていた。

西側には『練習時間を削っての補習反対派』のテニス部の面々（全員男子）と太一達六人が着き、東側には『補習賛成《さんせい》というかそれも致し方ないよね派』の生徒会の実働機《じつどうき》関《かん》である生徒会執行部の面々と稲葉姫子の六人が着く。南側には仲立《なかだ》ち役兼立会人《たちあいにん》席として、生徒会役員、新聞部の部員、それから補習を課したテニス部顧問《こもん》の男性教師と、もう一人生徒会担当の教師《きょうし》が控えた。

もっと気楽なものだと聞いていたのに、思ったより物々しい雰囲気があった。

「それでは、始めましょう。えーと、せっかく場を設《もう》けたので、個別案件だけじゃなくもっと大きな観点《かんてん》で捉《とら》えた、補習の是非《ぜひ》に関する議論が欲しいかなと。後、そんな堅苦しい感じにしなくて大丈夫です。勝敗とかもないんで」

仕切り役の生徒会役員がやわらかく言う。その通り、討論会が終われば議論をまとめて、学校上層部に報告され、改めて補習に関する決定が行われるくらいである。

しかし対面に陣取《じんど》る某二人には、そんな柔《やわ》な気持ちなど、微塵《みじん》も見られない。

叩き潰す気、満々である。

まずはお互いの主張を交換し合い、それから自由討論に入っていく。

始まってみれば稲葉と藤島の独壇場《どくだんじょう》だった。

「規則違反《きそくいはん》をしたのはそちらです。ペナルティを科されても文句を言えないのでは？」

「必要がなかったのに作らざるを得なくさせたのは皆さんですよね？」

「自分達の問題を棚に上げて『補習をやめろ』は、筋《すじ》が通っていないと思いますよ」

「部活停止、などの措置にならなかっただけでも温情措置《おんじょうそち》だと思うのですが？」

「だから、それは、そちらの都合でしょう？」

太一や紀村達がなにを言っても、稲葉と藤島は矢継ぎ早《やつばや》に反論を繰り出す。議論が次第に罰はあるにしてもなぜ補習なのか、という問題に移っても二人の攻勢《こうせい》は止まらない。

「部活動の延長によりなにが侵害《しんがい》されたか。そう考えた時に上がったのが、勉強する時間だからです」

「本来はそうすべき、でしょう？」

「一時期から明らかに成績は下がったと聞きました」

途中、稲葉と藤島の勢いに乗せられたのか、本来は立ち会うだけのはずの、補習の判断を下した張本人であるテニス部顧問も口を挟んだ。

「お前らの成績は間違いなく下がっただろうが。認めんとは言わせんぞ」

勝ちを確認しているかのように高圧的《こうあつてき》だった。

「……先生。一応生徒同士の討論会ですので……」

「おっと失礼」

もう一人の生徒会担当の教師がやんわりとそれを止めた。

「成績が下がった。その事実があるだけで、部活動の時間を削られてもおかしくないんじゃないかしら？」

「どちらも大事だ。が、一方を選ぶなら勉強だろう。部活だけをやっていて高校生として認められるか？　勉強をして初めて、部活をする権利があるんだ」

圧倒されて、されて、される。

――負ける。太一は焦《あせ》った。このままでは到底《とうてい》、こちらが正しいとは判断されない。補習が課される。期待に応えられない。なにより、太一は皆から失望される。皆に相談をされなくなる。誰かを助けるチャンスを失ってしまう。

自分にどうにかできる可能性のある、運命を。

討論会は続いている。

「な……なら連帯責任《れんたいせきにん》だけでも撤回《てっかい》を！　おかしいでしょ⁉　やったの一部なのに！」

紀村が発言している。

「お前らはただの個人ではなく、『テニス部の』部員として扱われる。『テニス部の』問題なので、当然部全体にも影響は及ぶワケだ」

さらさらと稲葉が述べている。

「……って八重樫さんさっきから黙りっぱなしですよ。お願いしますよっ」

「……わかってる」

わかっては、いるのだ。

でも隙《すき》がない。

なんとか、したい。自分にもっと力があればいいのに。この場を変えてしまえる力があれば。誰かを救って、この世をもっとよくできる――。


【テニス部顧問の男性教師がいる。お酒がある。居酒屋《いざかや》らしい。前には生活指導の教師。テニス部顧問が紙の資料を手渡す。『学生の成績向上に関する……』とある。生活指導はにやりと笑う。お酒を呑《の》む。断片的な会話が続く。「テニス部全体に補習を課すことができました」「恒常化《こうじょうか》を狙って……」「……他の部にも広げていければ」「部活の時間を補習に当て、進学率のアップを……」教師の言葉に生活指導は笑う。酒を呑む】


『夢中透視』から、太一は現実世界に焦点《しょうてん》を合わす。

いくらなんでも、これは。タイミングがよすぎて恐ろしい。偶然？　いや必然？

運命に導かれた必然？

討論会は終了の時間が近づき、稲葉がまとめの独演会《どくえんかい》に入っていた。中立席に座る面々も、『練習時間を削っての補習反対派』の面々も、完全に聞き入っている。

「みんなが今だけを生きる、一人でだけ生きるのなら、部活だけやるのもアリだと思う。でも人間そうはいかない。将来があるしお金も稼《かせ》がなきゃならない。親を支え返す日がくるんだし、誰かの人生を背負う日がくる」

稲葉が、勝ち誇った表情で太一の方を見た。大したことないな、と目が言っている。

「そのためみんなは勉強をする義務があるし、学校も皆に勉強をさせる義務が——」

「ちょっと、いいですか」

太一は立ち上がる。皆、虚《きょ》を衝《つ》かれた顔で太一を見た。

「実は……言おうかどうか、迷っていたことが……あるんです」

体が熱に冒《おか》され頭がふわふわとする。なんだか、夢の中にいるようだ。

「……なんだ太一。人の話を遮《さえぎ》って……」

当然稲葉はキレ気味であった。だが無視して進む。勝つために。未来の、皆のために。

「先生」

太一は、テニス部顧問の男性教師の方を向く。

「……なんだ？」

「テニス部への補習って、風紀とか練習時間を超過したとか、……それだけが理由で行おうと考えたんですか？」

震える声で太一は言う。

「どういうことだ？」

「……元から補習を課したいと考えて、ちょうどいい理由を見つけたから実行したんじゃないですか？」

「どういう……ことだ？」

教師の顔に動揺《どうよう》の色が走り、そこで、断片的な映像からの推測《すいそく》が、確信に変わる。

「……生活指導の先生と、なにを企んでいるんですか？」

「し、知らんぞっ！　そ、そんなことは！」

白を切ろうとする教師に、太一は踏み込む。

「部活の時間を補習に当てさせて、進学率のアップを狙ってるんじゃ、ないですか？」

教師の顔面が蒼白《そうはく》になった。口をぱくぱくさせるばかりで声を発せない。明らかになにかあると、白状《はくじょう》しているも同然だった。

誰も物音すら立てられなくなった室内。やがて、藤島が言う。

「……先生。ちょっとその話について、詳しく説明して頂けますか？」

全員の視線が男性教師に向かい、針の筵《むしろ》に追いやられた教師は観念《かんねん》したように俯いた。

そんな中、ただ一人稲葉だけは、太一を怒りの形相《ぎょうそう》で睨み続けていた。

その後どういう経路《けいろ》を辿ったかは太一の与《あずか》り知るところではないが、ともかくも一部教師の企みは白日の下に晒《さら》された。進学実績を上げ、受験者数を増やす目論見を持っていたらしい。特に犯罪でもないため、告発も降格もなかった。ただやはり当該教師の発言権はかなり低下したようだ。当然、その流れでテニス部に補習を課すこともできず、補習やその他罰は与えられないで、注意だけで済んだ。

具体的に学校側から生徒達へ説明があった訳ではない。しかしその噂はどこからか漏れて生徒達の間に広がった。そして……。

「八重樫さん……いや、八重樫様……てゆーかむしろ八重樫神！　あざっす！」

ハイテンションな紀村が太一に言う。

「しかしあの話ホントどこから仕入れたんすか〜？　情報源教えて下さいよ〜」

「それは……言えん。とにかく、偶然なんだよ」

「またまた謙遜《けんそん》して〜。やっぱ噂になるスター八重樫さんは違うな〜」

紀村と太一が立つ横を、お喋りしながら見知らぬ一年生の女子が通り過ぎていく。

「八重樫？」「ああ、あの人がそうなんだ……」「そう、って？」「知らない？　補習を増やそうとする先生の企みを暴いて、わたし達を守ったっていう……」「あ、聞いたことあるやつだ！　感謝だね〜」

太一は、一躍学校のヒーローとして祭り上げられていた。

「いや……ホントに凄いっすよ」

そう感想を漏らす紀村と別れ、太一は教室に向かう。

と、前方から見知った人物がやってくる。かちりと、太一に照準《しょうじゅん》を合わせて。

「素晴らしい勝利、おめでとう。私もあなたのおかげで、先生の企みに手を貸す間違いを犯さずに済んだわ」

　太一を討論会に引き込んだ張本人、藤島麻衣子。討論会の終了後、藤島はその話題に触れないので、どう思っているのか太一は気になっていた。

「でも本当、見事にやられたわ。結果的に私達の側が負けてよかったとはいえ」

「いや、討論自体は、明らかにお前達の勝ちだったろ」

「『勝負』に勝っていたとしても、『試合』に負けたのなら、それは負けよ」

「藤島らしいな」

「褒め言葉としてとっておくわ」

負けた、と話す割に藤島の顔は穏《おだ》やかで、結果にも満足してくれているようだ。

しかし藤島は、

「――でも本当の『試合』には、勝たせて貰っているんだけど」

そこで声のトーンを変え、纏《まと》う空気を臨戦態勢《りんせんたいせい》のものにする。

「どういう……意味だ？」

嫌な予感が、した。

「八重樫君って、あんなことまでわかっちゃうのね。一部先生の企みなんて。普通の方法で手に入れたものじゃないんでしょう？」

「いや、それは……」

「まさか本当に心を読んでるの？」

「だから」

「にしては私の策略《さくりやく》は読まれてないみたいだし……なんらかの制限がかかっている能力？　うん、そっちの方があり得そうな『力』ね。もっと自由に使えるなら議論も勝てたでしょうし、さっさと先生の秘密を暴露《ばくろ》したでしょうし。わざと最後まで焦らすのも、八重樫君のキャラからしてないわね」

情報を以《もっ》て分析《ぶんせき》される。解析される。

「ふむ、心が読めるのはランダムで、とか？　それとも、発揮《はっき》するのに凄く時間がかかって一日に何度も使えない、とか」

また、真実に触れかける。最早、触れていい、る？

「お前……俺をあの場に引きずり出したのは……計算の上で……」

あの場所は、藤島が観察するための生け贄《いけにえ》だったのか。

「なんの策もなくなんの意図もなく、あんなことやると思ってたの？」

言われてみれば、納得するしかない。

「名探偵・藤島麻衣子を舐《な》めないことね」

――八重樫君。あなたの首、必ず私が貰い受けるわ。

絶対に名探偵が口にしない決めゼリフを叩きつけ、藤島はにやりと笑った。

□■□■□

「はぁ〜〜〜」

教室で、二年二組学級委員長瀬戸内薫《せとうちかおる》が大きく溜息《ためいき》を吐く。机に置いた紙の枚数を数えまた溜息を吐き、今度は別の用紙を取り出して眺《なが》め、ショートカットの頭を押さえる。

気づいた太一は声をかける。

「大変そうだな？」

「ん？　ああ、もう修学旅行だからねー。クラス委員の仕事もそりゃ増えるよ」

来週に迫った修学旅行。太一も荷物の準備を始めているところだ。

「ご苦労様、だな」

「それで言えば八重樫君もじゃない？　恋愛ブーム、恋愛ブームって凄いじゃない」

学校における恋愛ブームの勢いは更に増していた。とりわけ二年生の中に多く、太一に持ち込まれる恋愛相談の数も増えていた。

しかし『夢中透視』はそう都合よく起こるものでもない。必然的に太一の抱える案件は増加を続けていた。「とりあえず待ってくれ」と保留してはあるが、相談者本人や太一自身のためにも、なるべく早く解決したいものである。

「ただ恋愛ブームは別にいいんだけどさ〜、その前にちゃんと進路調査票《しんろちょうさひょう》出してくれなきゃ困るかな、あたし的には。これ、締め切り超超絶対厳守《げんしゅ》らしいんだよね」

進路調査票は学級委員長が集めることになっていて、その回収率が芳《かんば》しくないらしい。

かく言う太一もまだ未提出であった。

「けどそういうのって、締め切り直前に出す人が多いと思うぞ？」

「うん、わかってる。だけどみんな進路調査のこと全然考えてなさそうなんだよねー。……修学旅行までか修学旅行中に恋人作りたい、って意図はわかるんだけどさ」

「相乗効果《そうじょう》、ってやつかな。……まあ、とにかく俺も早めに提出できるようにするよ」

他人の相談にかかり切りで、全く手をつけられていなかった。

「頼むね。みんな今の恋愛ばっかで将来のことおろそかにしていいのかな、って思うよ。……まあ、恋愛で周り見えなくなっちゃうあたしが言うのもなんだけど……ホント」

一年生の時、瀬戸内は好きな人のために自分を見失い、過《あやま》ちを犯《おか》した。太一も自身被害を受けた人間の一人だが、それはそれとして、もう許している。

ふと思い出して、太一は尋ねた。

「城山《しろやま》とは上手くいっているのか？」

「おかげさまで……えへへ」

瀬戸内ははにかんで笑う。色々と回り回って、瀬戸内は自らの想いを成就させていた。

「修学旅行でも、二人の時間作ろうかなとか計画しててさ」

瀬戸内には、いや瀬戸内に限らずみんなには、こんな風に笑っていて欲しいと思う。

ただ思わなくもない。この風潮《ふうちょう》が、正しいのだろうかと。また同時に思う。風潮が
どうだとか、ただの一人間である自分が善し悪しを判断し、変えてもいいのだろうかと。

「八重樫君は、稲葉さんとなんか計画してる？　ってかオススメスポットある？」

「……え、いや、まだ考えられてないな、そう言えば」

そんな話など稲葉とちっともしていない。できる雰囲気でさえ、ない。

このままでは自分の修学旅行はどうなるのだろう。自分は――。

「てか、あたしも好きな人と付き合えてるから余裕あるのかなぁ、なーんて」

明るい笑みを零《こぼ》す瀬戸内。

――この笑みを守らない、増やさない選択肢など取り得るのか？

「あ、曽根《そね》君と宮上《みやがみ》君もよろしくね。進路調査票」

瀬戸内がたまたま通りかかった曽根と宮上に向かって声をかける。

「あ……ああ」「お、おう」

唐突だったためか、少しおどおどした感じで二人は返事をした。

瀬戸内の下に女子の友達が来たので、太一は曽根と宮上と共にその場を離れる。

「おう八重樫、お前瀬戸内にも平気なんだな」

話しかけてきた曽根は少しぽっちゃりした体型の（本人は「身長低くて手足短いから
そう見えるだけの標準体型！」と頑なに主張している）、漫画研究部《まんがけんきゅうぶ》に所属する男子だ。

二年から同じクラスになり、結構仲よくしている。

「平気ってなにがだ？」

「いや、平気に絡《から》んでるな、って。だってあいつさ、一年の時ヤンキーだったじゃん」

確かに茶色のロングヘア時代の瀬戸内は多少尖《とが》っている部分はあったが。

「ヤンキー……と言うほどか？　まあ今は完全に丸くなってるし、いい奴だぞ」

「あれだよ八重樫。こいつビビってるだけなんだよ」

「だ、誰がビビってるって！　ビビってないよ！」

「ビビってるじゃねか～。わはは」と曽根をからかうのは、スクエア型のメガネにふわんとした今流行《りゅうこう》の髪型をした宮上。写真部《しゃしんぶ》に所属しており、こちらも二年からのクラスメイトで仲よくなった。実際、曽根と宮上、そこに野球部の石川《いしかわ》とサッカー部の渡瀬《わたせ》伸吾《しんご》、太一を加えた男子五人で、修学旅行の際の基本グループを形成している。

「うるさいぞ宮上！　モテようとメガネかけたりパーマかけてたり……雑誌そのまま真似てるだけで似合ってないんだよ！」

「なっ……！　今一番きてるモテスタイルなんだぞ！　舐《な》めんな！」

「まあまあ、落ち着けよ。なにを二人で争ってるんだよ」

太一が仲裁《ちゅうさい》に入る。

「……彼女持ちのモテ男八重樫に仲裁されると」

「……なんか色々負けた気がして泣きたくなるぜ」

曽根、宮上が言う。まあなんだかんだ二人は馬が合うのだ。

「今回の修学旅行、彼氏彼女で行動する奴《やつ》相当多そうだしなー。あー、俺にもチャンス巡ってこないかなー」と宮上が呟く。

「八重樫に教えて貰えよ、秘訣を。なんたって恋愛相談請負人《うけおいにん》だもんな」

ふざけた調子で曽根が言うと、宮上もそれに乗っかった。

「お、そうだった！　今の流行の中心人物がここにいるのを忘れていた！」

「宮上はホント流行が好きだな……じゃなくて。あれだ、それより進路調査票の方はどうなんだ？　さっき瀬戸内に言われてただろ」

あまり続けたくない流れを、太一は無理矢理に変える。

「進路調査票〜？　まあ文系理系は決まってるからいいだろ。志望校《しぼうこう》は未定だけどさ」

「俺文系な。文系。理系無理だから！　それだけは決まってる！」

宮上と曽根が口々に言った。

「……もうちょっとしっかり考えた方がよくないか」

太一の言葉にすぐさま宮上が反応する。

「違う！　進路に悩むのは修学旅行が終わった後でいいんだ！　高校最大のイベント修学旅行を存分に楽しみ切って『終わった〜！』って感じになって、高校卒業した後のことも考えられるってもんだろ？　あ、彼女もできた後な」

「じゃあ宮上は進路を考える前に卒業しちゃうな」

「曽・根・ダ・マ・レ！」

将来の進路について太一は少しも考えられていない。かと思えば、今目の前にある修学旅行だって、このままでは手放しで楽しめるとは思えない。

では自分の焦点《しょうてん》は今どこにあるのだ？

今自分はどこに向かって進もうとしているのか。それがわからないことに、太一は焦りを覚えた。心の空白に太一は追い立てられる。

「やっぱ八重樫に紹介して貰うかな～」「凄い美人出てきそう。稲葉さん美人だし」

宮上と曽根は、笑いながら太一を持ち上げる。

この心の空白を、空虚《くうきょ》さを、二人には絶対に知られたくないと思う。どうしてそんな気持ちになる？　どうしたらこれを解決できる？　こうして皆に「お前は凄い」と言って貰えるのに、「お前のおかげだ」と褒《ほ》められるのに。

と、その時背後から大声で叱《しか》る女子の声が聞こえてきた。

「だから締め切りがあるやつは早めに連絡してって言ってんだろ！　後藤《ごとう》！」

「ひ、ひぃ～！　すいません瀬戸内さ～ん！　忙しくて忘れてたんだよ～！」

クラスの連絡事項を担任・後藤龍善《りゅうぜん》が失念していたらしかった。

「な、やっぱ恐いだろ、瀬戸内は」

言う曽根に太一は返す。

「……ごっさんを相手にすれば、だいたい誰でもあんな感じになるぞ？」

もしかしたら、自分は、違うかもしれないが。

□■□■□

「太一、ちょっと時間ある？」

その日の放課後、短い時間の部活を終えた後、青木《あおき》から誘いがあった。

大丈夫だと応じると、青木は桐山にも声をかけた。

「……唯《ゆい》も」

「あ……、あたしも？」

桐山と青木は、青木の父親の事件に介入したことを口論して以来、露骨《ろこつ》ではないにしても互いに避けている感じがあった。そんな中青木が誘ったので、桐山は驚いたようだ。

「まあ……、一回ちゃんと話しておこうかと。オレなりにもさ」

真面目な口調である。ムードメーカーである青木が太一と桐山の前で明るさを見せなくなってから久しい。相当あの問題への介入に腹を立てているか、もしくは敵対しているからという意思表示か。他の人の前では基本今まで通りであるらしく、心労《しんろう》でそうなっている訳ではないみたいだが。

「……どうしてさっき部室では話さなかったんだ？」

だからと言って断るつもりもないが太一は尋ねる。

「や、千尋とか紫乃ちゃんにそういうとこ見せるのはさ」

「……わかったわよ」

桐山も頷いた。

他のメンバーには用事があると言い置いて、三人は学校に残った。場所はどこでもよかったので手近な中庭に向かった。設置されたベンチの周りには、他に誰もいない。

座ろうかと青木は言ったが、太一も唯も、座りはしなかった。

チャンスかと思ったので、太一はずっと聞きたかったことを質問してみた。

「なあ青木。……親父さんの方は？」

へらへらした顔を封印《ふういん》して無表情だった青木の眉《まゆ》が、ぴくりと動いた。

「やっぱクビにはなんないで……、だから進学の問題も大丈夫そう。なにも問題はなくなったよ……オレのところには」

暗に、問題は別の家庭に移ったのだとほのめかす。

「……まあ、他の人だったら転職の当てがすぐある、とかかもしんないけど。流石《さすが》にそこまでは教えて貰えないし。あ、冤罪《えんざい》着せた女の子は親父も訴える気ないから、後に残るような罪になりはしないって」

「……そう」

桐山がほっとした顔をする。青木はそれを見て、自分の表情を隠すように俯いた。

「この話は、もう唯らにする分は終わりかな。……後は、こっちの問題」

「解決した……と言ってもいいんじゃ」

口を開いた太一に、青木は告げる。

「してない。……終わらないよ、クビになった人の人生を考えれば下手すりゃ一生」

一生の問題。その言葉が太一に重く、のしかかる。

「青木その言い方は」と桐山は口を開きかけたが、すぐ「やっぱいい」と押し黙った。

秋風に吹かれて、沈黙に三人で身を委《ゆだ》ねる。

やがてその沈黙を、青木が打ち破る。

「……なんつーの、マジな話はオレのキャラじゃないとわかってるんだけどさ。稲葉っちゃんはその直接的なラインでは攻めてないみたいだし」

稲葉とは違う青木の攻めが始まろうとしている。稲葉や藤島に気を取られていたが、青木だって、今は敵対する存在なのだ。

「なによ、直接的なラインて」

「今二人はさ、介入してみんなを付き合わせてるみたいだけど、どう？　楽しい？」

「楽しいって、なによ」

「ん、だからそれをやるのが楽しいのかって、そのままの意味だけど」

「あたし達、楽しいとか、そんな曖昧《あいまい》な気持ちでやってないから」

強がりも込みなのだろう、ビシリと桐山は言った。

「じゃあどういう気持ちで？」

「もちろん、『誰かが幸せになるのなら、それを応援したい』って気持ちで。それがあまりに、押しつけがましかったり、無理矢理にやるものじゃない限り、ね」

それは、素晴らしい、すべきことだと太一も思う。

「や、それはスゲーいいことだと思うんだけど」

ほら、青木も肯定《こうてい》するんじゃないか。

だが。

「自分達にそれをやる余裕《よゆう》、あるの？」

青木はそう、問いかけた。

「余裕？　なんなの、どういうこと？　実際あたし達は、できてるじゃない」

「そろそろ手に負《お》えなくなってきてるんじゃないの？」

「……て、手に負えなくなっているのは……」

「別に俺達が、全部コントロールしようって、訳じゃない」

詰まった桐山に代わり太一が答える。

「責任取らないで放っておくって？」

青木が攻める。太一と桐山を責める。

「わ、悪いことじゃないもん」

「いいか悪いかは、オレ達が決めちゃダメなんだよ」

ゆっくり言い聞かせるように青木は話す。

「～～～っ、なんなの⁉　お説教⁉　そういうつもりならやめてくれる⁉」

桐山が痺《しび》れを切らして叫ぶ。

「お説教っつーかちゃんと考えてくれよ、って話」

「なにを⁉　考えてるわよあたしだって！」

「他人や周りのことじゃなく、自分のこと、ちゃんと考えてるって言える？」

「考えてるわよっ、あたしは――」

烈火《れっか》の勢いだった桐山が、はっとした顔で急停車する。

「自分の問題を？」

「……あたしは将来のことも考えてるし、それに……それに」

呟きながら、桐山は足下を見る。そして顔を上げ青木を窺《うかが》い、また俯く。

「……あんたの……ことも……」

桐山は弱々しく言葉を落とす。

「本当に……もう……もう、って思ってた。なのに、あんたが大変なことになって。現象も起こるし……余計に訳わかんないことに、なるし」

「だからそんな状況で、他人のこと考えてる余裕あるの？」

「余裕は……」

口をつぐんだ桐山を見ても、今度は太一も、口を挟めない。

青木が太一を見つめる。どこか、自分の空虚さを覗《のぞ》かれているようで、酷《ひど》く恥《は》ずかしい感じがした。

あまり議論をしないけれど、勉強は得意ではないけれど、物事の本質をよくわかっている青木が、問い詰めてくると恐ろしい。その事実を太一は今知る。

「まあそっちの言い分もわかるんだけど、そこんとこ考えた方がいいんじゃないの、と思った訳だ！　んな感じでオレの話終了！」

最後は、青木らしくおどけた声で締めた。

いつも通りの青木を見て、これまではいつも通りの青木じゃなかったんだと実感する。

そう感じて焦《あせ》ったのは、桐山も同じだったのかもしれない。

「じゃあオレちょっと寄るところあるから」

「ね……ねえっ！」

去ろうとする青木を、桐山が呼び止めた。

青木が振り返る。呼び止めたはいいがなにを話すか決めていなかったらしく、桐山は酷く慌て焦りながら言う。

「えっと……その……そう！　あんたはまだあたしのことを好き……ってうぇうぇい！違う！　今のなし！　あたしのこと……どう思ってるのっ、って」

そんな桐山を見て、青木は一言。

「好きだよ」

一瞬で桐山の頬《ほお》が、鮮《あざ》やかな赤に染まる。

けれどそこに、青木は付け加える。

「だからって、唯のやってることは認めないけど」

はっきりと青木は言った。

「あー後、早いとこ色々済まさないと、修学旅行の時大変になるんじゃない？」

アドバイスを言い置いて、今度こそ青木はその場を離れていった。

自分のことがままならないのに、他人を助けている余裕はあるのか。いや、他人を助けているからこそ、自分のことがままならないのか。

だとすれば、今の自分の状況は、誰かを救うための代償《だいしょう》か。

血肉を削られている訳ではないのに、酷く喪失感《そうしつかん》があって体が痛む。

蝕《むしば》まれている自分。

稲葉や藤島に追い立てられている自分。

それでも正しい道を行こうとする自分。

その先に、自分は、なにを得るのだろうか。

誰かへの救いは。

自分への報《むく》いは。

己の人生は？

進路調査票は、未だ白紙のまま。その他の問題も抱えたまま。

太一は修学旅行を、迎える。

七章　星空の下で

修学旅行の当日は、空港《くうこう》に現地集合となっていた。

妹に「家族用とわたし用のおみやげよろしく！　わたし用の方に高いやつね！」と送り出され、途中でクラスの友人である渡瀬《わたせ》や曽根《そね》、宮上《みやがみ》らと合流して空港に向かった。

早く着き過ぎたと思ったのだが、早めに到着している人が案外多かった。太一《たいち》達も自クラスの皆がたむろしているところに荷物を降ろす。

「お前なんでそんな荷物多いの？」

渡瀬が曽根に訊く。曽根は大きなボストンバッグにリュックサックまで背負っていた。

「漫画《まんが》持ってきたんだよ。チャンスがあったらお前と漫画談義《だんぎ》しようと思ってな」

曽根がにやりと笑うと、渡瀬がぱんと手を叩いた。

「おういいねー！　修学旅行っつったら好きな子の話題だけど、一日くらいは男臭い深夜語りもオツだな！」

基本イケイケキャラの渡瀬と前に出ないタイプの曽根は一見合わなそうだが、漫画と

いう共通の趣味《しゅみ》があって親しいのだ。

集合時間が近くなりだんだんと人も集まってきた。野球部の石川《いしかわ》や永瀬《ながせ》に桐山《きりやま》、中山《なかやま》、栗原《くりはら》らも太一達の側にやってくる。

「私服姿の女子陣は華やかだね～。修学旅行来た感じするわ～」

わざとらしくメガネをくいくいと動かしながら宮上が呟《つぶや》く。

北に向かうことに備えて、皆心持ち厚着をしていた。

「どこで修学旅行感覚えてるんだよ。華やかなのは否定しないけど」

これまでも校外学習などあったが、泊まりで皆と過ごすのはまた別格である。うきうきわくわくの空気と相まって、朝も早いというのに皆の表情が二割増しに緩《ゆる》んでいる。

「トイレ行ってくるから荷物よろしくー」「あ、俺も」と宮上・曽根が向こうに行ったので、太一は皆の荷物を端《はし》に寄せる。

「三泊四日で北海道《ほっかいどう》っ！　こ、興奮してきたっ……！」

鼻息荒く中山真理子《まりこ》が体を震わせていた。

「中山ちゃん。修学旅行に見事彼氏を同伴《どうはん》できるからって興奮し過ぎ」

栗原が、偶然にも側にいた石川の方をちらっと見ながら言う。

「ゆ、ゆ、雪菜《ゆきな》っちゃんっ⁉　そこらへんまだオープンにしないでよおお！」

「え⁉　中山って付き合ってんの誰⁉」

渡瀬がすぐ訊《き》いたが、中山は「マダ秘密ネ！　マダネ！」と片言で拒否していた。

ちなみにその隣では、視線のやり場に困っている石川がこりこりと頬《ほお》を掻《か》いている。

太一は桐山の方を見る。と、桐山も同じく太一を見ていた。目配せし合う。

自分達がほんの少し背中を押して、幸せになってくれた二人がいる。それだけで、太一にはなんとも言えない心地がするのだ。自分の存在が、認められるようだ。

「中山にすら……か。本格的に俺も急ぎたいな。妙な恋愛ブームの潮流《ちょうりゅう》に乗ってな！」

渡瀬がぐっと拳《こぶし》を握った。

と、そこで周りの喧噪《けんそう》に加わっていなかった永瀬が、太一に近づいてきた。

「大丈夫？」

他の皆には背を向ける形で、永瀬は尋《たず》ねる。

「なにがだ？」

「恋愛ブームのピークが近いって、太一のとこに相談結構きてるんじゃない？」

「……まあな」

永瀬の言う通り「相談に乗って欲しい」「験担《げんかつ》ぎだから」と、前日までにわんさか人がやってきていた。もちろん本当にただの験担ぎで答えを期待していない者も多かったが、噂《うわさ》を聞いてか答えがあるまで告白はしないと言う者もおり、回答を保留している面々からは「早くしてくれ。時間がない」とせっつかれている。

「ここが山な感じはするね。気をつけて」

「永瀬は、俺達の味方なのか？」

桐山をちらと確認してから、太一は訊く。

「味方じゃない……かな。敵でもないけど。ただ大変なことには、なって欲しくないから。なんでもそうだけど、なってからじゃ遅いんだよ」

永瀬は味方じゃないと言い切る。同時に敵でもないと言う。一見優柔不断《ゆうじゅうふだん》で、その実しっかり考えを持っている気がした。

「……つーか、正直きついよ」

永瀬がぼそりと呟く。

「きつい、って？」

「だって――」


【男子。確か一組の男子。空港内。男子は荷物を引っ張る。紐《ひも》が伸びる。鞄《かばん》の紐が扉に引っかかっている。男子は勢いをつけて引っ張る。とれる。満足そうな顔を浮かべる】


――今の『夢中透視《むちゅうとうし》』から推測《すいそく》するに、男子は扉に鞄の紐を引っかけて困っているようである。近くだろうか。助けに行った方がよいだろうか。太一は視線を巡らせる。と、目の前では、永瀬が目を瞑《つむ》って、ぎゅっと眉間《みけん》を押さえている。その仕草で永瀬にも『夢中透視』が起こったのだとわかった。そしてタイミング的に。

「……一組の男子のやつだったか？」

太一が尋ねると、渋面《じゅうめん》を作り永瀬は頷《うなず》いた。

頷いて頭を下げたまま、永瀬はしばし動かなくなった。それから頭を上げずに言う。

「こういう風に、助けが必要な誰かを知る訳だ。わたしだって、太一と同じように」

長髪に隠れて、横からじゃ永瀬の表情を窺《うかが》えない。

「でもそれを、わたしは無視しているんだ。隣でガンガン助けちゃってる人を尻目に」

「あ……」

太一はすぐに動こうとした。だけど永瀬は動こうとしなかった。

同じ『夢』を見たのに。永瀬だって、他人の願いを知ったのに。それは——。

「その罪悪感って、結構あるよ？　太一や唯《ゆい》のおかげ、って話を人から聞く度、『お前はいいのか』って問い詰められるみたいでさ」

——苦痛を伴《ともな》う。自分は永瀬達の苦悩を知ろうともしていなかったと、今更気づく。

自分達は『夢中透視』でどこまで介入するかなどに悩まされているから大変で、他の三人は無視すると決め込んでいる分気楽なものだと、勘違《かんちが》いしていた。

「俺は……」

「とまあそいつは置いといて」

冗談ぽく、パントマイムで見えないものを脇《わき》に置く動作をする。

「……聞くところによると、太一。藤島《ふじしま》さんに怪しまれてるんでしょ？」

がん、と一撃喰らっているところにもう一撃を打ち込まれた感じだ。

「知って、る……のか？」

「それ、たぶんやばいよ」

永瀬は断言する。

「部外者に『現象』を知られて、全くほったらかしは考えにくいでしょ。『なにか』があいつによって起こされる。その『なにか』がわからない。……注意してよ」

ただ楽しむ訳にはいかない、気の抜けない、修学旅行になりそうだ。


出発前に太一もトイレに行っておくことにした。

「あ、八重樫《やえがし》君！　ちょっと来てくれない⁉」

と、トイレを出たところで別クラスの女子に声をかけられる。確か瀬戸内《せとうち》の友達で、少しだけ話したことがある。派手目な外見をした子だ。

その子に連れられ、太一は待合室の隅《すみ》に行く。

「いや〜、捕まってよかった！　ずっと相談したいとは思ってたんだけどさ〜」

どうやら恋愛相談らしかった。

「まだ少しは時間あるが……。今からか？」

「うん今今！　さくっと解決しちゃってよ！」

女子のノリはかなり軽い。そのノリ通りさくさくと説明してくれたところによると、女子は今付き合っている男子がいるのだが、別の男子にも告白されたらしいのだ。

「で、中島《なかじま》と牧原《まきはら》、どっちの方が相性いいとかある？　どっちの方があたしを本当に好きだとか、わかったりしないの？　できるって噂聞いたんだけど」

「そんなに都合よくはないかな……。ていうか今中島と付き合ってるんだろ？　どうして迷うとかの話になるんだ？」

「いやまああるじゃん。そういうの〜」

「今の彼氏のことが好きなんじゃないのか？」

「好きだよ、そりゃ。でも好感度悪くない奴から『好き』って言われたら、その子も好きになるというかさぁ。今カレも好きって言われたから好きになったとこあるしぃ」

軽いもの言いだ。だけど、それが一種の真実を映しているのも確かだと思った。

『好き』と言われたから、『好き』。それはおそらく人間として正しい感情であり思考回路。けれど、その論理の正当性を考えようとすれば人を惑《まど》わせる、悪魔の回路。

「……相性の問題は時間をくれたらある程度わかるかもしれない。でもどれくらい時間がかかるかもわからないし、結果答えが出ないこともある、が」

太一は通り一遍《いっぺん》の回答をする。

「それじゃ困るんだって。修学旅行までには返事くれ、ってコクられた子には言われてて、もう期限きちゃってるんだよね。だから、ね？　どっちがあたし向き？」

女子は太一のことを占い師かなにかだと勘違いしている気がする。

「最終的には、本人が決めてくれないと……」

「だから決められたら決めてるっつーの。できないから相談してんじゃん。どっちだと思う？　あ、この会話オフレコだよ、オフレコ。口堅いとこは信頼してるから」

「だけど、自分でどちらか選ぶしか……」

どちらか、とは正しい恋愛の形なのかと不意に疑問に思う。しかし自分も似た状況だったではないか。永瀬か稲葉《いなば》か。どちらかを選ぶ。……どちらかを選ぶ？　初め永瀬自身は、自分で選んだ——後に理想の押しつけだったと気づくが。ただ永瀬と稲葉に好意を持たれているとわかってからは、どちらか一方だという発想をしていた。

誰が一番好きかとか、他の誰よりも好きだとかの発想ではなく、どっちかだと考えていた。さながら提示された選択肢《せんたくし》を選ぶだけの、ロールプレイングゲームのように。

今更ながら、自分の正当性を疑う。

好きと言われたから気になる。好きになる。

「あの……八重樫君？」

「え、ああ。悪い」

自分の世界に入ってしまっていた。切り替えようとする。が、上手くいかない。

ああ、なんだろう。頭が上手く回らない。どう対処《たいしょ》するのが正しいのかわからなくなっている。もうさっさと。——さっさと『夢中透視』で答えが見えてくれたら楽なのに。

「ねえ、八重樫君？」

太一は今すぐ答えられない。しかし女子はすぐに答えを欲しがっている。

悩みを知って投げ出す真似は、——その罪悪感って、結構あるよ？　太一や唯のおかげ、って話を人から聞く度、『お前はいいのか』って問い詰められるみたいでさ——、手を差し伸べてしまった人間として、できない。それは手を出した人間の責務《せきむ》だ。

どうする？　ああ、そうか。自分の意志で答えればいいのか。判断するのだ、己《おのれ》で。

そしてその時、現象が始まって以来多くの相談を受け持つ中、今初めて『自分で』判断する場面に出会ったのだと思い当たる。

やろう。自分にはできる。自分の意志で、答えを。

自分に、人にアドバイスをできる『確固たるもの』が、あるか。

——なかった。

その事実に、太一は目の前が真っ暗に——。

だけどその時、目の前で相談する女子が二人になる……いや。これは。

【女子がいる。今太一に相談をする女子だ。女子が誰か男子といる。二人はいちゃついている。恋人同士のように。その男子は、牧原——今相談に来ている女子に、新しく告白してきたという方の、男子】

「……まあ、もう無理だったらいいけど」

失望《しつぼう》されたくない。自分にはできないと思われたくない。

答えは、見えている。彼女自身が思っている、願っているのだ……それを自分は『夢中透視』の力で知ることができた。彼女は自覚できていないだけなのだ、本当の想いはそこにあるのに。だから自分が、ほんの少し背を押してきっかけを作ってあげよう。

責務を果たし、自分にしかできないことをする。

「……牧原、だろ？」

□■□■□

「北海道〜〜〜〜！　でっかいど〜〜〜〜！」

「……恥ずかしげもなくそれを言えるあんた凄いわ」

ハイテンションな永瀬に栗原が呆れている。

「いやぁ、一応言っとかなきゃまずいっしょ。ねえ、中山ちゃん」

「そうそう。雪菜ちゃんも言っとけ言っとけ！　ついでに唯ちゃんも！」

「で、でっかいど……ぉ〜〜」

「恥ずかしいならやりなさんな、唯は」

山星高校《やまぼしこうこう》二年一同は空港から今度はクラスごとに分かれてバスに乗り込み、目的地まで移動する。移動中もずっと一直線で長い道や広い土地に興奮を高めていたのだが、一時間ほど揺られたバスから降り立ち、今目の前に広がる『ディス・イズ・北海道』とでも言うべき壮大《そうだい》な草原を目の前に皆の盛り上がりはピークに達した。

別クラスの稲葉や青木《あおき》も同じようにしているのかな、と太一はふと思う。

「飛行機で着いた時も思ったんだけど、やっぱ空気冷たいね」

中山が言うと、すぐさま永瀬が食いついてふざける。

「冷たい息吹《いぶき》！　ふぅ〰〰！」

「お、おおう！　伊織《いおり》の吹く息が絶対零度《ぜったいれいど》の冷たさを放っている⁉」

とにかく楽しそうである。

「うえ〜広え〜。サッカー場何個分？　こういう時は東京ドーム何個分って単位か？」

「『やっほー！』って言ったら返ってくるやつだよな」「それ山じゃないと無理くね？」

「やってみなくちゃわかんねえだろ。よっしゃ……やっほ〰〰〰〰！　…………聞こえたっ！　聞こえたって今！」「空耳だ」

渡瀬ら男子達もはしゃいでいる。

「いやいや『やっほー！』とかガキ過ぎるだろ。なあ八重樫」

「お前の東京ドーム何個分もどっこいどっこいだろ」

「基本を押さえただけだ基本を。……ってお前テンション低くないか？　バス酔《よ》い？」

「え……そうか？」

取り繕《つくろ》って笑いながらも、太一はそれを実感していた。

今朝出発前の空港で受けた女子の相談。その答えが、安直《あんちょく》過ぎたのではないかと不安なのだ。女子は牧原と仲よくしたいと確かに思っていた。だからそうなるようにすべきだ、と提案した。が、だからと言って今の彼氏をどう思っているかは知らない。だいたい、告白されたから今の恋人から別の恋人に乗り換えてよいのか……。

「気になることでもあるのか？」

それ以外にも、太一は相談され答えを保留している案件がある。何人かからは旅行中に連絡がくるだろう。

「あるはあるが……」

「おい八重樫」

がしっ、と渡瀬は太一の肩と頭を摑む。

「空！」

言って渡瀬は太一の頭をぐりんと上に向ける。

眼前《がんぜん》に、青々とした空が広がる。表現すれば『青』一色でも、濃淡《のうたん》の違いによって生まれるグラデーションが、言葉にはできない美しい絵画《かいが》を作っている。ところどころに丸い餅《もち》をべったりと伸ばしたような、なんだか愛嬌《あいきょう》のある雲が浮かぶ。

「草原！」

まばらに茶色く色づき始めている緑の絨毯《じゅうたん》が、地の果てまで続くかと思うほど、一面に敷き詰められ風に揺られている。どこまでも続く平原は、行けるところまで駆けていきたいと人に思わせる。

「森！」

左側に視線を移せば、白く美しい木肌の木が、黄色く色づいた葉を揺らしながらひしめき合っている。木々の間隔《かんかく》は少々まばらで、深い森が与える威圧的な雰囲気はなく、のんびりと優しく人を包み込んでくれそうだ。

「そして空気！　はい、深呼吸！」

清らかに澄んだ空気は、体の中に溜まった老廃物《ろうはいぶつ》を全部追い出してくれそうなくらい……気持ちのよい……。

「…………獣臭《けものくさ》くないか？」

「……うん、俺も言ってから思った。近くに牧場《ぼくじょう》あるっぽいな」

まあ、締《し》めにミスったのは置いといて、と言いつつ渡瀬は手を離す。

「どうよ？　気分晴れたんじゃないのか？」

単純過ぎると思われるのは癪《しゃく》だが、確かに渡瀬の言う通り、鬱々《うつうつ》とした心が今の空みたいに青々としてきた。修学旅行を、楽しまないといけない。

「おう、大自然の前じゃ、自分の悩みなんてちっぽけだよな」

「おいおい……その青臭さ。思わずむせ返るほどだぜ」

「う、うるさいな」

なんだか恥ずかしいじゃないか。

初日の第一行程、太一達は自然環境問題について学習できるセンターを見学。次に向かったのは民族博物館《みんぞくはくぶつかん》だ。

先住民《せんじゅうみん》の人々の昔の生活様式が、湖の側の集落《しゅうらく》という形で再現されている。茅葺《かやぶ》きの家々が並び、昔食用や薬用に使っていた植物が植えられていたり、湖には大木をくり抜いて作られた船も浮かべられていたりもした。また展示コーナーも充実している。

そこまで広い場所ではないこともあり、施設内《しせつない》は班も作らず自由行動であった。

太一は渡瀬と曽根や宮上、それから数人の男子と行動していた。

「おい熊いるぞ熊！」

一人が、檻《おり》の中で飼われた熊を見つけて言う。

「熊……なぜ？」「行ってみんべ」「熊……桐山さんって確かめっちゃ空手強いんだよな。熊に勝てんのかな？　どうなの八重樫？」

「……八対二で熊かな」

「熊相手に『二』もあんのかよ!?　人じゃねえ！」

まあ流石《さすが》に冗談だが。

「お、どもども八重樫君」

太一も移動しようとしたところで、他クラスの男子が声をかけてきた。髪を染めた、わかりやすく言ってしまえばチャラいタイプの男子だ。人当たりはよいので知り合いは多く、太一も何度か話したことがある（しばしば彼女関連でからかわれている）。

「修学旅行中の稲葉さんとの予定はどうなのさ？」

「や、特になさそうなんだが……」

「おっと……なんか喧嘩中《けんかちゅう》？　なしはマズくない？　いくら倦怠期《けんたいき》だとしてもさぁ」

そこまで不味《まず》い、状態なのだろうか。確かに、このところまともに会話すらできていないし、メールや電話だってしていないが。

直視しないようにしていた不安が、じりじりと太一に上り詰める。……わかっている、今はもの凄く危険な状況なんだ。下手を打てば二人は別れることになり得る。でも、だからと言って今進む道を放棄《ほうき》できないのだ。曲げられないのだ、それは。

「ところで話変わるけど。明後日の夜ってさ、札幌散策《さっぽろさんさく》するじゃん。勝手に晩飯も食べていいってやつで。その時にさ……ある計画があるんだけど」

心持ち声を抑え、周囲を警戒しながら男子は言う。

「計画？」

「そう計画……『夜の札幌自由散策計画』、ってとこかな。まあ、札幌散策の時、グループ行動は無視して好きな者どうし遊ぼうぜって話」

「……え、グループ無視はよくないだろ」

「違うんだよ。付き合っている奴らが二人になれる時間作ろうぜってことなんだよ。友情も大事だけどさ、やっぱ恋人同士の時間も大事じゃん。学年全体でそういう枠《わく》にすんのさ。このタイミングで告白できる奴もいるだろうな」

「でも関係ない奴は……」

「そういう奴はそういう奴で集まって盛り上がろうぜ！　って感じ。で、どうかな？」

「話はわかった。が、……どうかな、とは？」

「いやー、今や恋愛の教祖《きょうそ》になった八重樫君に確認をとっている訳だよ」

「大げさだよ。なんで俺に確認するんだ？」

「ぶっちゃけお墨付《すみつ》きが欲しい訳さ。みんなそうしたいって思ってるけど、躊躇《ためら》ってんの。『みんなも本当にやるのか？』って。でも八重樫君のお墨付きがあれば……全員踏ん切りがつくんだよ！」

「だから大げさだって」

「大げさじゃないんだよなーこれが、実際それくらいの影響力すぐ出せるぜ？」

影響力。自分の力。……これは『自分の』力か？

「せっかくの修学旅行だからみんな思い出作りたいしね」

「でも確か……最終日の小樽《おたる》は完全自由行動だろ？」

「それ昼間じゃん。夜はまた別のものがあるでしょー」

にこにこと男子は笑みを絶やさない。なにを言っても主張を曲げそうには見えない。

「なあ、みんな絶対喜ぶって。集合時間に間に合えば誰に迷惑かかる訳でもないし」

みんなが喜び、誰にも迷惑がかからない。

その論理だけを取り出して考えてみれば、否定する理由はどこにもなかった。

今の、太一と桐山が起こしていることと、考えは同じではないか。

「……まあ、そうしたい人が多かったら、別に、いいんじゃないか」

「お、マジでゴーサインきた！　じゃあそういうことでみんなに伝言していいかっ」

「俺の名前を使って？」

「当たり前じゃん、じゃなきゃ効果薄い！　っても、八重樫君に計画の罪をなすりつけようってんじゃないぜ？　発案者は俺とか他の奴だし。八重樫氏は後見人《こうけんにん》だな！」

罪。その言葉に、背筋がざわっと粟立つ。

今自分はとんでもない過《あやま》ちを犯していないか。

今まで自分は、とんでもない禁忌《きんき》を犯し続けてはいないか。

「じゃあそういうことでよろしく～。八重樫君も稲葉さんとよろしくやれよ～」

言って、男子は去っていった。

「……稲葉とよろしくやれ、か」

本当に、彼女をほったらかしにしてなにをやっているのだと思った。

□■□■□

翌日は午前中に農業《のうぎょう》体験を行い、午後は乗馬《じょうば》体験や牧場体験など、各自選択して行う体験学習という日程だった。

農業体験を終え、午後に太一が選択したのはラフティング、ゴムボートで急流の川を下るスポーツだ。

まずは体験に向けての下準備だ。ドライスーツ、ライフジャケットを着用。ヘルメットも被り、パドルを持って装備完了。

「この物々しい装備……軍隊にでも入った気分だね。敬礼《けいれい》！」と曽根がふざけていた。

行程は丘から川辺まで、ゴムボートを運ぶところから始まる。六人一組（＋指導員一人）で一班となり、太一達も七人が二列になって乗れるサイズのゴムボートを持つ。歩いている最中渡瀬と宮上は「なんか探検《たんけん》って感じだな！」「いやこれは冒険《ぼうけん》だろ」「いやいや探検だろ！」「冒険だっーの！」と心底どうでもいい言い争いをしていた（最終的に太一が提案した『アドベンチャー』での合意が成立した。いいのかそれで）。

改めて指導員《しどういん》から注意や指導を受け、かけ声や動作を確認。いよいよ出発だ。

ゴムボートに乗り込み、川の上に浮かぶ。川の動きに合わせて波打つ感覚はあるが、ゴムボートは意外にしっかりしている印象だった。

「うおお浮かんでる！　行くぜ進むぜ！」「ガキ臭いと思ったら超わくわくする！」

皆心底楽しそうである。

スタート地点の川幅は二十メートルくらいあるだろうか。今は穏《おだ》やかだが、進んでいくとかなり流れが急なところもあるらしい。川縁はずっと木々の生《お》い茂《しげ》る森が続いており、未開の地を行くような緊張感があった。

「怖がっているのか、八重樫？」

隣にいる石川に尋ねられる。

「いや……もし落ちてずっと流されたら……オホーツク海まで辿《たど》り着くのかなと」

「どんなネガティブシンキングだよ！」と渡瀬につっこまれる。

「はっ！　今のは確かに円城寺《えんじょうじ》ばりのネガティブシンキングだった……！」

「誰だ円城寺って？　まあもし落ちたら俺が助けてやるよ」

「い、石川かっけえ！　こりゃ修学旅行中にも彼女できるぜ！」と宮上が叫ぶ。

「いやもう既に……と、水上で言うことでもないか」

石川と中山が付き合っていると知ると、男子陣はどんな反応をするのだろうか。

だんだんと急流が増えてくる。流れにゴムボートがうねる。自然の段差を乗り越え、水しぶきが顔にかかる。

それはまさしく天然のジェットコースターだった。自然のダイナミックさを体全身で感じることができる。これぞ……。

「ハラハラドキドキのアドベンチャーだな！」

「おお、八重樫からテンションの高い発言が出たぞ！　しかも二流遊園地にある遊具《ゆうぐ》の謳《うた》い文句っぽいぜ！」と宮上が叫ぶ。

「い、いいだろうが別にっ」

途中から、パドルを使って水を他のボートにかける、という遊びが指導員から提案された。修学旅行生などの団体向けに、元々プログラムに入っているようだ。

「おらおらおらおら！　水をかけまくってやるぜええ！」

意外というかなんというか、曽根がかなりハッスルして暴れ、男子だろうが女子だろうが構わずパドルを振り回していた。

「……あいつ、温厚《おんこう》そうに見えてムキになったら性格変わるタイプだな」

渡瀬が後ろを振り向いて太一に呟く。

と、後ろから何者かの声が聞こえてきた。同時に背後からボートの近づく気配。後ろのボートの方がスピードがある。女子のボートではないか。そして、すれ違い様。

「悪行成敗《あくぎょうせいばい》！　とりゃあああ！」

藤島麻衣子《まいこ》が暴力的な量の水をピンポイントで曽根にかけていった。

「さらばっ！」そのまま藤島が乗るボートは去っていく。

「なっ……なんだ今の子の川の水の切り方と手首のスナップの利かせ方は……！　腕力《わんりょく》のない女の子にあんな真似ができるとは……！」

指導員さんが驚嘆《きょうたん》していた。どんなポテンシャルだ。

「藤島さん……やっぱあの子面白過ぎるだろ！　素敵だ！」

「……それが素敵に繋がる渡瀬の感性がなんとも」と太一は呟く。

「げほげほっ……、てかなんだよあの水の量はさ～⁉　ボートから落ちると思ったじゃん！　溺《おぼ》れたらどうしてくれるんだよ！」

「大丈夫だ、お前ならいつなんどき、どんな場面だって水に浮いてられる」

「脂肪《しぼう》があるから浮くって言いたいのか！　くそう！　絶対肺から息を全部吐き出して沈んでやるからな！」

「沈むなよ……。だいたい今はライフジャケットまでつけてるし……あ」「あ」

ちょうど太一達を抜かそうとしていたボートに桐山が乗っており、はたと目が合った。

ちょっと固まって、それから桐山はにやっと悪巧《わるだく》みを思いついたみたいに笑う。

「せいやっっっっ！」

「うぐおっぉ!?」

……桐山の持ち上げた水の量もなかなかのものだった。


太一はコースを完走し、心地よい疲労感《ひろうかん》を覚えながら陸地に降り立つ。集合場所に戻って着替えも終えると、バスが出発するまで少し空き時間ができた。

「おい、そこら辺探検しようぜ」「さっきアドベンチャーで手を打っただろ!?」

小学生みたいなことを言って、渡瀬や宮上達が歩いていく。

太一も一緒にいた流れで歩み始め、ふと、桐山がいることに気づく。

桐山は道を少し外れて、高さ三メートルくらいの崖《がけ》の端に立っていた。下は岩場となっている。側に草木が茂っているが、崖の前方からは気持ちよさそうな風が吹いていた。

なんとなく太一は近づいていく。

桐山はタオルで髪の毛を挟み込み、ぽんぽんと優しく叩くように拭《ふ》いていた。

「見てー、髪の毛濡れちゃったんだー。……というか太一大丈夫だった？　ごめんね、すっごく楽しかったから調子に乗り過ぎちゃったかも」

「確かにえらく被害を受けたが……。もう乾《かわ》いてるし大丈夫だよ。ま、お返しする機会がなかったのが残念だったかな」

最後冗談《じょうだん》ぽく言うと、桐山もそれに乗っかってわざとらしく胸を張った。

「ふふーん。太一にやられたってあたしなら回避して見せるけどね」

穏やかな笑みを桐山は浮かべる。ここまで和《やわ》らいだ桐山の表情を見るのは、『夢中透視』に追い立てられるようになってから久々の気がする。

が、儚《はかな》くも次の瞬間にはその笑顔に影が差す。太一が振り返って、桐山の視線の先を確認すると、女子が口パクで「よ・ろ・し・く・ね」と伝えているようだった。

桐山は任せて、と手を挙げて見せる。だけど表情は沈んでいた。

「……それにしても笑っちゃうよね、恋愛マスターとか、相談役とかって」

太一ほど盛んでないにせよ、桐山も一部からそう呼ばれている。

「あたしにすら明日の計画をお伺《うかが》い立てに来たんだから、太一にもあったでしょ？」

明日の札幌散策の時間、決められたグループを崩して自由に行動しようという計画。

「まあ、な」

「ていうかオッケー出したんでしょ、太一が。そう言われたからあたしも『いいんじゃない？』とは言ったけど……。ダメ、とは言いづらかったし」

「集合時間だけ守れば、後は大丈夫だろ。なによりみんなやりたそうにしているし」

男子からの依頼の後、複数人から同じ話題を振られたのだ。

「やりたそうだからって……。……まあ、仕方ないのか」

はぁ、と桐山は溜息を一つ吐く。今吐き出したもので、桐山はなにを諦めたのか。

「人の恋愛にかまけてるけど……本当はあたし……自分の恋愛も満足にやれてない」

遠い目をして呟く。その先には、誰のどんな表情を思い浮かべているのだろう。

考えている内に、太一の脳裏には、稲葉の姿が呼び起こされていた。

「俺も、同じだよ……。最近は稲葉と恋人らしいことできてないし。……稲葉の想いに、上手く応えてやれないし」

ぽろりと漏らした言葉に桐山はなにかを見つけた顔をした。まじまじと見つめてくる。

「太一とあたしって、似てるね」

「似てる？」

「うん。……あのね、青木と稲葉は間違いなく、本当の意味で、誰かのことを好きになっているんだと思う。でも、あたし達は違うんじゃない？」

問われて太一は、内心同意する。確かに違う。では、どう違う？

「相手が好きになってくれたから、とか。そんな理由の面が、多くない？」

自分は稲葉を、好きである。では、なぜ好きか？

いや、その理由はわかっている。色んな理由がある。わかっている。知っている。

――ああ、でも稲葉の想いに比べれば、それはちんけなニセモノに見える。

言葉を返せない太一に、桐山は表情で「わかってるよ」と訴えかける。

「……だからね、迷っちゃうんだよ。あの青木に対して、自分でいいの、って？　自分はそんな想い返せそうにないけどいいの、って」

風が吹いて、桐山の長髪が乱れた。まだ湿《しめ》っている髪が頬と口の端にくっつく。

「なんていうか……そう、釣《つ》り合ってない感じ、想いの量みたいなものが」

桐山が口にした迷い。そんな意図はないだろうけど、無意識に桐山は救いを求めている気がした。

太一はそれを、助けたい。しかし太一は答えを与えてやれない。助けられない。

それが、自分自身の稲葉への至らなさを、如実《にょじつ》に表していた。

助けたい。なにかしたい。よくしたい。でもその方向性が見えなかった。

そして自分の問題に対して、すべきこともわからない。

「……似てるな、俺達」

自分が今できるのは桐山への共感くらいだ。でも、事実そう思った。

薄く儚く、桐山は笑う。

「あ～あ。……もし変な現象起きてない人生だったら、案外あたしと太一が付き合ってたかもしれないね、似た者同士って感じでさ」

自分が正しいと思う考えを貫いた時、側にいたのは桐山だった。好き云々は脇に置くとして、精神的な面で超人めいた三人に比べ一番近いと思えるのは、桐山だ。もし現象が起こらず波風立たずの毎日が続けば、実は可能性がないとも言えない気がした。

だから答えとしては。

「かもしれないな」

「そう、か」

なんの感情もない声が放たれて、太一と、太一の周囲一体を凍《こお》らせた。桐山も、口を中途半端に開いたまま動かなくなっている。じゃりっ、と地面を踏む音が異様なまでに大きく聞こえた。それは徐々《じょじょ》に迫る。そして茂った草木の裏側から、姿を現す。

稲葉姫子が。

表情は、怒ってもないし悲しんでもいない。いっそどちらかでいてくれたらと、太一は思った。そうすれば、今自分がとるべき態度がわかるのに。

稲葉は表情を作らない。ただ時々ぴくりぴくりと顔が動く。それは感情が顔に表れるのを我慢している、ためか。

「お前は……いや、お前らはそんな風に思っているのか」

「ちょ、ちょっと待ってよ稲葉!?　どこから聞いてたか知らないけどそういう意味じゃないからね!? 仮の……た、たとえの? 話だし!」

「そうだぞ稲葉っ。今のは言葉の綾《あや》……で。俺が桐山を好きで、とかの話ではなく」

桐山と太一は慌てて弁明《べんめい》する。

今の会話、特に最後の部分、いやもう全体的に、稲葉には聞かれちゃ、ならなかった。どうして稲葉がここにいる。ああ、ただラフティングをやり終え、太一と桐山を見つけただけか。だいたいなぜ稲葉がラフティングを選択していることすら知らない。それくらいまともに会話していなかった。付き合っているのに。だけど考え方が違うから。

「太一と唯が変な関係になっているんじゃないのは、わかっているさ」

稲葉は特に気にした風もなく言ってくれた。

「だ、だよな」

稲葉はやっぱり、自分のことをよくわかってくれていた。

太一はほっと息を吐く、と。

「──バカがっ」

吐き捨て、られる。

「さっきの聞いて……アタシが不安にならないとでも……、思うかっ?」

なんとか平静を装おうとしているトーン。でも涙が滲《にじ》む声色。

「お前はアタシを……ちゃんと見ているかっ……ちゃんと」

ちゃんと見る。心がけているつもりだ。自分は永瀬の時もできていなかったから。

「太一はっ……アタシのことを本当にっ——」

最後の単語を吐き出そうと開かれた口を、寸前のところで稲葉は閉じた。

鼻を一度啜《すす》って、落ち着くためか大きく息をする。

それで稲葉は感情の揺れ動きを消した。フリ、だけかもしれないが。

「お前は……お前らは、逃げているんだな」

「逃げてる訳じゃ……」

「少なくともアタシにはそう見える」

言い切ってから、稲葉は「アタシが言えた義理じゃないけど……」と小声で付け足す。

稲葉は優しく、そしてどこか悲しそうに微笑んだ。

「修学旅行中も、お前は恋愛相談受けるんだろうな。自分のこととか、アタシのこととかほっぽり出して」

「受けるかも……しれないけど。ほっぽり出すつもりは」

「太一は頑張ってるん……だよ」

おずおずと桐山が援護《えんご》してくれる。

稲葉は悟《さと》ったような穏やかな顔をしている。クールに見えて、実は感情の動きが激しい稲葉の落ち着いた態度は、太一を不安にさせた。

「アタシは守りたいんだけどな、お前を。でもお前はアタシ一人も、守ってくれない」

「俺はみんなを——」

「それは全てを選んだようで、その実なにも選んでないんだ。特にお前の場合は」

全てを選んだようで、なにも選んでいない。

クラスの友人に呼ばれ、稲葉はその場を、なにも言わず離れた。

□■□■□

その日の宿泊《しゅくはく》施設は温泉旅館《おんせんりょかん》だった。入浴《にゅうよく》、夕食を経て就寝《しゅうしん》時間となり、太一達男子五人部屋でも畳《たたみ》の上に布団《ふとん》を広げて、就寝準備を完了させる。

「ま、当然寝ないんだけどな！」

渡瀬は高いテンションのまま言った。

「お前朝からずっとその調子だろ……。よく体力保つな……」と曽根が呟く。

「それが運動部とお前ら非運動部の違いだ。なあ、石川？」

「ん、まあ、かもな」

サッカー部の渡瀬に野球部の石川は、他の面々に比べまだまだ疲れが表に出ていない。

「……ダメだ」と呟いて太一は弄《いじ》っていた携帯電話《けいたいでんわ》を投げ出した。

「どうしたんだよ？」

渡瀬に尋ねられ「いや……なんでも」と答える。

今日の件をフォローしようと稲葉に何度もメールを送ったのだがなしのつぶてだった。

どうすればよいのか……と考えるのだがもうどうしようもない。まさか今から女子の部屋に乗り込む訳にもいかないから、また明日機会を窺おう。それで、……大丈夫だ。

「で、なんの話するんだよ？　恋愛トークか。なら渡瀬から話せよ」

他の皆がスウェットなどの部屋着の中、一人備え付けの浴衣《ゆかた》を着ている宮上が言う。

「修学旅行は明らかにチャンスだからな。変な恋愛ブームもあるし、藤島さんに勝負を仕掛けたい……。だが如何《いかん》せん……。外堀《そとぼり》が全く埋まってないから……」

「渡瀬って、そこそこ女慣れしてるくせに、本命にはヘタレだよな」と太一がコメント。

「ぐ……それだけ本気と解釈《かいしゃく》してくれ。じゃないと俺のイメージが……」

「お前のイメージなんてなんの価値もないだろ。曽根の余分な脂肪くらい価値ないわ」

「なんだと貴様！」

「おうやんのか⁉」

渡瀬と宮上がプロレスごっこを始める。太一は初め生暖かく見守っていたのだが……。

「おいっ、腕ひしぎを仕掛けるなら両手のクラッチが外れるかどうかの攻防が見せ場だろうが！　重要なスポットをなぜ雑に扱う！　ああ、しかも力任せに返してどうする！　そんなんじゃお客さんは納得しないぞ！　もっと創意工夫《そういくふう》しろ！」

「……よくわからんのだが八重樫は怒っているのか？」と若干引き気味の石川が尋ねる。

「あ……つ、つい。気にしないでくれ」

プロレスファンとして血が騒《さわ》いでしまった。

「てかさっき俺の脂肪がどうとか言われてたよなー……。やめろー……。そこに参戦する気はないけどー……」

ごろーんと布団に寝転がったままの曽根が、続けて太一や石川に話を振る。

「おう、じゃあ八重樫は彼女いる……って知ってるや。石川はどうなの？　野球ばっかであんまりイメージないけど、恋愛方面」

「彼女はいるが」

「ああ、そうなんだ。…………………おおい⁉　彼女いんの⁉」

曽根がぴょん、と跳ね起きて正座した。

「「き、聞き捨てならねえぞ⁉」」と喧嘩していた二人が声を合わせて、石川へと這《は》い寄る。「誰だ⁉」「誰とだ⁉」「いつだ⁉」「いつからだ⁉」

「一カ月と少し前かな……。相手は、彼女がまだ公表したくないらしいから言わんが」

石川はちらと太一の方を見た。もちろん太一は黙って頷く。知らないフリをしよう。

「最近かよ……。そう言えば最近中山もできたって聞いたな、相手秘密とか言って……。ま、石川と中山はねえな！　どっちからどっちに告白すんだよ！　絶対ねえよ！」

渡瀬が言う。……まあ、あるんだが。顔に出そうなので、太一は俯き加減で誤魔化《ごまか》す。

「トランプだ！　トランプ持ってこい！　チップは指定された質問に答えること！」

「丸裸にしてやろうぜ宮上！　……ほらトランプだ！　ターゲットは本命石川、次点八重樫だ！」と渡瀬も喜んで応える。

「俺も攻撃対象なのか⁉」
数時間後――、宮上が発案して始まった深夜のトランプ大会は、史上稀《しじょうまれ》に見る宮上の大敗で終結した。

□■□■□

翌朝、トランプ大会のおかげで重い目蓋《まぶた》を擦《こす》りながら、大広間にて太一は朝食をとる。優しい和食なのがありがたい。

「眠そうだな、八重樫。てかお前今日の午前なにすんだっけ？　俺と違うよな」

対面に座る渡瀬はまだ元気そうだ。この男はいつになったら疲れるのだろう。

「ええと……ガラス細工《ざいく》みたいな」

「ああー、だったな。俺、山に行くわ。トレッキング」

「……そうか」

「おいおい、テンション低いな。今日の午後まではコンディション戻しとけよ。お待ちかねの札幌自由散策だろ」

札幌自由散策の際の班を無視した行動計画。それを思い出し、太一は陰鬱《いんうつ》になった。

そして迎えた、夕方。

各班に分かれた、札幌自由散策の時間となる。

制限時間は四時から七時半まで。その間に各班で夕食も済ませることになっている。

グループは行動しやすいように、男子だけ、女子だけで五人ずつが基本だ。

「注意事項を守り、他の人の迷惑にならないように。集合時間を守って無事に帰ってくるように」

教師から全体に向けて一通りの注意があり、解散となる。

「男子は男子。女子は女子。うんうん、健全《けんぜん》だな。おいお前ら、間違っても男女合流して五対五のコンパ的雰囲気で観光《かんこう》なんかするなよ。そんな羨《うらや》ま……ふしだらな行為《こうい》は担任教師として許さんからな」

後藤龍善《ごとうりゆうぜん》は担任を務《つと》める二組の生徒に向けて、そんなことを言い出す。

「……なにかあったんですか、先生？」

クラスを代表してか学級委員長の瀬戸内が尋ねる。

「お、おお瀬戸内！　俺の話を聞いてくれるのか！　実は前のコンパで酷《ひど》い——」

「やっぱいいです」

「拒絶が早いっ⁉」

クラス代表の義務感を以てしても面倒なものは面倒らしい。

太一も渡瀬、石川、曽根、宮上と共に出発する。

天気は快晴。行楽日和《こうらくびより》と言えよう。夜になると少し冷えるだろうから、念のためもう一枚上着を鞄には入れてある。

「……というか、の前にだわ。今日のお前の予定はどうなってるんだよ？」

渡瀬が立ち止まって太一に尋ねる。

「俺の？　今日は前みんなで決めた通り……」

「おいおい八重樫。今日は班を無視した自由行動、やる奴はやるって話なんだろ？」

「お前も稲葉さんといちゃいちゃしたいからってよ～！　うらやま～！」

宮上が嫉《ねた》みたっぷりに言う。

「ああ……いや」

稲葉に今日もメールを送ってみたが、返信はなかった。午前中も選択した場所が違うようだったし、直接捕まえる機会にも恵まれていない。

と、宮上が矛先《ほこさき》を石川にも向かわせる。

「つか石川もだ！　結局彼女の名前言ってくれないし！　勝負に勝っても、そういうのは最後教えてくれるもんだろ！」

「石川もその子とどっか行くの？　あれ、学年は同じだったよね？」

曽根が訊く。

「彼女がまだ広めたがらないからな……」

石川は大きな体を、多少申し訳なさそうに曲げる。

「しかし今の時間に、合流する予定にはしていない。班で回る時間だからな」

「流石坊主《ぼうず》だ！」「硬派だ！」「野球部だ！」「俺達の石川だ！」

宮上と曾根が交互に石川を褒《たた》め称える。

「まあ、明日の小樽は別だが」

「クソハゲ！」「軟派者《なんぱもの》！」「玉遊《たまあそ》び部！」「もう俺達の石川はいなくなったんだ！」

今度は思いっ切り貶《けな》す。忙しい奴らだ。

「……ふぅ。ま、実は俺も今日女子と合流するんだけどね。だから最後一時間くらい抜けますよろしく～」

宮上はさらっと重大な発言をした。

「………………え？　えええええええ⁉　なにその裏切り⁉」

曾根が当然の如く喚《わめ》く。

「ふーん。まあいいんじゃね？　どうせ部活の女子と複数人で合流するだけだろうし」

渡瀬があっさりと指摘《してき》する。

「……まあ、そうですけどぉ～」

「なんだ。結局宮上はおまけか」と曾根。

「お、おまけじゃねえよ！　メインディッシュだよ！」

三人を尻目に、石川が太一に話しかける。

「それで結局、八重樫はどうするんだ？」

「俺は予定……入れてないから」

正直に太一は述べる。

「あれ、そうなの？　じゃあこの班で抜ける予定なの俺だけ？　他は結構抜けるって話も聞いてるけど。ん〜、なら俺も抜けんのパスしようかなー」

宮上が言うと、曽根、渡瀬、石川が賛同する。

「そうしよう！　そうしよう！　この班は抜けるの禁止な！」「男五人で友情パワー炸《さく》裂《れっ》すっか」「俺も、決められた通りやるべきだと思うから」

もちろん太一も同様に。

「俺も——」

「そこの男さぁ、五分だけ借りていいかなぁあ？」

殺気を纏った稲葉姫子の声に、太一の声が、遮《さえぎ》られる。

誰がどう見ようと完膚無きまでにキレている稲葉に太一以外の男子四人は、

「「「「どうぞ」」」」

即答だった。

胸倉《むなぐら》を摑《つか》まれ、太一は路地《ろじ》に引き込まれた。

「ちょっとっ、待てって……ん、あれ？」

そこには桐山と青木もいるではないか。桐山は気まずそうな、そして青木は険《けわ》しい顔をしている。

その二人を一瞥《いちべつ》してから、稲葉は太一の胸倉を乱暴に放す。

「おいっつ、どうなってんだこれ⁉　みんなグループ無視で勝手に行動するとか言ってるじゃねえか⁉　しかも太一が首謀者《しゅぼうしゃ》だって！」

「しゅ、首謀者⁉　そういう訳じゃ……」

だが、自分の名がお墨付きとして使われているのなら、そう解釈《かいしゃく》されてもおかしくないのか。そう考えながら、太一はだいたいの事情を説明した。

「お人好《ひとよ》し根性《こんじょう》丸出しにして、体よく利用されやがって……いやお人好しでもねえか。自分が楽な方に流されてるだけか……！」

「楽な方に……？」

「ちっ、まあそれはいい。ともかく、ルールを無視した行動の扇動《せんどう》なぞ見逃せるか」

続いて硬い表情の青木も言う。

「太一、それから唯もさ。そういうルール違反とか、ダメじゃん。なに考えてんの？」

二人とも……特に唯ってそういうの嫌いっしょ？」

稲葉より落ち着いてはいるが、責める口調に変わりはない。

「な、なによ？　だとしても、二人には関係ないでしょ」

桐山が突っぱねると、すぐさま稲葉が反論する。

「あるだろうが完全に。お前らは『夢中透視』使って、学校内で妙な影響力を持つようになった。その影響力で、学校のルールを破ろうとしている。どこが関係ないんだ？」

「あたし達は……あたし達の……すべきこと、を」

稲葉に睨まれ、桐山が縮こまる。

自分達が全面的に肯定されるものじゃないことは、わかっている。

でもここまできて、今更引き下がることなどできない。

「……守るべきルールがあるのは認める。でも、場合によっては多少ルールを破った方がよい結果をもたらす時だって、あるだろ？」

「かもしれねえよ。実生活じゃルールを破るべき場面だって存在するだろう。でも、今ここは、そうか？　即時性《そくじせい》のある、絶対に、しなきゃいけないことか？」

当然、特に、そんなことはない。

「でも……喜ぶ人間がいるのは確かで。これで迷惑する人間がいないから」

「そ、そうよ」

桐山も援護してくれる。

「それは本当か？」

「――え」

「本当だと断言できるか？　不幸になる人間は一人もいないか、本当に？」

「皆、好きな人と回れるのなら……」

「そのせいで、回りたい人と回れない人が出てもか？」

「いや……それは」

太一は言葉に詰まる。同様に桐山もなにか言おうと口をモゴモゴさせるも、言葉にするには至らない。

「固まるよなぁ。お前らのロジックじゃなぁ？」

嗜虐的《しぎゃくてき》な笑みで、稲葉は太一達を見下ろす。

「さあ、そこまでわかったところで聞くぞ。どうする？　今お前らが言って連絡を回せば、全員ではなくともいくらかの人間は止まる」

桐山が、どうするの、と困り果てた顔で太一を見上げる。

止めて、ルールを守らせる。

止めずに、自由にやらせる。

二つの選択肢を並べて、太一は妙だと感じた。

なぜ自分が、そんなものを決定する立場になっている。何様のつもりだ。

「……俺がどうのこうのじゃなくて、それはみんなが、選ぶことだろう？　好きな人と回りたい奴はそうすればいい」

「ここまできて責任放棄《せきにんほうき》かっっっ！」

一喝《いっかつ》される。

責任放棄？　そう言われるのは、心外だ。

「んなつもりはねえよ。止めるのか止めないのかで言えば俺は……止めないよ」

「太……一？」

桐山が驚いた声を出す。なぜ。思いながらも、太一は続ける。

「それで、自分が回りたい人間と回れるようにすればいいんだ。奪い合いになったら、最後は本人の努力次第だよな。第一、やっぱりそれで、誰に迷惑がかかる訳じゃない」

「テメエの、勝手な解釈じゃねえのか」

「俺は、今日も『夢中透視』で見ているんだ。そうやって自分の好きな人と思い出を作りたい、って『夢』を」

太一が口にした瞬間、稲葉の表情に悲しみの色が差した。怒りに哀《かな》しみが混じった面持ちは、否応なく太一を揺さぶった。彼女に、こんな顔をさせてよいのかと思う。

「やっぱり……お前には無理か。斬り捨てられねえか。自分の目の前にいる奴は、助けなきゃならないか。それがお前か、太一」

稲葉に問われる。真っ直ぐに視線をぶつけてくる。太一も逃げずに視線を返し。

「そうだ。俺はそんな人間だ」

断言した。

稲葉は更に反論しかけて……口をつぐんだ。

「……なあ、唯はそれでいいのか？」と代わりに青木が口を開く。

「そ、それで……って」

「今やってることは、唯的に正しいの？　ちゃんと自分で、問題を考えてる？　自分の問題として考えてる？」

青木は問いかける。そうやって、桐山に自分でなにかを見つけるよう促《うなが》しているみたいだ。その『なにか』、とは。

「そりゃ……えっと……」

返答に困る桐山。太一が助ける。

「俺達は、誰かを幸せにできるならそうしようって決めたじゃないか」

だから『夢中透視』を使用した。

「でもあの時決めてやったことと、今のことは……ちょっと違う気が……」

桐山は迷っていた。ならば最も大切なことを言おうと思った。

「みんなのためになるんだぞ」

桐山はびくっと肩を上げた。

「……お前が勝手に判断した、『みんなのため』だよな？」

稲葉は低い声で言う。

「強制《きょうせい》はしていない」

「なぁ……」と呟いてから、稲葉は大きく息を吸い、一気に吐き出した。

「その判断に……そこにお前のっ、お前らの意志はあるか⁉　覚悟はあるか⁉　決意はあるか⁉　初めはあったかもしれねえよ！　だが今はどうだ⁉」

自分の意志、覚悟、決意。

それを持って自分は、進むべき道を選んだはずで。だから稲葉と対立しているはずだ。

「言えよ!? 言ってみろよ!?」

その意志とは――。

「でも、誰かの幸せを作ったことは間違いない」

これは、『意志』か？　そう呼べる、ものなのだろうか。

なぜか今の解答は、稲葉を怒らせるよりも、不安にさせたらしい。

「なあ頼むよ……しっかりしてくれよ……」

非難の色などない、それは縋《すが》り付く声だった。稲葉の瞳《ひとみ》が、揺れるのだ。

「お前がピンチには強くて格好《かっこう》よくても……普段は力を持たせたらダメなヤツだとは、わかっている……。だとしても……頼むよ」

ピンチには強くても、普段は力を持たせてはいけない。自分はそんな存在なのか？

「なぁ太一……アタシを」

言葉を切り、稲葉はタメを作る。

そして覚悟を決めた顔をして、見せつけるように。

「助けてくれよ？」

稲葉のことを助けたい。同時にみんなのことも助けたい。

助けたいと助けたいがせめぎ合う。どちらも助けたい。でもできない。

どちらを助けるのか。なにを基準《きじゅん》に考えるのか。親しさか。数か。量か。気分か。

正しい方を選ぶための、指針《ししん》が欲しかった。どこかにないか。いやそれは、自分が自分の中で見つけるものか。

では自分の中にそれは――。

「もういい。アタシらで声をかけた方が早い。……行くぞ青木」

稲葉は歩き出す。そして青木も。

「……オレはオレの考えが正しいって思ってる。でも太一と唯の言うことも一つの主張だって認めてた、本当のところを言うと。でもこれは……、完全に違うよな」

告げられて、太一と桐山は言い返せない。


五分をかなりオーバーしたが、太一の班の四人は待っていてくれた。

「おう、お帰り。打ち合わせ終了か？　また後で抜ける予定？」

渡瀬が尋ねる。

「……いや、そうするつもりはない」

切り替えて、普通の態度を心がける。変に暗い顔は……していないと思う。

「お前が今日の計画の火付け役なのにな……まあいいけど」

それ以上、誰も追及《ついきゅう》はしてこなかった。

男五人の散策は思いの外盛り上がった。些細なことでバカを言い合い、石川と太一が彼女持ちとしていじられ、たっぷり観光を満喫《まんきつ》した。

ただ班行動を無視するカップルや男女グループを時折《ときおり》見かける度、太一は気が気じゃなくなり、目がぐるぐると回るようだった。

残り時間も少なくなり、夕食時となる。

「晩飯《ばんめし》はラーメンだろ！　札幌と言えば、味噌《みそ》ラーメンだろ！」と宮上が言う。

「味噌ぉ？　札幌旭川《あさひかわ》醤油《しょうゆ》ラーメンじゃないの？」と曽根。

「いや、札幌ラーメン自体は味噌も醤油も塩もあるらしいぞ」と太一。

「要らねえうんちくだな八重樫」と渡瀬。

「北海道ならば、海鮮《かいせん》だろう。回転寿司《かいてんずし》とか」と石川。

このままでは決まらない気配を察し、じゃんけんの流れになった。

結果、勝利したのは太一だった。

「うおおおお……！」

「え？　なに？　そんなに嬉《うれ》しいの？　引くんだけど？」

宮上が本当に仰《の》け反りながら言う。

「俺じゃんけん弱いからさ……。集団戦で勝てるなんて珍しいんだよ……」

「奇跡に酔いしれたいのはわかったんだが、どこにするんだ？」

石川が聞く。

「ええと……俺は北海道っぽいものが食べられたら、それでいい訳だが……」

「となれば味噌ラーメンか！」

「醤油ラーメンか！」

「寿司だな」

「おいおい、じゃんけんした意味なくなるじゃん」

渡瀬の指摘に、皆も納得。

「じゃあ決めちゃってくれよ八重樫」と曽根に促される。

「そうだな……」

太一は飲食店街を歩きながら悩む。ラーメンを食べたい奴がいて。寿司を食べたい奴がいて。自分的にはどちらでもよくて。どちらの欲求にも応えてやりたい。なにを判断基準にするか。数となるとラーメンか。しかし味の違うものを主張しているから、どちらかの味の専門店に入れば揉めそう。最善の選択は……。

「早く！」「早く！」宮上と曽根が口々に言う。

「あ」

「ん、なんか見つけたか？」

渡瀬に問われ、太一は頷く。そしてびしっと、ある店の看板《かんばん》を指差した。

「え〜、なになに。ラーメン、寿司、ジンギスカン、スープカレー……なんでもござれの北海道名物食堂。そ、そうきたか！　てか初めからここ選んどきゃよかった！」

なんにでも、こんな、皆が幸せになれる解答があればいいのに。

自由散策終わりの集合場所は、ホテルに行くためのバスが停まる駐車場だ。そこに向かう途中、公園でたむろするクラスメイトと出会う。

「お前ら集合場所行かないの？」と渡瀬が聞く。

「あー、俺らの班一人抜けた奴がいてさ、そいつが来ないと集合場所いけないんだよ」

戻る時は担任教師に帰還《きかん》報告をする必要がある。全員揃《そろ》って帰らないとバラバラに行動していたことがばれてしまう。

太一は時計を見る。時刻は七時十分、集合時間まで後二十分しかない。

「てか見回りの教師に見つかった奴いないのかなぁ。気をつけるし、言い訳も用意してるしとか他の奴は言ってたけど。……つか夜になったら冷えるな」

宮上が言う。しかしこの中で誰よりも寒気を感じているのは自分だろう。

集合場所で後藤に帰還報告をし、バスに乗り込む。三分の一くらいの生徒が戻ってきていた。残り三分の二。このまま何事もなく全員集合してくれと、祈るように思った。

しかし、案の定、と言うべきか。

集合時間になっても戻らない班が、続出した。

当然教師は近くを捜しに行くし、そこで抜けたメンバー待ちをしている面々を見つける。勝手な行動をしている者がいることは、すぐ露見《ろけん》した。

「どうなってるんだお前らはっ！」

男性教師の一人が、生徒に対して怒りを露《あらわ》にする。しかし今ここにいる面々に怒っても仕方がないと気づいたのか、すぐ「まだ集合してない者の事情を知っている奴は報告するように」と言ってきた。

多くの者が事情を知ってはいただろうが、それを話す訳にもいかず、皆「連絡とってみます」といった具合に誤魔化した。

バスの中で事態の推移《すいい》を聞きながら、太一は心の底から、震えていた。胸に迫るのは恐怖だ。頭を支配するのは今後の悪夢のような展開だ。

「なんか震えてるみたいだけど大丈夫？　寒い？」と隣の席の奴から問われる。太一は曖昧に頷くことしかできない。

同じバス内にいる永瀬と桐山はどうしているのだろう。後方の席にいるのはわかっていたが、太一は振り返れなかった。

あっという間に時間は過ぎ、八時すらも回る。

それでもまだ、全員が集合場所に現れない。

教師達も慌てだし、生徒の安否確認に入る。クラスメイト達の力も借り、ほとんどは連絡が取れた。……が。

「……と、……は……。……はい、まだ」

二人ほど、一切の連絡が取れない男女がいた。

更にその男女には、クラスメイトの一人から「なんか怪しいおっさんといた」との目撃情報が上がる。バスに詰め込まれている生徒達にも、その情報は伝わった。

教師達は慌ただしく連絡を取り合いながら、何名かが捜索《そうさく》に動き出す。

「おい八重樫……」

一つ後ろの席の渡瀬が、身を乗り出してひそひそと声をかけてきた。

「お前のせいじゃないんだし、あんま気にすんなよ。顔真っ青だけど」

「ああ……」

頷いたが、とても、そんな気にはなれない。

もし万が一、なにか事件に巻き込まれでもしていたら、どうなる。

直接的に太一がなにかした訳ではない。でももし太一が皆に『勝手な行動は慎《つつし》もう』と言っていれば、おそらく同じ状況になっていない。

これは、己の責任以外の、なにものでもなかった。

——ここまできて責任放棄かっっっ！

稲葉の一喝が頭に蘇《よみがえ》る。

責任を放棄したつもりはない。

自分は、皆が最善になるようにと、行動をとり続けていたのだ。

でも今の状況は明らかに、失敗、である。……ああ、失敗したのなら。

もう一度、やり直し、取り戻すのだ。やれる。自分が、やらなければ。

太一は席から立ち上がる。

「おい、八重樫？」

「……トイレだ」

そう言ってバスから降り、途中で顔を合わせた後藤にも「トイレです」と告げた。

その通り太一はトイレがある休憩所《きゅうけいじょ》の方に向かい、体が建物の陰に入りバスから見えなくなったところで——走り出した。

一刻も早く、事態に収拾《しゅうしゅう》をつけなければならない。走り出してから、どうやって見つけようと頭を回す。目撃場所の情報は耳にしたが、今もそこにいるのだろうか。二人の電話番号は……知らないので、他の友人経由で入手しよう。

——っ……。

日はとっぷりと暮れている。太一達山星高生にとっては全く見知らぬ土地だ。妙な場所に迷い込んでいる可能性もある。

ふと、どうして自分は、ここまで誰かに影響を与えるようになったのだろうと疑問に思った。もちろん、〈ふうせんかずら〉に『夢中透視』の力を授けられたからだが。

でも昔の自分なら、どうだろうと思うのだ。一年以上前の自分なら、そんな力を得たからといって、『誰かを救うため、幸せにするための行動』なんてことできただろうか。

——太っ……。

自己犠牲《じこぎせい》の性質は、誰かのためにという性質は、昔からあった。けれどそれは日常から逸脱《いつだつ》することもなく、稲葉に指摘されるまでは、誰からも指摘されてこなかった。

でもこの一年間で自分は変わった。成長させられた。一年間で何度『救う』と口にしてきたか。救うなんて、今まで普通に生きてきてほとんど使うことのなかった言葉だ。

自分の性質が色濃く、色濃く出ていったのだ。

そんな自分の人間性に基《もと》づいた生き方。それが誤りだと？

バス停に辿り着く。時刻表をチェック。便数は多くない。もうタクシーを使った方がいいのではないか。一番近い繁華街に出るくらいなら、お金も大丈夫だと——。

「だからさっきから呼んでるだろうが太一っっっっっ！」

叫び声に振り返る、と、黒っぽい影が弾丸《だんがん》のように飛び込んできた。

そのまま土手っ腹に直撃。

「ごっ⁉」

腕が太一の体に巻き付く。目線の先には頭頂部。甘い女の子の匂い。彼女は。

「稲……葉？」

「はぁ……はぁ……。ちょっと……息が整うまで待て……」

稲葉は抱きついたまま、大きく呼吸を繰り返す、その度に稲葉の鼓動《こどう》を全身で感じる。

稲葉姫子《ひめこ》という人間の、自分の『彼女』の、生きる鼓動を感じる。

バス停の電灯《でんとう》がゆるく周囲を照らす。辺りには特になにもなくて、暗闇《くらやみ》の中に、そのバス停だけがぼんやりと浮かんでいる。

だんだんと稲葉の呼吸が落ち着いてくる。しかし稲葉はまだ、太一から体を離さない。

稲葉は太一の胸に横顔をくっつけた状態で、話す。

「なに走り出してんだよっ！　バカがっ！　理由はだいたい……わかるけどっ」

「稲葉こそ……よく追いかけてこられたよな」

「どうせあるんじゃないかと思って……、ずっとバスの入り口を見張ってたからな」

そこまで心配を、迷惑をかけているのか。でも。

「あのさ……放してくれないか。俺は行かないといけないから」

ばっ、と稲葉が頭を戻し太一を見上げる。稲葉のまつげに、涙が一粒ついていた。

「……なんでだよ」

「だって……、早く見つけないと、大変なことになっているかもしれないから」

どん、と稲葉は太一を押して距離をとる。そして叫ぶ。

「だからって反射で動くなっ！　アテはあんのか？　ねえよな！」

「アテはなくても……捜さないと。……助けないと」

「お前が行ったら余計にややこしいことになるだろうがっ！　てゆーか今はバス待機《たいき》の指示が出てんだろ！」

「ルールを守るだけじゃできないことも――」

「お前いい加減学習しろよっっっっ！」

一際大きな、叫びだった。

「『夢中透視』を使うって決断をした時からそうだ。お前は、それがいいと『お前が』思うことならルールを破ってもいいと決めた。それを繰り返して……今こんなことになってるんだろ！　いつまで頑固《がんこ》にっ、一度決めてしまったことを引きずってんだよ！」

引きずっている。……引きずっているのか？

自分で正しいと選んだ道だから、稲葉と決別してまで選んだ道だから、自分は貫き通さなければならないと、思っている。

引きずっているのとは違う。自分が選んだことだから。自分が、ちゃんと、だから。

「選択ミスをしたのは……わかっているさ。けど今はっ、困ってる人間を助けるためには、動かないとっ！」

稲葉の泣き顔が深くなる。歪《ゆが》む。涙は零れていない、でもその一歩、手前に見える。

泣かないでくれ。どうかどうか泣かないでくれ。泣かせたくなんかないんだ。誰も。

「なんでだよ……お前普段は……そこまでバカじゃないだろ……？　なぁ……、止まれよ。止まってくれよ……」

「俺は、……やれることはやってやりたいから」

かっ、と稲葉が目を見開く。

「そういう話じゃないんだ！　そういう話じゃダメなんだ！　自分が弱者で……、なんでもがむしゃらにやらなきゃならないピンチならまだしもっ！　力を持った人間がっ、それじゃダメなんだ！」

そういう話じゃない。そういう話じゃダメ。それじゃダメ。

曖昧過ぎて、なにを言いたいのかわからない。

でも、わからないはずなのに、感ずる部分がある。

弱者で、がむしゃらにやらなければいけない状況と、自分が力を持った状況の違い。

「同じじゃ……ダメなのか。同じようにするしか、ないだろ。自分はそんな人間なんだから」

言うと、稲葉がぶるぶると震え出した。

「なぁ……それ、アタシが言ったことだよな？　……元からお前は『そんな』人間で、もうどうしようもないって。アタシも、元から『そう』で変われない部分があるって」

あれは今から約一年前の『人格入れ替わり』の時。

太一は自己犠牲野郎で。稲葉は人間不信《にんげんふしん》の心配性で。

それはトラウマに起因するものでもなく、元からある性質なのだと。

元からあるのだから変えられない。でも、人間が元から持つ性質なんだから、変える必要なんてないんじゃないのか。お互いでそんな風に話し合ったのだ。

「あの時アタシが言ったことは……間違いかもしれない……」

震えて、震える声で、稲葉は言うのだ。

「……間違い……って？」

視界がぶれる。自分も震えている？　なぜ。

「なあもしかして……アタシの言ったことが、太一を縛っていたのか？」

稲葉のセリフは、太一に向かってかけられたというより、天を仰ぐようだった。

「……なにが言いたいんだ……？」

「お前は……ただ『自分は変われない』に甘えてるんじゃないかってことだ……。逃げてると、言ってもいい」

「逃げてるなんて……」

「だからこんな最悪なことになってるんだろ⁉」

最悪なこと。言われて、わかっていたのにまた思い知らされる。

自分が自分で選び取って進んだ道は、最悪の状況をもたらした。

これは、自分が逃げた結果？　いったいなにから逃げているというのだ。自分はずっと戦っている。戦い続けて、でも辿り着いた場所がここだった。

「目を逸《そ》らすなっ！　ちゃんと考えろっ！」

稲葉が言葉で、瞳で、訴えかける。

「お前は……凄い奴だと思う。天然でそこまでやれるんだ。そのありのままで勝負する姿に……アタシは惚《ほ》れたんだ、確かに」

でもっ、と再び稲葉は声を張り上げる。

冷たい夜の外気の中、稲葉の体は茹《ゆ》だるような熱気を放ち、熱を周囲に伝える。

「もうっ、自分は『こう』だからとか、誰かのためだとか、そうなるのはよいことだとか……そう言って思考放棄《ほうき》するのはやめろっ！　自分で考えて自分自身の意見を持て！　晒せ！」

思考放棄。自分自身の意見。

「アタシらの場合……もうガキのままでいい時代は終わってんだっ！　〈ふうせんかずら〉をなんだと思ってるんだっ！」

ガキのままでいい時代は終わった？

「クソみたいなお人好し主人公になるなっ！　わがままに意見を言ってくれ！」

わがままに？　それこそガキではないのか。それとは意味が違うのか。

言葉を絞《しぼ》り尽くして、稲葉は肩で息をする。

稲葉の『意見』は怒濤《どとう》のように太一に押し寄せて飲み込んだ。

なにか言葉を返したい。なのに、返すべき言葉が見つからない。

考えられず、でも口は動かさざるを得ず、反射で出てきたセリフを口に乗せる。

「わがままに意見を言うなら……今は行かせてくれって話になるが。その後の振る舞いは……また考えないといけないと思うが」

「また反射でお前はっ……！」

心底けなしたように言われ、流石にカチンときた。

「反射反射って言うけどなっ、なにも考えてない訳じゃないぞ！」

「お前の行動原理は全部それだろうがっ、ピンチになったから助ける、よりよくなると思うから手を出す、好きだと言われたから――」

ムキになって返そうとした稲葉が、自分自身の言葉に目を見開き、泣きそうになる。

だけど決意を固めたのか、それとも自棄になったのか、稲葉は言い切る。

「誰かに好きだと言われたから好きになるっ！」

「違う……そんな訳、ない。……確かに稲葉には、先に好きだと言われたかもしれない。だけど永瀬は俺から……言った訳だし」

例として正しいかわからないが太一は述べた。

「それも伊織がお前に寄りかかってきたからだろうがっ！」

思い出す。桐山と昨日行った会話。

稲葉と青木は、本質的に誰かを好きになった。でも太一と桐山は、その二人に比べたら『違う』んじゃないかと。想いの質が、量が。

相手の想いにしっかり返せているのか。釣り合っているのか。

言葉にせずとも、表情で稲葉に伝わるものがあったようだ。

泣きそうなまま、稲葉は悟りきった表情を見せた。

「ダメ……、なのか。変わってくれないのか。アタシには変えられないのか、お前を」

稲葉はゆっくりと言う。

「アタシは……お前に変えられたのにな」

「変えられた……？」

表面上は変わっても、本質なんて変わるものじゃない。そういう話では、ないのか。

……いや、自分はなにか言葉の意義を捉え違えている？

稲葉は変わった。そして自分は。

「ああ、もしかして……これはアタシの問題か？」

ふと、稲葉がなにか大事なことに気づいた顔をする。

「そうだな……そう捉えるのがアタシらしい。この世界はアタシの……自分達自身の、ものだ。だからアタシが変えてやる」

豪胆《ごうたん》に宣言し、だけど続くセリフは心細そうに。

「アタシは……お前といれば、お前に寄りかかってばかりになる。……依存《いぞん》してしまう。お前が全てで……、後はどうでもよくなって……、正しい判断ができなくなる」

そこまで稲葉は自分のことを想ってくれている。

「……だから今回みたいに、お前を止めることすら、できないでいる。アタシがお前を、止めなきゃならなかったのに……。頑張らなきゃって、決めたのに」

稲葉が語るのは、敗戦の弁に聞こえた。つまり試合終了。

稲葉の中で、なにが、終わったのか。

「……付き合うって距離がダメなのかなぁ……」

——二人の間で、なのか。

太一は耳を塞ぎたくなる。聞きたくない。いつでもそれは嫌だけれど特に今は嫌だ。聞きたくない。なんとか誤魔化そうとしていた、けれど。

この時点で、自分はボロボロなのだ。

ずっと、少しずつ、精神を削られていた。それが今、一気に噴出《ふんしゅつ》しようとしている。

ここで最大級の打撃なんて。……なにを悲観的になっている。大丈夫だ——。

「アタシとお前は、付き合うべきじゃない、のかもしれない」

稲葉の口から、まさか、そんなセリフが、発せられるなんて。

胡座《あぐら》をかいていたつもりはない。だけど……だけどまさか、だ。自分だって前向きに、努力していた。なのに、稲葉が自分のことを、見限るなんて。

「付き合うっていうのは……お互いのためにならないとダメだと、思うんだ。……だけど太一とアタシは、全然そうはなってない」

「そんなことは……」

続かない、否定の言葉が。

「アタシはお前さえよければいい、なのにお前には目的がない。……このままじゃ、ダメになる」

「本気……なのか？」

尋ねると、稲葉の瞳が大きく揺れた。今にも涙が、零れそうだ。

その時太一の携帯電話が震えた。

とっさに、手をポケットにやる。それに気づいて稲葉も口をつぐんだ。

電話だ。迷っていると、稲葉が「出ろ」と促した。

発信者は渡瀬伸吾《しんご》であった。

『おい、八重樫。お前今どこ？　まだ連絡取れてない奴らを捜そうとかしてねえか？』

「え……、ああ」

『やっぱお前ならやりかねないと思ったぜ。あのな、そいつらもう連絡取れたって』

「……なんだ、そうなのか」

ひとまずは、ほっとする。よかった、自分のせいで迷惑を被った人はいても、傷ついた人を出すような、最低最悪の事態は免《まぬが》れ――。

『なんでも女の子が転けて怪我して病院行ってたんだと。大したことなかったからすぐ戻るらしいけど。で、こっちのバスはもう出そうだ。つーことで早く帰ってこい』

転けて、怪我して。傷ついて。

自分が皆の行動を止めていたら、傷つかなかったはず。

自分のせいで。

『後藤島さんもバスから出てって、その後姿見えないんだけどなんか知ってる？　ってかおい、聞いてるか八重樫？　とりあえず早く帰ってこいよ』

「…………わかっ……た」

太一が電話を切ると、稲葉も携帯電話を操作していた。

「今アタシにも友達からメールきたよ。見つかったんだってな。で、バスが出ると」

つーかよく考えたら先にバス出しとけよって話なんだよな、ちゃんと対応しやがれ教師共、と稲葉は毒づいた。

一旦間合いができたことで、互いに、高ぶっていた感情が落ち着く。

場から熱気が抜けていく。今は、北の大地の冷風がとてもありがたく思えた。

ひとまずは、先ほどまでの会話を続けないで済む。

稲葉は後ろを向いて駐車場へと歩き出す。そうだ、まず自分も帰ろう。みんなの元へ。

今は頭を整理する時間が欲しい。全てはそれから——。

「お前さ、アタシが好きって言ったから好きなんだろ？」

背を向けたまま、何気ない会話のトーンで稲葉は言った。

あまりにもあっさりした言い方だったのですんなりと受け入れそうになって、それから慌てた。反応が遅れる太一を待ってはくれず、稲葉は続ける。

「じゃあ言うよ」

そこで振り返った稲葉は優しく、笑った。

「アタシは今の太一なら、嫌いだ」

太一はその場で動けなくなった。

稲葉が離れていく。離れていく。暗闇の遠くへと消えていく。

今までで誰よりも、心が、体が、近づいた人間なのに、どうしてこんなにも距離ができている。追いかけられない。追いつける気がしない。

一人になる。取り残される。

最低最悪な事態を招いた、誰かを傷つけた、そして稲葉に、絶対に自分を肯定してくれていた人に、捨てられた。

この上なくこれ以上なく、惨《みじ》めだった。今より更に叩き落とされるなんてあるか？

「――八重樫君」

どうして。

なぜ現れるのだ、ここで。

思えば稲葉も、何度も、妙な場面で現れていた――ああ、そうか。

これが、敵対するということなんだ。

稲葉姫子と、そして、藤島麻衣子と。

歩道のすぐ横は雑草《ざっそう》が生えた緩やかな傾斜《けいしゃ》となっていて、傾斜を登り切ったところには街路樹《がいろじゅ》が植えられていた。そこから藤島は姿を現した。

「バスを出ていく八重樫君を見て、なにかあると思ってつけさせて貰ったわ」

太一を追う稲葉の、そのまた後ろを藤島がつけていたか。

「……けれどごめんなさい。相当込み入った話をしてたみたいで。聞くべきじゃないことまで、聞いてしまった気がするわ。それは、忘れるようにします」

藤島の話は、太一の耳を右から左に流れていく。

「……まあ実際、距離があったから聞こえなかった部分も多かったんだけど」

聞かれたのなら仕方がない。なるようにしかならない。ともかくも決定的なことを聞かれていないように祈るだけだ。まさかこれ以上、突き落とされはしないだろうと。

「ただ、これだけは言わせて。おそらくこの二つが私の追い求めてきたキーだから」

なんのことだ。やめてくれ。今藤島がこちらに踏み入り過ぎて、万が一〈ふうせんかずら〉の標的にされることがあっても、今の自分じゃ、守ることができない。


「『夢中透視』と〈ふうせんかずら〉」


――もう完全無欠完璧に、――最も嗅《か》ぎ取られてはならない、――ものだった。

「たぶんここに、あなた達がなぜそんな風になっているかの、答えがあるのよね」

どうしろというのだ。ここまで知られて。どうしろと。

「なんだか泣きっ面に蜂《はち》、って形になって申し訳ないけれど」

今自分の顔はどうなっているのだろうか。泣いていてもおかしくない。泣いていないとするなら、もう涙を流す余裕すら残っていないのだ。

稲葉と対立した勝負。藤島との勝負。それぞれの勝負が成り立っていたとするなら。

両勝負とも太一は、大敗を喫《きっ》した。

「流石に今すぐとは言わないけど、今度お話をみっちりと聞かせてね？」

太一は、頷くしか、なかった。

□■□■□

結局、騒動のおかげで一時間強押してホテルに到着した。

もちろんその後、勝手な行動をした、更には生徒がそれを見逃した、と全体に向けてのお説教が三十分。加えて実際に班を抜けて行動した者には追加のお説教がそれぞれの担任教師によって行われた。

事情聴取《じじょうちょうしゅ》が各人に行われる中で、計画にお墨付きを与えた存在として太一、桐山の名前も挙がり、学年主任の男教師に呼び出された。

「——事情はだいたいわかった。計画した訳ではない、実行はしていない、だとしても、皆を煽った責任は重いぞ」

「はい……すみませんでした」「ぐすっ……すみません……」

太一と桐山は頭を下げる。

「もう遅いから早く寝なさい。また学校に帰ってから話があるかもしれないが、それは後藤先生経由でな」

こってり絞られ、太一と桐山は教師の部屋を辞した。

「うう……ぐすっ……」

説教の最中から桐山はずっと鼻を啜り、涙を拭《ぬぐ》っている。

「大丈夫か……桐山？」

「うん……うん……ぐすっ……」

「ねえ、ちょっと！」

ホテルのエレベーターホール、二人を待ち構えるように仁王立《におうだ》ちしていた女子に、いきなり声をかけられた。

「ぐすっ……えっと？」

桐山が首を傾げる。桐山は知らないらしい。だが太一は知っていた。この子とは、修学旅行の出発日に話した。そこで、今の彼氏である中島と、新たに告白してきた牧原、どちらの方が自分にいいのかと、相談してきた女子だ。

「どうした——」

「どうしたもこうしたもないわよっ！」

派手目な印象の女子は、酷《ひど》く、怒っていた。

「あんたが……あんたが牧原にしろって言ったからっ！」

女子が太一に迫り、胸倉を摑む。

「ど、どうしたの⁉」

びっくりした顔で桐山が二人の間に入ろうとする。

「あんたが牧原にしろって言ったから本気にしたんじゃない！　なのに……なのに『それは試すため』とか『協力して貰って』とか……マジあり得ない！」

「だっ、だからっ、どういうことなの⁉」

驚きのあまりか桐山は涙も止まり、制止に入る。

女子は舌打ちしながら太一を放す。「あ〜っ、もうなんなのよっ！　最悪！」と叫ぶ。

訳がわからず、太一は困惑する。女子の突然の乱暴に怒っていいのかもわからない。

「あたし、相談したじゃん。今カレシいるけど、別の奴に告白されたからどうしたらいい、って。そしたらあんた、新しく告白してきた奴にしろって言ったじゃん」

桐山が驚愕《きょうがく》の目で太一を見る。本当にそんなこと言ったの、と。

なにか、言い訳しなくてはならない。

「だって……自分で、『そうなりたい』と願っているのを……見たから……」

「はぁ？　なに言ってんの？　意味わかんないんですケド。……あたしはアドバイス通りにした。そしたら今のカレシが『お前が本当に俺を好きかどうか試すために頼んで告白して貰った。牧原はお前のことが好きじゃないし、付き合う気もない』ってさ！」

つまり、これは、なんだ。

「おかげでカレシにはフラれたよ！『ちょっと疑ってたんだけど、案の定乗り換えたな。俺のこと好きじゃないなら別れようぜ』って！」

失敗したのか。『夢中透視』を読み違えたのか。

『夢中透視』を使って、人を不幸にしたか。

女子本人がそうしたいと願っていた。それが女子の本当に好きな人だったから、そうすべきだと思った。ああ……でも当たり前に、そんな裏の事情なんて知る由もない。

「けどそれって……彼氏さんも……ちょっと、酷くない？」

桐山が口にする。

「まああいつが最低なのも確かだけど！　試すとか舐《な》め過ぎだし！　……でもそれにハマったのはあんたのせい！　八重樫！」

怒りの矛先《ほこさき》は、全て太一に向かう。本当はその彼氏にも女子にも太一にも、関係者全員に悪いところがあるとも思える。でも最後、きっかけを作ったのは太一だった。

太一が引き金を引かなければ、太一がいなければ、過ちは起こらなかったのだ。

「あ〰〰〰もうっ！　修学旅行中になんでこんな気分が悪くならなきゃなんないの⁉　全部あんたのせい！　あんたに聞けば間違いないとか絶対デマ！　最低！　消えろ！」

罵声《ばせい》を浴《あ》びせるだけ浴びせ、それ以上は詮《せん》のないことと思ったのか女子は「もういい！」と去っていった。

太一はその場に、崩れ落ちた。

とてもじゃないが、そのまま部屋に戻る気にはなれなかった。

頭を冷やす意味も込め、夜風に当たることにする。二人はテラスに出る。ホテルは山の上に立っており、テラスからは夜景が望《のぞ》めた。嫌になるほど綺麗だった。

丸テーブルと椅子が数組並んでいる。ちょうど崖になるところに位置しているらしく、木製の柵《さく》の向こう側は急角度の斜面だった。

桐山は椅子の背もたれの部分に浅く腰かけ、太一に向かって言う。

「あの……太一、大丈夫？　さっきの話さ、正直、あの女の子が大半悪いと思うよ？　凄く自分勝手だと思うし」

「けど……間違いなく、俺にも責任はあるよな」

「そ……それは、そうかもしれないけど」

「本当に俺は……『夢中透視』を読み違えて……変に勘違いするなんて。だいたいあり得ない答えを言った……どうして俺は……」

「そんなに自分を責めないで……、太一。どんな『夢』だったかは知らないけど、太一で間違えちゃうならあたしだって間違う可能性は、あったんだから……あ」

「どうか、したか？」

桐山は小さく震えて、ぎゅっと服を握る。

「あたし達……人に色んな相談されて答えを出してきたんだけど……。それって本当に、全部正解だったの？」

「え」

「本当に、全部正解？　……その時正しくても、ずっと正解？　初めの方は、みんながその後どうなったか知ってる。でも、今は？」

相談者のその後を全ては、知らなかった。すぐに結果が出る相談じゃないものもある。

「映像を見て……音声も聞いて……それで願いを知っているけど。それで正解は……」

『夢』に解説書はついていないから、正しく解釈できているかわからない。正確に読み取れていても、願いがそのまま正解に繋がる訳でもない。

今更気づくか、そんなことに。太一は情けなくなった。

「もうどうしようもないな……俺は。間違いを犯して人を不幸にして。……傷つけて下手をすると、知らないところで、もっと不幸を生んでいるかもしれない。

「太一、あのね」

絶望に打ち拉《ひし》がれている太一を呼び、桐山は言った。

「あたし今から泣きます」

「……もう泣いてるだろ？」

桐山は涙ぐんでいる。

「違うっ！　これから本格的に泣くの！　もう情けなくて情けなくて、ダメでダメで完全敗北したからっ、泣くの！」

珍しい宣言だった。

「はい、ということで……ぐすっ……、泣くけどあたしは大丈夫だから。太一は頭冷えたら、先帰ってもいい……から」

そう言ってから、桐山はミニタオルを取り出し、本当に「うう……ぐすっ……ひっく……」と泣き出した。

ここは泣かせてやる場面なんだろう。桐山なりの清算《せいさん》手段かもしれない。

太一も黙って反省する。釣られて涙を零しそうになったが、ギリギリで堪《こら》えた。

途中一度だけ「寒くないか？」と聞くと、「……ぐすっ……大丈夫」という返事がくぐもって聞こえた。

負け組二人で、夜風に打たれた。

どのくらい時間が経った頃だろうか。

「……失敗、しちゃったね」

桐山がぽつりと呟いた。涙は止まったらしい。

対する太一の頭は、まだ熱を帯びてぼうっとしている。

「失敗……したな。色んな人に……迷惑をかけて」

「稲葉や青木が、正しかったんだ」

太一は……、まだ割り切れていなかった。失敗したのは認める。ただ自分の選び取った考え方が、完全に間違っていたのだ、とは。

「認めようよ……もう」

「……まあ……今の状況を考えれば、な」

わかりきっているのに。情けない。でもまだ直視《ちょくし》するのが恐かった。色んなことが重なり過ぎている。みんなへの対応も失敗した、稲葉との付き合いも失敗した、藤島との件も失敗した。女子の相談の件も、失敗だ。最早どれから考えていいかもわからない。

「結局あたし達は……『力』を振り回して……。最後は逆に、振り回されたんだね」

「力を振り回すつもりだけは……なかったんだけどな」

「……力を持つってことの意味を、あたし達はちゃんと考えなきゃならなかったんだ」

散々指摘されていたのに。考えているつもりになっていて、全然、足りていなかった。

「それにさ……人の勢いにも、振り回されたよね」

「人の勢い？」

「うん、凄かったじゃない、みんなの盛り上がりというか、こちらを持ち上げてくる感じ。噂はすぐ広まるし、頼まれたら断れないし……」

「……乗せられてた面は否定できないな」

『助けられる人がいたら助けよう』くらいの意識のはずが、いつの間にか『頼まれる限りは助けよう』になっていた。仕舞いには積極的に『力』に頼るようにすらなった。

どうしてそんなことになったのか。端的《たんてき》に言ってしまえば、

「調子に乗ってたんだよな……俺達」

「はは……はっきり言っちゃうね太一。でもそうだと思う。みんなから頼られて、困惑してるフリをしながらどこかで……喜んでた」

人に期待されて、その期待に応えられると、この上なく気持ちがよかった。

一度その果実を口にするともう、手放すことはできなかった。

結局自分の欲望に飲まれていた。——偽者を見せる『力』を手に入れた千尋も、似た

気分を味わったのだろうか。先輩なのに、後輩と同じ結果では合わせる顔もない。

「最後は『夢中透視』に安易に頼り過ぎて、読み違えるし……。軽薄《けいはく》だ……」

「薄れちゃってたんだよね……あたし達は大変なことをやってるんだって意識が」

反省の弁《べん》は、次から次へと溢《あふ》れ出た。

反省している。とても反省している。反省は、している。

「……あたし達がしっかりしていれば。もっとはっきり考えを持っていれば、振り回されはしなかったのかな？　どうなんだろう？」

もしも、の世界の話。

「意志を持って、覚悟を持って、決意を持って……ってやつか？　俺達がやると決めたことには、意志も覚悟も決意もなかったのか？」

それがゼロだったとは思えない。ゼロだったとは思いたくない。

「足りてはいなかったんだよ、少なくとも。だから、この結果」

では意志・覚悟・決意全てを満たした決定とは、なにか。

「なにもしなければ、よかったのかな」

「それは違うだろっ！　……っ」

太一は急に大声を上げ、自ら驚いてしまった。

「ど、どうしたの、太一？」

「いや……悪い」

本能的に拒絶してしまった。とにかく認めるのが嫌だった。反省はしている。反省はしているのに。認めたくなかった。たぶん、それを否定すれば——なにも残らないから。

「ただそのおかげで、幸せになった人もいるから、全否定するのは、どうかと……」

太一はしどろもどろになる。

「う、うん。でもやるならもっと、ちゃんとやらなきゃってのは、確かだよ……ね？」

太一が強く否定したためだろう、桐山は探り探り聞いてきた。

「あ、ああ」

「……というか太一は、さ」

一度言葉を切って、意を決するようにして桐山は声を発する。

「これからも……『夢中透視』を使って行動するの？」

『夢中透視』をこれからも、使う。使うと、どうなるか。誰かの幸せに貢献できる可能性がある。ただ——今日起こったような失敗をまた起こしてしまうかもしれない。

あの滝壺《たきつぼ》に突き落とされたような絶望感。あのどうしようもない虚無感《きょむかん》。

それをもう一度？　できるのか？　やれるのか？　『自己犠牲野郎』の自分は。

——やりたくない。

「やろうとは……思わないな」

恐い。恐い。恐いのだ。今はまだなんとか踏みとどまっているけれど、誤魔化せているけれど、もう『なにか』が砕け散ってしまう気がしてならないのだ。

それは致命傷《ちめいしょう》になる。自分はずっと、それを恐れている。

太一の言葉に、桐山はほっとした表情を浮かべた。

「だ、だよね。……今は反省しなきゃ。稲葉と青木に散々、言われてたのに」

太一だって、青木からそして稲葉から、色々な言葉をかけられた。でも耳を貸さず、自分の思う道を貫き通した。

そして辿《たど》り着いたのは行き止まりだった。それ以上先に進めなくなった。

稲葉や青木を正しいとすれば、いったいなにが、異なっていたのだろう。

「青木の言う通り、あたしに他人のことに口を出す余裕なんて、なかったんだ……」

桐山は俯き、吐息を漏らす。

「……じゃあもし、余裕があれば変わってたのかな、とか」

何気なく、特に意味も込めず太一は呟く。と、

「……え？」

なぜか、虚《きょ》を衝《つ》かれた顔を桐山がした。

「どうしたんだ？」

「いや、太一が言ったことよ。じゃあ自分に余裕があれば、変わったのかな、って」

「……単純過ぎないか？」

「い、いいじゃない！　だいたい太一がそう言ったんだよ！」

椅子から体を離し、桐山は体をばたばたさせた。

それから桐山ははたと動きを止めた。両手を見つめ、先ほどの子供っぽい動作を恥じるように顔を赤くし、手を下ろした。

「……あたし頭よくないから、よく、わかんない」

自信がなさそうに呟き、だが、だからといって諦めずに桐山は口にする。

「……だから今目の前にある問題を、解決してみる。ひとまずわからないから、とりあえず目の前にあることを片付ける」

単純だけど。

単純だからこそ。

それはとても正しい手順に思えた。

「そうすれば……たぶん、もっと反省すべきところも見えてくると思うし……」

立ち止まって反省しているだけじゃ変わらないから、前に進んで、だけど反省をやめる訳じゃなく自分を見つめ直す。

「じゃあまずは、あたしがずっと……逃げていた、ことだな」

桐山はぎゅっと拳を握り、一度息を吐いた。

「逃げてるつもりはなかったんだけど、これでいいのか、ってずっと迷ってた。それが正解に思えなくて……。下手をすると中途半端な答え方をしそう、だった」

これはもしかすると。

「でも青木には」

やはり、青木との問題。

太一も目の前の問題を確かめてみる。自由行動時の事件のこと、女子の相談の返答を誤ったこと、稲葉のこと、藤島のこと。どれから取りかかるべきか。いやその前に——。

「青木には……中途半端にはできない。そんなことをしたら負けちゃう……変な表現だけど。思い切りぶつけてくる奴なんだから、こっちだって遠慮《えんりょ》なくぶつけてみる」

テラスに設置された弱いライトの光の奥で、桐山は赤い目のまま笑う。

「急にどうしたんだよ？　その青木のこと……って」

唐突に思えて太一は戸惑った。

「わかってるよ、『夢中透視』とか、学校のみんなのこととか、考えることが色々あるのは。でもあたしがもう一度始めるには、ここしかないと思う」

「どうして……？」

「それがずうっと引っかかってた気がするから。……今回の『夢中透視』を使う決断だって、もしあいつの父親の件がなければ、どうなってたか、わかんないし。……そ、そのつもりなくてもあるじゃないっ、私情って！」

完全に否定するのは、やはり難しかった。

「それに……もうそろそろ待たせられないでしょ？　いい機会よ」

あいつの真実に、あたしの真実をぶつけてみる——そう宣言した。

「明日にでも、あたし、言ってみる」

「ちょ、ちょっと待ってくれ……。早くないか。……俺は、どうしたらいいんだよ？」

「遅過ぎたんだから、早くしないと。太一も、今自分がなにをすべきか考えて。……それからまた二人で、反省会、しよう」

置いていかれる。早くしないと。自分だけが。

倒れた桐山は立ち上がろうとしている。けれど太一はまだ起き上がれる気配がない。手を突いて、体を支えるものがない。

なにか手がかりがないと、どうしたらよいかわからないのに。

「ああ……でも謝罪行脚《あんぎゃ》が先かな……。稲葉にはこてんぱんに怒られそう……」

早くなんとかしなければ。過ちを認めた桐山は新しい一歩を踏み出そうとしている。

踏み出せない太一は、無力感に苛まれる。

太一には焦りだけが残った。

□■□■□

太一の部屋は渡瀬、石川のいる三人部屋だった。

太一が「迷惑をかけてすまなかった」と謝罪すると、二人は「お前は悪くない」と言ってくれた。それから今日の計画を太一に伝えてきた男子が、「八重樫君に悪いことをした」と謝罪に来ていたらしい。太一がいないのでまた後で直接、ということだったが、その話だけで太一は随分とほっとした。恨まれてなくてよかった。

　夜更かしする気になどなれなくて、また三日目で疲労もありすぐに寝ることにした。二人が気を遣い早く寝るよう促してくれた部分もあった。

　太一はベッドに入る。

　早く眠ろうと思う。が、眠っていいのだろうか、なにかやることがありはしないかと思いもする。慣れぬ枕に、思考の混濁《こんだく》が合わさって、なかなか寝付けなかった。

　中途半端なまどろみが続く。

　時間が過ぎていく。

　自分の信じてきた道を、完全否定された一日だった。

　信じてきた道。これから進むべき道。

　漠然《ばくぜん》とした不安が太一を襲う。そう言えば近頃ずっと、この不安につきまとわれていた。いつから始まったのだろうかと、思い返してみる。最近と言えば最近で。もっと昔からと言えばもっと昔からで。でも顕在化《けんざいか》したのは、進路調査票を配られた時で──。

【別クラスの女子だ。女子は文句を言っている。しかし目の前には誰もいない。「いなくなればいいのに」。いつも以上にぼんやりとした光景だ。夢の中？　眠っている時見る夢の？　「いなければ怒られることもなかったのに」。女子は責める。誰かを責める。責める存在は頭の中。浮かび上がる。その顔は、見慣れた──自分の顔。八重樫太一の

顔。「八重樫がいたからこんな目に。八重樫がいなければ——」】

太一は布団をはねのけて飛び起きた。

熟睡《じゆくすい》しているのか、他の二人は身動《みじろ》ぎもしない。

今の映像は……『夢』は。頭がクラクラとする。脳の映像が次々に切り替わっては消え、声が聞こえては消えた。他人が眠る時に見る夢と自分の夢が混じり合ったようだ。

頭が熱くなる。ぼうっとする。冷やしたい。

ジャージ姿に上着を羽織り、太一は部屋を出た。

電球がオレンジ色に染める廊下を歩く。廊下を踏む音だけが誰もいない廊下に響いた。

太一のことを責めたい。太一を恨みたい。太一がいなければよかったのに。

そう願う『夢』。

本気で願っているというより、眠っている時だからこそ見た『夢』かもしれない。だとしても『夢』は、その本人が深層心理《しんそうしんり》で思っていることだ。

望まれた。ただ望んだだけではなく、八重樫太一に向けて望まれた。

それはこれまで『夢中透視』で見てきたどんな望みより、太一にとっては重い。

ああ、そして。思い返せば別の人間には直接的にすら言われたではないか。

消えろ、と。

いなくなれと。存在を消失させろと。相談され間違ったアドバイスをしてしまった女子に。はっきりと。

できる範囲のことならば、過度《かど》に他人への介入をしないものならば、それで誰かが幸せになるのなら、望みを叶える。誰かを助ける。

自分達がやってきたこと。自分がこれまでの人生でやってきたこと。

誰かを助ける。誰かのために。人の痛みを自分のことのように感じ取るから。

他人に共感して、他人に投影して、自分は。

今まで自分の積み上げてきた全て、この現象が始まって自分が決めたこと。

それを自分の確かなものとして、縋《すが》るなら。

自分のアイデンティティーとして、守るなら。

自分がすべきことは——。

太一はふらふらと歩く。階段を降りる。

テラスに出る。

山風が吹きさらすテラス。夜景の光は桐山と見た時より少し大人しくなった気がする。

丸テーブルと椅子を避けて歩く。正面には木製の柵《さく》。その向こう側には急角度の斜面。崖。

ここから落ちれば、おそらく自分は終わる。終わらせることができる。

そして誰かの願いが叶う。

だとすれば。であるなら。自分は——。

「ストップ太一いいいいいいい！」

「ぬおっ⁉」

急に何者かに背後から両足タックルを喰らった。

太一はバランスを崩してその場に倒れる。上に誰かが覆い被さってくる。慌てて体を捻って仰向けになると、目の前には――永瀬伊織がいた。

「ダメだってっっ！　なに考えてるのさ太一はっ！　願われたからって……、本当かどうかもわかんないのに……！　いや本当かどうかなんて関係なく、そんなこと絶対に絶対にしちゃダメだよ！　ダメだよっっっ！」

馬乗りになった永瀬が叫ぶ。絹糸《きぬいと》のような黒髪が太一に向かって垂れる。永瀬は浴衣姿だ。上にパーカーを羽織っているのだが前は開いており、帯の締《し》めもゆるいのか浴衣の胸元ははだけていて――。

「だから太一っ……ってどこ見てんのさ⁉　エッチっ！」

「おどっ⁉」

頬に張り手。所謂ビンタだ。痛い。

「〰〰っ、違うって！　仰向けで馬乗りになられてるんだから目線が自然と……じゃなくて！　永瀬、お前突然どうしたんだよ⁉」

「え？　だって、太一今暗い顔でテラスに出て、崖から身を投げようと……あの子の『夢中透視』見たんでしょ⁉　わたしも見たんだよ！」

「み、身を投げる？」

「う、うん。あの子の『夢』を叶えようと……」

「いや、流石にそれはないって。いなければと思われたから死ぬってあり得ないだろ」

太一は言った。至極《しごく》当然のように。

「……」「……」

「…………だ、だよね〜」

言った後永瀬は舌を出し、「てへっ」と笑ってみせた。

「……誤魔化されないぞ？」

「す、すいませんでしたあああ！　早とちりしてしまいましたあああああ！」

永瀬は太一の体からしゃがんだまま飛び退《すさ》ると、その場で土下座《どげざ》した。

「で、でも太一ならやりかねない気がしたからさぁ〜」

「どんな評価をされてるんだ俺は……。……まあ、前科があるから強くは言えんが」

太一が呟くと永瀬は「でしょ！　でしょ！」と同意を求めてきた。

ひとまずお互いに立ち上がる。

「浴衣着てんのな。寒くないか？」

「上は暖かいから大丈夫だよ。まあ、備え付けられてるから期待されてんのかな、って。

ほ～ら、サービスシーン♡」

　永瀬は足下をちらっとはだけさせる。

「ばっ、やめろっ！　つーかさっきは恥ずかしがってただろ⁉」

「無意識チラリズムと意識的チラリズムは雲泥《うんでい》の差があるのだよ、太一君」

「……本人に言われたら納得するしかないな」

　ビンタされて目が覚めて、いつもの永瀬に、心を落ち着かされた。

「で、なんで永瀬はここに？」

「うん、と。わたしついさっきある女の子の『夢中透視』見たんだよ。その中でさ……、言いづらいんだけど……」

「俺も見たよ」

「あ、やっぱ見たのは見たんだ。本人についてのことなら、特にその人が見てる可能性あんじゃないかな～、って思って。後まあ今日色々あって、太一はへこんでるだろうし。なんか、胸騒ぎがしてさ。うろついてたら太一を発見！　って感じ。……最後は余計な想像働かして変なことやっちゃったけど……ごめんね」

「俺のためにしてくれた勘違いなんだし。いいよ。ありがとう」

「優しいなあ太一は！」

　朗らかに永瀬は笑う。聖母《せいぼ》みたいに温かな面持ちは、太一の心を解きほぐしてくれた。

　ふと気づくと、呟いていた。

「俺……とんでもなく失敗したよな。全部ダメだった」

弱音を吐いてしまう。どこからどう見ても慰められたいだけだった。

「全部ダメってことはなくない？　失敗は、したかもしれないけど」

優しく、でも優しいだけじゃなく指摘すべきことは指摘してくれる。

「んん～話聞いて欲しそうな顔してるな～？　伊織お姉さんが聞いてあげよっか」

冗談ぽく話す永瀬に、太一も笑う。

それからぽつりぽつりと、先ほど桐山と話したことを、自分の想いを、話していく。

自分が貫いてきたこと。それで失敗してしまったこと。でも自分に正しさもあると思っていること。上手く次を始められないこと。

恥ずかしさとかそういうものは、あまり感じなかった。

「……道を誤って、『力』に縋って。……でも俺は誰かを助けないとどうしようもない、そんな人間だから」

「はい、ストップ」

それまで合いの手は入れつつも穏やかに聞いてくれていた永瀬が、話を塞《せ》き止めた。

「どうしたんだ？　あ……話が長過ぎたか。そろそろ戻った方が……」

「全然、時間は大丈夫なんだけど。ただ気になってさ。……結構大事なことかも」

「なんだ？」

永瀬は口の前で人差し指を一本立ててぴたりと動きを止める。

静かな夜。更け切った夜。痛いくらいに澄んだ空気がピンと張り詰めた。そして──。

「ねえ太一は、本当にそんな人間？」

永瀬は言った。

「……え、と？」

太一は意味が、よく、捉えられなかった。

「いやだからさあ、稲葉ん曰くの『自己犠牲野郎』、ヒーロー願望？　それは、太一にはあるんだと思う」

ああ、その通りだ。

「でもそれって、本当にどうしようもないもの？」

自分は、そんな人間だから。どうしようも──。

「だって、そういう性質があったって、我慢しようと思ったらできるでしょ、当たり前に。禁断症状《きんだんしようじよう》がある訳でもないじゃん」

「我慢……って」

「『欲望解放』みたいに体が勝手に動きはしない。だから我慢するか、しないか、って話でしょ？　どうしても誰かを助けたいとか、どうしても傷つく人を放っておけないとかは、全部……我慢できることじゃん。やろうと思えば」

そう言われてしまえば、――そうとしか言えなかった。

「まあ、ぶっちゃけ、思い込んでいるだけじゃないの？　みたいな」

ばっさりと通告される。暴論《ぼうろん》が過ぎるだろうと太一は反発を覚える。けれど、反論する手立てが思い浮かばない。

そしてなにより、どこか懐かしい気も、この場面をどこかで通り過ぎた気もする――。

「ねえ気づいてる。これって、太一が一年前わたしに言ってくれたことだよ？」

……思い出した。色んな自分を演じてしまうと言う永瀬、それはただ人より感情表現が豊かなだけで、結局全部永瀬自身だと、自分が伝えたのだ。

「それがきっかけでわたしは変わっていったんだ」

永瀬は、変わったのだ。……じゃあ、自分も？

「同じこと繰り返すとはなんの因果かねぇ」

感慨深そうに呟く永瀬に、太一は震える声を押し出す。

「俺は……確かにそれは……思い込み……なのかもしれない。でも俺は……なんで……そうまでして」

上手く言葉が出てこない。言いたいことがある。わかりかけていることがある。後は一歩踏み出すだけ。でもそれが、なぜか、できない。

なにかが壊れてしまいそうで。なにかが壊れてしまいそうだから。

「……今までの俺は、なんだったんだよ……」

全てが思い込みなら、あまりにもバカげている。どれだけ一人相撲《ずもう》していたのだ。

「いや、実際太一は凄いと思うよ。誰でも救っちゃって――」

「みんながそう言うからっ！」

「演じちゃった、って？　わたしみたいに？」

それは、永瀬伊織の話で。自分も……いや。

「……違う。演じてたんじゃない。演じてたというよりは……むしろ……その姿に、俺は……縋ってた？」

そんな言葉が、出てきた。縋っていたとは、どういう意味だ。

「なにか見つかりそうな顔してない、太一？」

「……かもしれない、でも……まだ、わからなくて」

「わたしの経験からアドバイスすると、裸になることかな」

「は、裸に？　服を脱ぐのか？　大胆だな永瀬は」

「なんでここで天然ボケするかな！　じゃなくて……ああ、もう！　つまり……ならもう！　わたしが壊してあげるよ」

「……壊す？」

「そう、壊す」

言って、永瀬が近づいてきた。太一の正面に立つ。

「今自分の中にあるもの全部持ってきて～、で、積み上げて～」

どんどんと盛り上がりをつけるように永瀬は言う。

「も、持ってくる？　積み上げる？」

「比喩《ひゆ》比喩！　イメージしてくれたらいいから。じゃあ、いくよ～」

永瀬が息を吸い込む、両腕を振り上げる。なにをする気だ。なにがくる。


「ど────────ん！」


とんでもない大声を発しながら、永瀬は太一の肩をがしんと摑んだ。

「……ちょ、耳が……お前いったいなにを……！」

顔をしかめて抗議する太一に対して永瀬は言う。

「はい、太一の中で、『今までの太一』が壊れました！」

「壊れ……え？」

「いいか、全部壊れたんだ君は！　今まさに！　そしてよく見る！　んで考え直す！」

「……見る？　待てよ。全部壊れたんなら、なにも残ってないんじゃ……」

「ある、でしょ」

確信的に永瀬は語りかけてくる。

「全部壊したって、ある。自分の中に残っているものが。それは、感じられる」

強く迷いのない目が太一を惹きつけ、吸い込む。

「絶対に。後はそれを頼りに、進むんだ」

永瀬の凄みに、太一は声を出せず、口をぱくぱくと間抜けに動かした。

満足そうな顔で永瀬は背を向ける。そして夜景を見つめる。ここに今いるのはお前だけだと、だから時間ならあると、言いたげに。

永瀬によって、壊された。壊れたのだと、言い聞かす。

バラバラと崩落する音を、太一は確かに、聞いた。

敗北し、叩き壊されて、木端微塵。だがおかげで、今まで周りのものが邪魔で見えなかった地帯が開ける。世界が広がる。見渡せる。

絶対に守りきらなければならない、そう、自分が思っていたものまで、崩壊した。

取り崩す。仕分ける。大切なものを探す。

そして――、見つける。

誰かを助けたい。なにかを助けたい。

そう本能的な欲求として思っている自分もいる。それは間違いなかった。

でも同時に、自分が誰かを、なにかを助けたいのは。

――『自分』がないから、だった。

瞬間太一の目からは涙が一つ、零《こぼ》れた。

塞き止めていた堤防が壊れたように、解放されたように。

『自分』がない。その『自分』とは、なんと呼ぶべきものか。意見？　思想？　信念？　考え？　主張？　意志？　どれでもあって、どれでもない気がする。とにかくそれがなかった。

太一はやっとその事実を、受け入れる。

本当はずうっと、どこかでわかっていたことなのだけれど。

『自分』がないから、決定できない。『自分』がないから、意見が曖昧。そして『自分』がないから、色んなことに怒らない。悪い意味で寛容。それはある種の無関心だ。

ここ最近は特に、進路だとか、この現象で『力』を与えられるだとか、自分について考えさせられる機会が多かった。

そして、自分の中になにもないことに気づき、焦った。周りに後れを取るまいと、急に決めようとした。自分も、自分の正しいと思う道を進むのだ、と。

そんな自分の問題すら直視できず焦っている状態で、誰かの人生に影響を与えるほどのことをしてはならなかった。『夢中透視』を使うなど、自分には過ぎたるものだった。

だけど『自分』がないと、そんなこと認めたくなかった。

だからこそ、一度決めた『夢中透視』を使う道を、途中で捨てられなかった。普段そういう決定をしない自分が決めたのだから、どうしても守り続けていたかった。

でないと、『自分』がないのがバレると思った。

それはとても恥ずかしいことの気がしていた。

そんな自分にもできること、それは誰かを助ける——特に救うこと、だった。

だって『マイナス』を『マイナスじゃなくす』ことは間違いなく正しいのだ。たとえ考えなくても、『自分』がなくてもそれはわかる。

だが『ゼロ』から『プラス』にする際は？　それは自分にできることじゃなかった。なぜなら、進むべき方向は、無限にあるからだ。その選択肢の中でどれを選ぶか。それは自分で決めるしかない。『自分』がないと決められない。

助けたい。なにかしたい。よくしたい。でもその方向性が見えないのはそういうこと。にもかかわらず、たまたま運がよかったのか、中途半端に結果を残すものだから、それが正しいのだと自分を納得させていた。

そして縋っていたのだ。

今なんとか誤魔化せてやれている自分。それを失うと、本当に自分にはなにもなくなってしまう気がして、変わることができなかった。

変わるということは、なにかを捨ててなにかを生むということ。

その『捨てる』勇気が、なかったのだ。

なにかを得るために、一度なにかを『捨てる』勇気が。

これまで自分が積み上げてきたもの、これまで自分の進んできた道。大したものでもないクセに、それに、しがみついていた。

自分のために自己犠牲をやっている。それにはあの『人格入れ替わり』の時気づいた。でもそれはそういう性質が自分にあるからだと、それだけの理由だと、そこで思考停止していた。もう一つの理由を見極め切れていなかった。

それを今発見する。自分の空白を埋めるため、人を助けることで、誰かを助けられる自分には価値があると見いだそうとしていた。それが自分だ。やっとのことで、認める。

自分自身はこんなにも近いのに、こんなにも理解するのが難しいのかと思い知る。

――どうしてここまで一瞬で、一気に考えることができたのだろう。ふと疑問に思い、すぐにそうかと思い当たる。

周りの人に散々指摘されていた。例えば藤島。そしてなにより、稲葉姫子に。

答えはもうほとんど提示されていた。稲葉には「変われ」と「できるから」とまで言われていた。けれど結局へたれて、ここまできてしまったのだ――。

「永瀬」と太一は声をかける。

「ん、どした？」

「色々わかったんだ……やっと」

今考えたことを、思ったことを、太一は永瀬に話す。

もう深夜もいいところだし迷惑じゃないのかと確認したが、「全然気にしないで！逆に太一を助けられて……太一の進化に協力できるのが嬉しいぜ！」と言ってくれた。

「――それで、失敗したんだ。俺には『夢中透視』の力を使う資格がなかった」

そこで一旦、話に区切りをつけた。

「その権利は、本当は稲葉や青木にこそあったんだな……」

しっかりと『自分』を持っているから。そう考えながら太一は呟いた。

「う〜ん、二人は凄いけどさ……。本当はそこまで差、ないと思うよ？　太一みたいに歯止めが利かなくなるってわかってたから手を出さなかっただけで。本当にできた人間なら、もっと上手く完璧に、使いこなせるんじゃないの？」

「……そうなの、かな。どっちにしろ、俺は使うべきじゃなかったんだよ。本当に、ごめん。永瀬にも迷惑をかけた。誓うよ、俺はもう『夢中透視』を使わない。絶対に、使わない。……使う勇気がないだけだが」

「やーやーいいよ。これでやっと、今までかけた迷惑にちょっと報いたかな、って感じだし。つーか、『絶対使わない！』ってのもまた、どうかなとわたしは思うけど」

「え？」

「本〰〰当に使うべきところでは、使っていいんじゃない、ってわたしは思う。わたし達を散々な目に遭わせてきたあいつからの、ボーナスステージなんだから」

「いやでも、それだと……」

『夢中透視』を使ったからこそ、わたしは、太一を助けられたんじゃないの？　……いやまあ最初は勘違いだし、最後は『どーん！』って言っただけなんだけど」

そう言われると酷く滑稽で、太一は思わず噴き出してしまった。

「ははっ、永瀬らしいというかなんというか。……あれ、でも、その上手く節制《せっせい》して使うべきところだけ使うの、ってさ……」

つまりそれは、さっき永瀬が『本当にできた人間ならできる』と言ったこと。

「完璧主義の伊織さんらしいかい？　今や卒業気味だけど、目指すだけは目指しておくかな、ってな！」

くすくすと永瀬は笑った。そこには影一つなくて、とても晴れやかだった。

『夢中透視』を恐れるでもなく、溺れるでもなく、永瀬は決断してみせた。

「ちゃんと考えてたんだな。……凄いな、永瀬」

「おかげでここまで時間かかった訳だけど！」

それでも凄いと、太一は思った。

会話が途切れ、しばらく沈黙が降りた。

その間に太一は思いを巡らせる。たぶん永瀬も、そうしている。

「まあ、んなことよりも、わたし達には考えるべきことがあるんだよ」

永瀬は語り出す。

「太一の……『自分』がない、って話。ちょっと種類は違うけど、自分がどうしたい、ってのを考えられていなかったのは、わたしも同じだった」

それは家庭環境で人に合わせる技能を得た永瀬が、ずっと悩んできたこと。

「だからわたし達は、考えなきゃいけないんだ」

「なにを？」

だいたいわかる気はしたけれど、あえて太一は訊いた。

「自分が生きる意味、自分という存在の意義」

風が吹いた。絹糸のような長髪が、宙《ちゅう》に舞って鮮やかに躍る。風に攫《さら》われているのではなく、まるで風を従えているように見えた。しっかりと意志の強さを瞳に宿らせた少女は、月明かりに照らされて、なによりも美しく、そして気高く、佇《たたず》んでいた。

「……てか口に出してみると固っ！　重っ！」

「……せっかくいい感じに決まってたんだから黙ってたらよかったのに」

永瀬らしいのだが。

あ〜、決まってたんだ〜、なら格好つけてればよかった〜、と永瀬は笑う。

「まあ太一もさ、ここから、また始めようよ」

「そうだな。今から積み上げていくよ。早く永瀬に追いつけるように」

「ハンデあんまりないんだから急がないでね！　追いつかれたら面子が潰れる！」

結局、付き合うことにならなかった二人だけれど、永瀬と自分は似たもの同士として、ずっと信頼し合い競い合える、そんな友達になれる気がした。

さあここから、自分はなにをしよう。どうしよう。

心で決めたなら、次は行動をしなくてはならない。

「自分の力で考えて進むよ、俺。後……将来の夢、も考えて」

進路調査票のことも思い太一は付け加えた。

「夢……か」

呟いて永瀬は空を見上げた。釣られて太一も空を見上げる。

星の、海だ。満天の星空だ。

星達が煌《きら》めく。星達が瞬《またた》く。一面に星があるのではなくて、遠い星もあれば、近い星もある。時にはそれこそ星同士、折り重なるように夜空に浮かんでいる。

手を伸ばして、広げる。手の中に星を収めて、ぎゅっと握る。

「あ、そーだ。まだ誰にも言ったことなかったんだけど……わたしの夢、聞く？」

夜空を見上げたまま、永瀬が話す。

「聞いてもいいか？」

「わたしはね、学校の先生とか、そういう系。職業はまだはっきり決めてないんだけど。やりたいことは決まってる。色んな悩みを抱えたり、色んなことで上手くやれない子供達が、成長する手助けをしたいんだ」

幾千もの星が浮かぶこの宇宙で、幾千もの命が輝くこの地球で。

「わたしは迷い迷っている子供達の、灯火になりたい」

永瀬は歩み始めている。

同じように太一も歩いていこうとしている。

その前にまず自分は、己が始めた物語に、決着をつけなければならない。

八章

それぞれの決着

修学旅行も終わりが近づいてきた。この日の午後の便《びん》で、太一《たいち》達は地元に帰る。

最終日は小樽観光《おたるかんこう》だ。山星高校《やまぼしこうこう》らしく、班すら決めない完全自由行動である。昨日の件もあって、行動範囲の制限も検討《けんとう》されたようだが、結局温情判決《おんじょうはんけつ》で当初の予定通り進められることになった。

朝食の合間《あいま》の移動時に、太一は『夜の札幌《さっぽろ》自由散策計画』にお墨付《すみつ》きをくれと頼んできた男子から謝罪《しゃざい》を受けた。巻き込んで悪かった、と。太一自身共犯《きょうはん》だと思ったから、謝り返し、互いの中ではこの件を問題にしないと決めた。

また迷惑をかけた学年全体にも謝罪せねばと思ったが、流石《さすが》に今は時間がとれず、学校に帰ってから全クラスに謝りに回りたいと、各学級委員長にお願いしておいた。

「……八重樫《やえがし》君。目、赤くない？　大丈夫？」

心配そうな男子に尋《たず》ねられる。

「いや、大丈夫」

昨夜、それこそ一睡《いっすい》もせずに色々なことを考えたから寝不足なだけだ。

たくさんのすべきことがある。皆に謝ることもそうだし、アドバイスをした人達のフォローをすることもそうだし、これからの自分の道を決めることも、そうだ。

だけどその前に、絶対にケリをつけなければならない事柄《ことがら》が存在する。

自分は敗北した。ならばその負けと、向き合わなくてはならない。

負けたまま逃げ出していては、新しく始められない。

でも逆に言えば、自分の負けに向き合えば始められるのだ、と思う。

負けと戦う。それは今までのなによりも、己《おのれ》の心が削《けず》られる気がした。自分がダメなところを認め切って心洗われても、現実で犯してしまった失敗は、晒《さら》してしまった失態《しったい》は、醜悪《しゅうあく》なままその場に残され続けている。その前に出ていくのは、辛かった。

やると決めた。だが躊躇《ためら》ってしまう自分もいて、行動への踏ん切りがつかなかった。

今は迷惑じゃないか……とも思うし。

時間を確認しようと太一が携帯電話《けいたいでんわ》を取り出すと、メールを一件受信していた。

送信者は宇和千尋《うわちひろ》。意外な相手だった。文面を確認する。

『朝からすいません。なんか校外学習の時に告白したいから太一さんに相談したいって奴がいて。話だけ聞いて貰《もら》えませんか？　……というメールを送れと頼まれたので義理立てだけしました。応じて貰わなくていいです』

今となっては、処理に困るメールだった。今更、こられても。今更……ふと思い出す。

——太一さん、それ、はっきり言って気持ち悪いですよ。

CDショップで千尋にかけられた言葉。そう言えば千尋も、太一のダメなところを見抜いているようだった。そして突発的《とっぱってき》に思いつく。電話をかけてみよう。なにか、なぜか、今千尋と話してみたいと思った。集合時間まで、少しなら時間はある。

ホテル一階の休憩《きゅうけい》スペースで、太一は発信ボタンを押す。

数コールで相手は出た。

『……はい、おはようございます太一さん……すんません。メール不快《ふかい》でしたよね』

後ろで騒《ざわ》めく声が聞こえる。時間的に、登校中か授業前の教室内だと思うが。

「いや、そんなことはない。というか、電話大丈夫か？」

『あー、はい。少しなら。今教室出ます』

悪いな、と言って太一はしばし待つ。

『で、どうしたんですか？　メールでなにか不満な点が？　それか別件で？』

「ああ……ええと……なんだろうな」

『……用もないのにかけてきたんすか太一さん？　それちょっと、気持ち悪いですよ』

「気持ち悪い言うな。まあ、本当に用もないのにかけたら意味不明だが。ただ、なんだ。あの……そうだ」

喉《のど》の奥に刺さった小骨みたいな違和感《いわかん》が、やっととれる。

「ああいうメールさ。前の千尋ならしてないよな？　誰かに頼まれたから、最低限義理立てする、とかってさ」

　太一が参戦することになった討論会《とうろんかい》。それを依頼《いらい》しに来た紀村《きむら》にも、千尋は付き添っていた。千尋のキャラから言って、「俺関係ないんで」と無視しそうなものを、である。

『前って……いつの話ですか？』

「ええと、そうだな。少なくとも、六月か七月くらいまでは……」

『結構前の話ですね、それ』

　千尋は鼻で笑った。ずれているんだ、と言わんばかりだ。

『ああ、すいません。俺はまあ……あの時とは劇的《げきてき》に変わったんですよ』

「……変わった、か」

　確かにあの偽者《にせもの》が現れる現象の後、千尋は「文研部《ぶんけんぶ》のおかげで変われた」と言った。同じく円城寺《えんじょうじ》も言っていた。

　変わるとは。そう、変わる。太一が今ぶち当たっている、命題《めいだい》ではないか。

「劇的になんて……変われるものか？」

『変われますよ。やってみれば、案外あっさり。ぶっちゃけやれるかどうかの、心の問題でしかないんで』

　やれるかどうかの、心の問題。

『てかなんで俺が太一さんに説教してるんですか？　釈迦《しやか》に説法《せつぽう》もいいとこですよ』

「釈迦って……、そんなことはないさ。俺は……俺なんて、とんでもなく失敗して、完全に敗北した人間だしさ」

後輩《こうはい》に朝っぱらから零《こぼ》すべき愚痴《ぐち》では明らかにない。でも気づけば、話していた。

『……負けた、ですか。いやぁそれを俺に言いますか。俺も最悪に負けた人間ですよ。それこそ、太一さんにも負かされた訳ですし』

「や、嫌みを言うつもりじゃなく……。でも千尋は、その負けを乗り越えたんだろ？」

返答までにわずかな沈黙《ちんもく》があった。

『乗り越えた……って格好《かっこう》いいもんじゃないですけど。俺の場合、もうなにも失うものもなかったんで、じゃあやってやろう、って感じですよ』

「だとしても……負けと戦うのって、恐くないか」

また少し、考え込むような、言葉を選ぶような間があった。

『俺の場合、負けと直接戦ってはいないと思いますよ。でも今振り返って、あの時の俺に伝えられるのなら、「負けと戦えるのは今しかねえんだぞ」って言いたいですね』

——負けと戦えるのは今しかない。

ああ、なるほどと太一は納得がいった。

確かに敗北した相手の前にむざむざ出ていくなんて、恥《はじ》の上塗《うわぬ》りでしかない。思い出されれば恥となるのだ。いつか自然と風化するのを待ちたくなる。でも風化してしまえば、それと戦うチャンスは得られなくなり歪《いびつ》な形で『負けた過去』だけが残る。

今しかない。

今しかないんだ、本当に。

どれだけ恥ずかしくても、どれだけ苦痛でも、それと戦えるのは今だけなのだ。

『……早くそうできてれば、いくらかマシだったのかなとは今更ながら思いますけど。まあ、あれです。もう、やればいいんですよ』

投げやりになったのかと思った。けど違った。続く言葉があった。

『だって別に、死にやしないですし』

別に、死にやしない。

『死ぬのと比べたらなんにも恐くないですよ。逆に死なないんだったら、もうなんでもできますよ』

それを言われたら。そこまで言われたら。

立ち止まっていることが、バカみたいになるではないか。

『……って、なに俺語ってるんですか……。つか、さっき唯《ゆい》さんとも電話で……』

「桐山《きりやま》とも話したのか——」

『うわっ⁉ おいなんだよ⁉』

突然電話の向こう側が騒がしくなった。

『……なんだはこっちのセリフ……どうして太一先輩と朝から……ズルイよ……声……素敵ボイス……千尋君……代わって……声……』

途切れ途切れに聞こえる声で、正体が丸わかりだった。

『酷《ひど》いよっ⁉』『お前のテンションの上がり方と暴走の仕方の方がひでぇよ！』

「……おい、どうしたんだ円城寺？　そこにいるんだろ？」

『か、貸して千尋君！　……はい！　呼ばれました円城寺です！　紫乃《しの》です！　おはようございます太一先輩！』

「……朝から元気いっぱいだな円城寺」

大人しめなキャラであったことをそろそろ忘れてしまいそうである。今も千尋から携帯電話をぶんどったんだろうし。アクティブ過ぎるぞ。

『はいっ！　修学旅行中だから当分聞けないんだろうな〜、と思っていた素敵ボイスが突如《とつじょ》として携帯電話から流れていたらっ！　誰だってテンション上がりますよ！』

「まあ……その、悪かったな」

『いえいえ！　とんでもありません太一先輩に悪いところなんて……。……まあ声以外の面には多数見受けられるんでしょうが、わたしの目には入っていません！』

「俺を凄いって褒めてくれるのはそういう理由からだったのか⁉」

自信をなくしてしまいそうである。

『あ……えっと、太一先輩？』

円城寺は暴走モードから少々落ち着いたらしい。

『ちょ、ちょっと前の千尋君のセリフをっ、一方的に聞いていただけなのでよくわからないのですが……今、大変なんですよ……ね？』

「そうだな……大変、かもしれないな。でも円城寺が心配することはないさ」

『は、はい。わかり……あ。じゃ、じゃあ、これだけ言わせて下さい！』

おう、と太一は待ち構える。受話口の向こうで、呼吸を整える音がした。

『頑張れ、太一……先輩！』

「……ははっ、頑張れ、か」

この『頑張れ』。いつかとても重要な場面で、自分が円城寺に贈った気がする。あれはいつだ？　イメージにあるのは屋上《おくじょう》の光景《こうけい》。でも記憶が混濁《こんだく》していてはっきりしない。が、確かにその場面はあった。

『あの……やはりわたしレベルの頑張れではお力になるどころか逆にご迷惑を……』

「いや、全然そんなことない。凄く力になったよ、ありがとう」

おかげで心が、固まった。後は恐れずに行動するだけ。

「千尋に代わってくれないか？」

円城寺が『はい！』と返事をし、千尋と代わる。

「その相談したいって子への返答は、少し待ってくれ。……たぶんちゃんとした答えが、出せるから」

言外に意味を込めて、太一は言った。変わったのだと、伝えたかった。

『はい、わかりました。……期待しています』

声の調子からして、それはいくらか伝わったようだ。割と察しのいい奴だ。

じゃあ……と電話を切りかけて、踏みとどまる。少し迷いつつも、太一は言おうと決意する。だって、今の気持ちを伝えたいから。

今のこの気持ちを伝えられるのは、今だけ、だから。

「二人が後輩で……よかったよ」

受話口の向こう、どうやら話を横で聞いていたらしい円城寺の「やった〜〜〜〜！　嬉《うれ》しい〜〜〜〜！」と叫ぶ声が聞こえた。


太一は急いで部屋に戻り、支度《したく》を済ませて渡瀬《わたせ》や石川《いしかわ》と集合場所へ向かう。バスが待つ駐車場までできたところで、桐山に声をかけられた。

近くにいた男子の友人に断りを入れ、桐山と共に集団から少し離れる。

「桐山……。目の下の隈《くま》が凄いな」

「太一こそ目、真っ赤」

二人で指摘し合って、二人で笑う。

ほわんとした白のシャツとベージュのショートパンツにミュールを合わせた桐山は可《か》愛《わい》らしくも、いつもより大人っぽく見えた。

「で、どうしたんだ？」

「あ、あのさ……その……」

桐山は酷《ひど》く顔を赤くしている。恥ずかしがっているのかと思えば、怯《おび》えているようでもある。どうしたのだろうか。

「あ、あ、あたしの一世一代《いっせいちだい》の大勝負……見たい？　いや、やっぱ別に一世一代じゃない！　普通！　通常！　ノーマルな勝負だけど！」

「……えーと？」

「あ〜〜〜、つ、つまり……ね。…………あたしが青木に色々言うとこ、見る、って話」

桐山は顔を真っ赤にして俯いた。

「告白に、立ち会えって？」

まさかそんな提案《ていあん》をされるとは夢にも思わなかった。

「ちょ、告白とかじゃないから！　ない……いや……そうなんだけど……」

「でも、どうして俺に？」

見られて気分のいいものでもないだろう（昔覗《のぞ》き見した分際《ぶんざい》で言うのもなんだが）。

「……これまで色々見守って貰ってたし……、最後もこう、あたしなりのやり方を太一に見て欲しいな、って。義理を感じてるんだよ、いっぱいお世話かけちゃったし」

「気にしなくていいのに」

「気にするわよ。あたしの武士《もののふ》の血が騒ぐ」

「……身も心も戦士になりつつあるな」

でもずうっと見守ってきた二人がどうなるのか。桐山のやり方とはどんなものか。興味がないと言えば嘘《うそ》になる。

「……後、絶対に逃げ出せなくなるしね。なにもなかったら逃げちゃいそうで……」

背水《はいすい》の陣《じん》を敷《し》くという訳か、なるほど。

「あ、青木《あおき》にはもう言ってあるよ！　よ、呼び出しの約束もしたし、太一に見せちゃうかも、ってのも言ってる」

「青木はなんて？」

「……余裕でオールオッケーよ。……あいつの度量の広さはとんでもないわよ……」

桐山は頭を押さえて首を振る。その気持ちもわからなくない。

「それとね……ちょびっと今回の件を反省してるとかの話を青木にしたんだ。そしたら久しぶりに、笑ってくれたんだ、あいつ。『俺も拗《す》ねてるってか意地張ってた。ここはなにがあっても厳しくしなきゃならないと思って』って謝ってくれた。お互い様だったかも……、って。ある程度今日までのわだかまりは、解けたかな」

穏《おだ》やかに話す桐山を見て、この調子なら覗きに行っても大丈夫なのだろうと思った。

「本当に二人がいいのなら……、そうするよ。もちろん邪魔はしない」

「押忍《おす》、了解。……じゃ、場所はまた後でメールでもして——」

□■□■□

運河《うんが》のところで全員解散、小樽自由行動がスタートする。集合は同じ場所に一時だ。

完全自由行動だから、今日は堂々とカップルで観光する者も多いだろう。

「おお、これが運河か！　運河……って結局なんだ？」

宮上《みやがみ》が言う。

制限時間は三時間。太一は渡瀬や宮上、曽根《そね》、石川《いしかわ》らに他の面子《めんつ》も数人加わったクラスの男子で、一緒に観光しようと事前に決めていた。

どこかノスタルジックな雰囲気が漂《ただよ》う街並みは、歴史的な建造物《けんぞうぶつ》と後から整備されたであろう部分が見事に調和していた。レンガ造りの建物や、洋風な石造りの建物を見ていると、まるで東欧《とうおう》の国を訪《おとず》れたような気分にさえなれた。でも和風の要素もあって、なんだろう、普通の街とは明らかに異なる雰囲気がある。

「てか石川って今日彼女と回るんじゃないの？」

曽根が尋ねる。

「最後の、少しだけな」

「ぜってーその時彼女見てやる。んで、八重樫はどうすんだ？」と宮上が聞いてきた。

「実は……もう行かないといけないんだ」

様々な決着が、太一を待っているから。皆には悪いのだが。

「早っ！　でも……最終日くらい彼女とよろしくすればいいさ！　くぅ！」

太一が皆と別れようとした時、渡瀬が「あー、そうだ」とわざとらしく呟《つぶや》いて言う。

「なんか知らんが、しっかりやれよ」

一年の時からの親友がかけてくれたその温かい言葉に、太一は心から感謝した。

「はぁはぁ……ガラス工房看板《こうぼうかんばん》があるところから二本目の道を右に……ここか」

指定の時間に遅れそうになったがなんとか到着。二階建てで横長の、西洋風のお屋敷《やしき》みたいな建物の裏手、既《すで》に二人はいた。観光通りから外れるため人通りはほとんどない。

二人は数メートルの距離をとって立っている。青木はじっと桐山を見据《みす》え、対する桐山は視線を地面に向けていた。太一は二人の視界に入らないよう、近くにあった自販機《じはんき》に寄りかかった。太一は黙ってその時を待つ。

もう本当にずっと前から、青木は桐山のことを好きだと言い続けている。気づいた時には好きと宣言していて、それからずっとだ。桐山は桐山で、男性恐怖症《だんせいきょうふしょう》という傷を抱えながらも、それを乗り越え、今青木の前に立つまでになった。

色んな物語を紡《つむ》いできた二人。その全てが、今、決着するのか。

立会人《たちあいにん》として、それを見届けよう。

否応《いやおう》なく太一の緊張も高まる。もちろん、当の本人達の比ではないだろうが。

「あ、あ、あのぉ〜……きょ、よ、きょうは、は、あにゅ……」

「お〜い唯、落ち着いて落ち着いて。人語にすらなってないから」

とんでもなくしどろもどろで嚙みまくる桐山を青木がフォローする。

「ご、ごめん……。深呼吸を……」

すーはーすーはー、と大きく息を整えて、桐山が「よ、よし」と頷く。

桐山よりはマシだが、青木もはっきり見てわかるくらい緊張していた。

「押忍っ！　いきます！」言いながら、桐山は顔の前でクロスさせた両腕を下ろし、頭をきっちりと下げた。そして、話し始める。

「男の人が苦手だったけど、あたしも今じゃ、普通に男の人を見ることができるようになった。それで考えたんだけど……、あたしは、『好きなタイプは？』と問われれば、間違いなくあんたじゃない」

「えっ⁉」

頓狂《とんきょう》な声を上げる青木と同じく太一も「……え」と小声で漏《も》らしていた。

「ぶっちゃけ言うと、クールで格好《かっこう》いい男の人がタイプ。千尋君とか近いかも」

「なはっ⁉」

「……なに変な声出してるのよ？」

「いや……出るでしょ、そりゃ。その入り……不安になってきた……やばい……」

「だ、黙って聞きなさいよ！　とにかくね、あたしは千尋君みたいな子が好き」

「……ぐ……」

声を出しそうになった青木は無理矢理口を押さえていた。気持ちはわかった。

「でもね」

と、そこで桐山は反転する。

「でも……、そういう子と付き合うってのは、今のあたしには全然想像できない。しっくりこない」

北の大地、秋の空。さわやかな空気に包まれ、見守られながら、桐山は語る。

「あたしが思う理想の恋愛は、甘くてロマンチックな恋。そんな恋にとても、憧《あこが》れてる。けどそれは、『白馬の王子様が現れてくれないかな』って願望《がんぼう》に似ていて、理想なんだけど、現実味がない。現実になる、想像がつかない」

だんだんと青木の表情も引き締《し》まっていく。

「本気で、現実的に、今の自分がどんな人と付き合うのか……って考えたら、たぶん、友達みたいな人なんだ」

付き合い方の形っていっぱいあると思うんだよね、と桐山は言う。

「人によったら、正しい恋愛に見て貰えないかもしれない。……キ、キスとかしようってんじゃないんだもん。……下手をすると、友達の延長《えんちょう》、に見える、かも」

桐山は恥《は》ずかしそうにもごもご話しつつ一度俯《うつむ》き、でもまた、すぐに顔を上げる。

「もっと広げて考えてみたら、ね。『付き合うなら、絶対格好いい人がいい』と思うけど、じゃあ真剣に結婚とか考えたら……、楽しく、バカ言い合える人の方がいいんじゃないかって思えるんだ。明るく楽しい家庭がいいから」

じっと太一も耳を傾《かたむ》ける。そこまで桐山は、考えを巡らせたんだなと思う。

「でね、結局。あたしはどんな人が合うのか、どんな付き合い方が合うのか、って話。

それって……、やってみなければわかんないんだよね」

　確かに頭の中でシミュレートするだけでは限界があるだろう。

「たぶんあたしは、最終的にロマンチックな恋愛も、友達みたいな恋愛も、そのどちらも、やってみるんだと思う。それであたしなりの恋愛を、見つけていくんだと思う」

　まだまだ先の長い自分達にとって、別にここが終わりじゃないから。ここは始まりであり通過点でしかないから。そうやって人生は続いていくから。

　この段階になっても青木は口を挟まない。黙って桐山の言葉に身を委《ゆだ》ねている。

「ごめんね、なんかこう……打算的《ださんてき》な感じで」

　それを打算的と言うか、誠実と言うか。

「あんたの無条件で人を好きな感じとは、違うよね。でも思うの、無条件で人を好きにならないといけないの？　って。もちろんそんな夢みたいな恋ができたら素敵だけど。でも、あたしもいつまでも、夢見る少女じゃいられないんだ」

　人は夢を見る。夢を見続けるのは、とても大切なことだろう。でもだからって、夢見《ゆめみ》心地《ごこち》で現実をおろそかにしてはいけない。自分達が生きるのは現実なのだ。

「あたしはどうしようもなくあんたのことが好きなんじゃない。普通に、……好き」

　そのセリフに『夢』はないのか？　全く？　――いいや。

「二人の『好き』は違うと思う」

　改めて、はっきりと桐山が言葉にした。そう、人の考え方は違うのだ。

青木には、青木の。桐山には、桐山の。

誰かに合わせて考えているだけでは、なにも始まらないのだ。

だって自分は、自分だから。

「でもあたしはそれでも……違っていても、やっていきたいと思う。あたしの都合で、あたしのわがままな考えで、……あたしの最初は、あんたしか考えられない」

だから言うのだ。自分自身の、自分だけの望みを。

そしてそれが、運命《うんめい》の言葉になる。

「だからもしよろしければ、――――付き合いましょう」

桐山が、己の思いを考え切ってそれを全て晒《さら》し、結論を述べた。

逃げずに、桐山が出した答え。人によっては批判《ひはん》もあるかもしれない。でも太一には、とても誠実で、尊敬すべきものだと思えた。

それに対して青木は、本当の意味で桐山が好きだと言う青木は、どう応じるか――。

――そこに浮かんだのは、とびっきりの笑顔で。

「俺の答えは、決まり切ってるさ。違いがあったって、やってけるさ。てか、違うのが混ざって、ちょうどいい感じになるんだよ。同じじゃつまらないから」

青木の表情に、桐山はなんとも恥ずかしそうな顔で頰《ほお》を掻《か》く。

「や｜、そこまで考えて付き合う、ってのもおもしれ｜なぁ。オレは、基本フィ｜リングだし！　性格違う方が長続きするって聞くからいいんじゃないの～……ってか、まあ

んなことよりともかくも」

青木は言葉を切って、もう一度、二人にとっての始まりになったであろう言葉を贈る。

「オレは唯が、好きだからさ」

それが運命の言葉で、始まりの言葉。

「……あんたはとんでもなく度量が広いのよ……」

そうして桐山唯と青木義文《よしふみ》は、恋人同士になった。

□■□■□

太一は気づかれないように二人から離れた。桐山の決意とそして戦いを見せて貰って、気合いが注入された。次は、太一の番だ。

時刻《じこく》は十時四十分。そろそろ移動しないと、藤島《ふじしま》麻衣子《まいこ》と落ち合う時間に間に合わない。修学旅行中に呼び出すのは迷惑かとも思ったが、よくよく考えれば藤島は旅行中もガンガンこちらに攻め込んできていたのであり、「話があるんだが……」と伝えると、「いつ、どこ、今⁉」ともの凄く乗り気だった。

藤島が指定してきたのは、港のエリア、倉庫が建ち並ぶ埠頭《ふとう》だった。徒歩で二十分かけて太一がその場所に到着すると、藤島は端の端、海をバックにして立っていた。

「さあ、諸々《もろもろ》がどういうことか説明してくれるんでしょ？　是非《ぜひ》お願いするわ。白状《はくじょう》なさい！　ええと、〈ふうせんかずら〉に『夢中透視《むちゅうとうし》』に……」

「ま、待て。早いんだよお前は……」

今日も髪をばっちり纏《まと》め上げた名探偵《めいたんてい》・藤島麻衣子はとても生き急いでいた。

「しかもなぜわざわざこんなところに……」

下は砂利《じゃり》だし、遠かったし。なんとか地図を頼りに辿《たど》り着けたが。まあ、周囲に人の気配が皆無なのは好都合か。

「犯人が自白するときは海と相場《そうば》が決まっているのよ！　本当は崖《がけ》がよかったんだけど流石にすぐには……。海も穏やかだし……もっと『ざっぱーん』ってしなさいよ！」

藤島は形から入るのが好きらしい。

「……じゃあ、と。まず、話しておきたいことがあるんだけど、いいか？」

これは勝負ではない。勝負なら既《すで》についている。藤島の勝ち、太一の負け。逆転の目はないかと考えてみたが、どう捻《ひね》っても無理だと悟った。

だから太一がしようとしていることは、敗戦兵《はいせんへい》の戯言《たわごと》に過ぎない。

でも太一にとっては、絶対に避けては通れない自分との、自分の負けとの戦いだ。

どうぞ、時間はあるわ、そう藤島に言われてから、始める。

「ここ一カ月半くらいかな……、藤島に色んなこと言われたよな。責められたって、表現した方がいいかもしれないけど」

「名探偵と容疑者《ようぎしゃ》の戦争、だしね」

「色々考えさせられること言われて……『お前は絶対に誰かを上手く導くことなんてできない』とか、『思想がない』とか」

それだけ指摘《してき》されても、自分はすぐに考えようとはしなかった。いや、漠然《ばくぜん》とは問題を認識していた。だけど向き合わなかった。

自分の嫌な部分、ダメな部分を見つめることが、恐かった。

「それをやっと、ちゃんと考えてさ」

壁にぶち当たってしまったから。ぶち当たってからもうじうじだだをこねていたが、昨日一晩、向き合って見つめて考え抜いた。永瀬のおかげでそうできた。それから朝二人の後輩と話してからも、またバスの中でぐるぐる考えた。

そんなわずかな時間で考えたものなんて、大したものじゃないかもしれないが。

「ふうん。で……、それは誰のため？」

ああやっぱり。藤島は全部わかっていたんだと、その質問で理解する。

潮《しお》の匂いが、胸につかえた。

「……自分のため、だよ」

自分は自分のためにしか生きられない。そう理解していたつもりだった。だけど時に都合よく、『誰かのため』に縋《すが》っていた。言い訳にしていた、と表現してもいい。

『誰かのため』は楽、なんだよな。だって一番難しい『目標』を決めることは、進む方向を決めることは、誰かに任せられるんだ」

藤島はうん、と頷《うなず》く。

「指示待ち、と変わらないわよね」

なにかに従って生きるのは楽なのだ。指示された通り動けばいい。それは、たとえ『自分』がなくたってできる。

そして従う者は批判《ひはん》されにくい。

批判されるのは往々にして『自分』を持ち、なにかを決めた者だ。

「誰かのためと言いながら、結局やっていたのは、自分で選び取ることの放棄《ほうき》……、なんだよな。そんな俺が、みんなの相談に乗るなんて藤島の言う通り……絶対に、できやしない、ことだった」

「でもあなたはそれを、どういう訳かやり遂げていた」

「それは――」

たまたまだ、と逃げる？　誤魔化《ごまか》す？　『夢中透視』だと正直に言う……のは藤島自身の危険も考えてあり得ないとして。

「すぐに言うからもう少し待ってくれ」

オーケー、と藤島は口にして手でサインを作る。

「俺はある意味、『自分』がなかった」

この『自分』のニュアンスが伝わるだろうか。そう考えながら太一は続ける。

「他人任せに追従《ついじゅう》を続ける人間だったのに……『力』を持って、影響を与えられる人間になってしまった」

太一は事実を伝える。自分が感じたこと考えたことを伝える。嘘《うそ》はつかない。誤魔化しもしない。真実だけが、現実を突破できる力だと信じて進む。

思いが伝わっているのか、藤島の眉《まゆ》が、ぴくりと動く。

「だから俺は振り回されて、失敗をした。周りの人のため……が、いつしか周りの人に乗せられている形になった」

「……周りに乗せられている」

「失敗をして初めて……、自分がぶっ壊されて、裸《はだか》の自分になって、自分を見つめて、本当にダメなところを理解した」

「……裸の自分」

藤島が呟く。なにかが、どこかが、藤島の琴線《きんせん》に触《ふ》れた感じがした。

「俺になにもなかったのは、その通りだ。でもまたここから、積み上げていこうと思う。大したことのないプライドとか、余計なものは全部捨て去って、自分の本質を信じて」

「……捨て去る。……自分の本質を」

妙なところを拾われている気がするが……。少し補足する。

「……これまで縋ってきたよりどころを、捨てる勇気を持ってさ。新しく始めるんだ」

「……縋っていたものを捨てる勇気……!」

藤島ははっとした顔をして、すぐ考え込む。藤島の変なラインに引っかかっているのは間違いなさそうだ。が、なにかはわからない。流れは変えないで、太一は先に進む。

「そういう俺の決意を聞いて貰った上で……言うよ」

太一は一つ息を吐き体を弛緩《しかん》させる。

大丈夫、なんとかなる。別に、死にやしないから。

太一は再び体を緊張させる。これは自分の誠意がどれだけ通用するかの、賭《かけ》だ。

「俺はある問題に巻き込まれている。でもそれがなんであるかは、今の段階では言えない。いつかそれが終わるか、もう大丈夫だってわかったら……いや」

そういう、他人に、なにかに任せるような態度は卒業して。

「いつか俺が、その問題を終わらせる。そして終わったら、それがどういうことだったか、藤島にも伝えるよ」

終わってくれと願うのではなく、自分の意志で、自分の力で、終わらせるのだ。

正直、目標と言うには現実的な手段がなにも思い浮かんでおらず、あるいはまだ『夢』と呼ばれるものかもしれない。

でも『目標』を掲《かか》げることで、人は初めて、始まるのだ。

理想の『夢』に向かって歩けるのだ。

「だからその時まで、待っていてくれないか」

結局は体のいい『お願い』なのだ。でも今の太一にできる、精一杯だった。

藤島は口を結んでなにも言わない。心なしか、瞳が光っている、ような。

「その保証《ほしょう》は……どこにあるの？」

穏やかな波のざわめきに攫《さら》われそうな小さな声で、藤島が尋ねた。

「保証は……」

ないのだ、本当は。でも、今は。

「俺を、信じて欲しい」

「……全然ダメで、ぶっ壊されたのに？」

「それでも俺は、……ありのままの自分を信じて、そこから始めて積み上げて、強くなっていくから」

かなりの宣言をしている。ハードルを上げ過ぎている。大丈夫か。大丈夫にする。

藤島はまた黙る。なにを考えているのか。太一の言葉をどう受け止めてくれているのか。わからない。ただ、感じ入ってくれている気はする。

「私も……気づいたわ。八重樫君の熱い言葉を聞いていて……。私の……問題に」

「……藤島？」

藤島はわなわなと震え、右手で頭を押さえる。

「私は……『肩書き』に依存《いぞん》していたのよっ！」

なんだ。どうした。なにが起こった。

「そうか……そうだったのね……私は。ちょっと衝撃だわ……」

がくりと、その場に片膝《かたひざ》をついて藤島は項垂《うなだ》れた。

やばい。藤島が二歩くらい先を行っていてどういうことか理解できない。

「ええと、……藤島？　なにがあったんだ？　説明してくれないか？」

「……私は『恋愛マスター』と呼ばれ……その称号《しょうごう》が、凄く嬉しかった……。期待に応えようと、頑張った。私の願望《がんぼう》とも一致《いっち》していたから、不満はなかったわ」

とりあえず太一は話を聞く。

「それから『愛の伝道師《でんどうし》』や『恋愛神』と呼ばれて……とても満足していた。その役割に相応するだけの結果を残そうと……。でもいつしか私は……そう呼ばれることを、目的にしてしまっていたのよっ」

「な、なるほど」

あれだけ祭り上げられた感じになると、その感情はわからなくもない。ちょうど太一も、同じ体験をしたばかりだ。

「思えば『学級委員長』もそうだった……。私はいつしか、私が藤島麻衣子であるよりも……『学級委員長』と認められることが重要になっていた。だから選挙《せんきょ》で負けた時、あんなにもダメージを……」

「そうだった……のか」

超人だと思っていた藤島も、人の子らしい感情で悩んでいた。これまでの色々なことにも、なるほどと合点がいった。

「極《きわ》めつけは今回よ……。私は八重樫君を捕まえようと『名探偵』を名乗った。そうしたらいつしか『名探偵』であることにこだわってしまっていて……。昨日の皆が勝手な行動をする妙な動きも……止めなかった……」

「いやあれは俺とかが悪いから……」

言ってはみるが、藤島は聞いていない。

「名探偵となることに囚《とら》われて……。もっと大切なことを見失っていたのよっ！」

「お、おう。そうか」

「それに……気づけたわ。ありがとう、八重樫君のおかげね」

「俺はなにもしていない気もするが……」

「違うわ」

やけにきっぱりと、藤島は否定する。

「八重樫君が、色んなしがらみを捨て去る勇気を持って、裸の自分で向かってきてくれたからこそよ」

「そう言われると……照れるな」

やわらかな笑みを向けられ、太一はどう反応していいかわからなかった。

けれどとても、温かい気持ちになった。今ここで藤島と二人、こんな気持ちを築《きず》けるとは思ってもみなかった。

「さて、まあそうやって心動かされたんだけど」

そこで藤島は冷静な表情を取り戻す。

「その話と、私の質問に答える答えないは別よね」

「ぐっ……そうなんだが……」

感激した藤島が見逃してくれると期待したのだが、上手くはいかないか。

「別なんだけど、まあいいでしょう」

「……え？」と太一は虚を衝《つ》かれる。

「八重樫君が、『俺が』なんとかして『俺が』いずれは説明すると言ってくれてるんだもの。『俺に』乗っかれってことでしょ？　なら乗ってみようかしらね」

『俺が』『俺が』『俺に』と強調しプレッシャーをかけて、藤島は言ってくる。

「ま、あんなに格好よく言われたら、女はついて行きたくなるってものよ」

褒められて太一は頬が熱くなる。

「この誑《たら》し野郎《やろう》がっ！　ムカツクのよ！」

と思ったら罵倒《ばとう》された。藤島と付き合うと感情の変化が間に合わなくて大変だ。

はい、じゃあそろそろ戻りましょうか、と藤島は提案する。

「今しかできない大切なことを見失っていたら元も子もないわよね。だって、たった一度の高校生活の修学旅行なんだもの」

切り替えの早さ、これもまた藤島らしい。

埠頭から立ち去る途中、藤島はふと思いついたように、穏やかに言う。

「八重樫君、あなたヒーローものの映画に出てくる主人公みたいね」

「とんでもないよ、俺は普通だよ。普通の……自分の人生の主人公だよ」

人は誰でも主人公だから。

「あ、また格好つけてる」

「お前が言うからだろ……」

太一は不満を漏らす。が、なんだかんだ最近藤島とのやり取りが楽しくなってきた。

「じゃあ私も宣言させて貰うわ」

藤島は、ロープで船をつなぎ止める際に使う係船柱《けいせんちゅう》に足をかけてポーズを決める。

「過《あやま》ちに気づいた私は、ダメなところを改善《かいぜん》して、自分自身を磨《みが》いて、いつか『新・藤島麻衣子』……いいえ、『真・藤島麻衣子』として、あなたの前に現れるわ！」

「……お前の方がよっぽどヒーローっぽいよ」

□■□■□

藤島との話に思ったより時間を消費してしまった。まだ次なる決戦の時刻までいくらか余裕はあるが、その前にやることもある。ここはもったいないなどと言ってられない場面だと思い、太一はタクシーに乗り込んで目的地を告げた。

時間ギリギリに辿《たど》り着いたのは、ゴシック様式の、素朴《そぼく》ながらも美麗《びれい》な教会《きょうかい》だった。

特徴的なのは中央に位置する赤い尖塔《せんとう》で、その上には十字架《じゅうじか》が据えられている。壁面のステンドグラスが美しく、石造りの重厚《じゅうこう》な玄関《げんかん》ポーチは厳《おごそ》かさをたたえていた。

外側に見える観光客はまばらだった。山星高生のグループもいたが、ちょうど建物から出てくるところですぐいなくなってしまった。

と、教会の入り口に人影が見える。

玄関口から彼女が姿を、現す。

「稲《いな》……」

そこに立つ稲葉姫子《いなばひめこ》の美しさに目を奪われ、太一は固まった。

白のワンピースに白のカーディガンを羽織《はお》った、清純《せいじゅん》を絵に描いたようなスタイル。普段あまりこういう格好をしないし、また修学旅行中の稲葉はずっと活動しやすい格好ばかりだったので、不意を突かれた。でも、そんなもの関係なしに、今の稲葉は目が覚めるほど輝いていた。白い姿が、教会に映える。

「……なんだよ」

話し方は冷たい。それで再び思い知る。自分は稲葉から「嫌いだ」と言われて別れたまま、なんのフォローもできていない。今日電話をかけて稲葉がそれに応じてくれただけでも奇跡《きせき》に近い。

「いや……あの……。とりあえず、ホント、時間作ってくれて、ありがとう」

「……あんだけ『最後のチャンスをくれ』って言われちゃなぁ……」

その時のことを思い出して太一は恥ずかしくなった。まるで必死で捨てられないように足掻《あが》く男ではないか。いや、まるで、ではなくそのままか。

「しかもよくこんなところまで来てくれたよな……。教会なんて……」

「意味はない。友達の計画との……兼ね合いだ」

「邪魔して悪い。……電話でも聞いたけど、いいのか？　他の友達と……」

「『なんで最終日彼氏と回る時間とらないの？　なんで？　なんで？』ってうるさかったから逆にちょうどよかったよっ。ふんっ」

少し間ができ、妙な沈黙が落ちてしまう。

普段苦にならない稲葉との無言の時間が、今はそわそわともどかしい。どうしようもなく、二人には溝《みぞ》ができていると自覚する。

「で、時間とって、なにがしたいんだ？」

稲葉の表情は険《けわ》しい。

「ああ……というか、移動しようか。中、人いるか？　それとも外の方が……」

流石に入り口のところで話していては邪魔になる。

「……じゃあ中入れよ。人はあんまりいないし、説明とかアタシ聞いたし」

先に見学していた稲葉の先導で、太一は教会内に入る。稲葉は今なにを考えているのだろう。ほとんど目も合わせてくれないから、判断がつかない。

中は外より歴史が感じられた。ステンドグラスから差し込む光が神聖《しんせい》な空気を漂わせ、けれど木の温もりが親しみやすさを醸《かも》し出している。太一達は二階へと移動した。

「ここが聖堂《せいどう》だとさ」

太一は木製の扉をくぐる。ちゃんとした教会の内部に入るのは、初めての経験だった。

天井《てんじょう》の高い、白の壁に囲まれた部屋だ。窓はアーチ型でここも色ガラスとなっている。飾《かざ》り細工《ざいく》のされた木の椅子が並ぶ。何人も座れる長い椅子だ。正面左右にはマリア像とイエス像があり、真ん中には祭壇《さいだん》がしつらえてあった。

室内に他の人はいない。静謐《せいひつ》な空間だ。

二人は内装に目をやりながら前の方に移動し、どちらからともなく向き合った。

ここが自分にとって運命の場所になるのだろうか。緊張感が高まる。加えてこんな神《しん》聖《せい》で厳かな場所だ、嘘や虚栄《きょえい》は一切許されない雰囲気が、太一にのしかかる。

だけど、始めよう。

敗者の勝負を始めよう。

自分自身の中に守るべきものはないし、別に死ぬ訳じゃない。

なにより、自分がここを運命の場所にしたいから。

稲葉に、自分が導いた答えを告白する。

「色々話したいことがあってさ……。まず、ここ最近で稲葉に指摘されたこと。直せと言われたこと。それに対して今の自分が思うところを、話すよ。いいか？」

前置きして聞くと、稲葉はこっくりと頷いた。

ゆっくり息を吸って、稲葉のセリフを思い出して。

——変わってくれないのか。アタシには変えられないのか、お前のことを。

「稲葉。俺、変われると思う。変わろうと思う」

太一は稲葉の目を、逃げずに真っすぐ見つめる。見よう、今自分の目の前にいるこの人のことをしっかりと見よう。

「……え？」

いきなり過ぎたためか、稲葉は意味を理解しかねるように目をぱちぱちとさせる。

「……変わる……ってのは？」

一度話し始めると、かなり楽になった。後は進むだけでいいのだ。

そう、だからいつも問題となるのは初めの一歩目だ。

「前に稲葉は言ってたよな、全員が『誰かのため』と言って目的を持たない世界があったら、そんな世界は滅びる、って。……その意味がわかったよ」

表面上の意味は、そりゃ聞いた時からわかっていた。でも今は、本当の意味で。

「誰かが自分なりの正義で、進むべき道を示さなきゃ、その世界はどこへも進めなくなるもんな。だから誰かが自分の意志で、目的を定めなくちゃ」

誰かがそうしなければならない。誰かはそうする必要がある。誰かが負うべき義務だ。

その誰かは、自分だ。

太一は意志を持って、続ける。

「でも目的を持っても、自分が正しいことを定《さだ》めても、それが本当に正しいかはわからない。……いや、絶対に万人にとっての正義にはならないんだ」

だって当たり前に、この世にはたくさんの人がいて、たくさんの考え方がある。

「誰かにとっての正義は、たぶん誰かにとっての不義《ふぎ》でもあるから」

誰がどこからどう見ても正義、なんてことも時にはあるのかもしれない。でもほとんどは一方から見れば正義でも、もう一方から見れば悪だ。立場は簡単に逆転する。どんな戦争だって、自分達の側が正義で、その反対側が悪だ。どちら側も『正義』を掲げていて、相手の側が『悪』と見なしている。そんな世界だから。

稲葉は口を挟まずに自分の話を聞いてくれる。じっと見つめるその瞳の奥に、――錯《さっ》覚《かく》かもしれないが――期待の色が見えている。

「必要なのは正しい・悪い、よい・よくない、じゃなかったんだ。俺はそれを……勝手に決めつけようとしてたんだけれど」

『夢中透視』を勝手に解釈《かいしゃく》して。

「でもそれは、当たり前に誰にもわからないことで。本当に必要なのは――」

――自分の信念を持つこと。

――誰かに判断を任せないこと。

――自分の意志で進むこと。

「それが、俺にとって必要なこと、なんだろう？」

たくさんの人によって気づかされた、自分に足りなくて、自分が持つべきもの。

迷い迷って、更には人に迷惑をかけ、やっと辿り着くことができた。

太一は尋ねて、稲葉の審判《しんぱん》を待つ。

「……あ〜……なんだ？　アタシの返答を待っているのか？」

稲葉はそっぽを向いてがしがしと頭を掻《か》いた。その動作は男らしくて、せっかくの清《せい》楚《そ》な格好が少々もったいないことになっている。

「うん……まあなんだ、……そういうことだと、思う。そこまで壮大《そうだい》だと、ちっと、子供のアタシ達には早過ぎるものかもしれんが」

「『アタシらの場合もうガキのままでいい時代は終わってんだっ！』ってやつか？」

「う、うるさい。改めて口にされるとハズいんだから……察《さっ》しろよ」

稲葉は照れて苦々しい顔をする。

そう、子供の間はいいのだ。そこまで『自分』を持って、意見を表明しなくたって、将来それができるようになればいい。子供はそのための学習期間だ。

だから太一だって、本来はもう少し後でいいのだろう。だんだん、大人になりながらできるようになればいい。流石に、高校二年になって『全くこれっぽっちもない』では少し焦るべきかもしれないが。

でも太一は、異常なる『力』を得て、人に大きく影響を与えられるようになった。

稲葉が言う。

「まあ……あんだけ変な現象に関わって、他人に『力』まで使えるようになると、な」

『力』を手に入れてしまえば、話は別だ。大人と同じくらい、いや大人以上に、人の人生に影響できるようになったのだから。

「俺は基本的に……目の前の人間が笑っていればそれでいい、って。子供みたいな発想ばかりだった……。でも力を持ったら、それじゃダメなんだ」

力を持つということ。

大人になるということ。

「結局タイミングだよ、タイミング。来るべき時が来たから、アタシ達はそうしなきゃならなかった。ある年齢がきたら一斉に、全員が大人になるもんでもねえし。まあアタシ達は少し早かったな」

来るべき時が来たら、人間は誰しも、色んなことを考慮《こうりょ》して、最終的には自分の判断で、正しいと思う道を選ばなきゃならない。

いつかぶつかるべき壁に、自分は今、ぶつかったのだ。

「……なんか、今考えてみると……本当に全部稲葉はわかってたんだな。もっとしっかり稲葉の話を聞いて、従っていれば……」

「いや、そうでもないぞ」

稲葉の表情は幾分《いくぶん》穏やかになっていた。

「自分で考えて気づいたから、本当の意味で理解できたんだと思うし。他人に指摘されただけじゃなぁ……。つーか、アタシだってもっと上手くやれるんなら、さっさと問題を片付けられたんだろうよ」

でもそう上手くはいかなくて……、と稲葉は俯き加減になる。

「だ、だいたいこの考え自体も、自分は『正しい』と思ってるけど、太一にとってはどうなんだって迷いもあって……。アタシはアタシなりにやれる部分はあるけど……ダメな部分もいっぱいあるし……。そしてなにより……その……アタシは……その」

手遊びを始める。強気な稲葉が鳴りを潜め、気弱な稲葉が顔を覗かせている。

「大丈夫だよ、稲葉。俺が――」

太一が声をかけようとすると、稲葉がキッ、と目を剝《む》いた。

「お前が困っている奴見たらすぐ助けるお人好しだからっ！　お前は……その、アタシが好き……って、言った、から、反射でお返しした……みたいな感じがして。アタシはこんなにもお前を想って……でもお前は……って、なに一人で喋ってんだアタシ⁉」

稲葉が一人で叫び、一人で慌てていた。

「……くっそ、なんだよ……。もうダメだと思って、だから突き放したのに……すぐ復活しやがって……」

「いや、稲葉が突き放してくれたから……それができた気はしている」

「……だろ？　やっぱりさ、少し、距離を置いた方が……」

目を伏せて、なにかを諦めたような顔をする稲葉。

どうして稲葉はそんな顔を——自分のせいか。じゃあ早く稲葉を笑顔に——これは反射でやろうとしていること？

そうじゃないだろ。ここで思考停止してはならないんだ。もう一歩先に、進むのだ。

自分と稲葉は、どうすべきなのか。自分は、八重樫太一自身は、どう考えているのか。

一つ山は越えた。

自分がすべきことを知った。でもこれはある意味簡単なことだ。自分に足りないことを自覚し、こうすべきだとやり方を宣言したに過ぎない。

それを経て自分がどうするか。誰かに判断を任せず、自分の信念を持って、自分の意志で『どう』進むか。

「伝えたいことがあるんだ。聞いてくれないか」

太一が頼むと、稲葉はしばらく固まった後、こくんと頷いた。

その時の稲葉は、とてもか弱い女の子に見えた。

この聖堂にいるのは、ただの一人の女と、ただの一人の男だけだ。

「好きの形は色々あると思うんだ」

稲葉姫子には中途半端ではいけない。ちゃんと己の気持ちを曝《さら》け出さなければならない。それは、青木と桐山を見ていても思った。

「恋愛の形だってたくさんあって。それぞれが理想とするものも全く違っている。俺と稲葉だって、そうだと思う」

人には人の、色々な考え方がある。

それが誰かと完全に合致《がっち》することなんて、この世界にはあり得ない。

例えそれがたった二人の人間でも。

「けどそんな中でさ……人は、誰かと繋がるんだよな」

人と人は寄り添って、干渉《かんしょう》し合って生きていく。

「どうしてそんなことができるんだろうって思った。でも考えてみれば、友達とかはなにも考えなくたって自然とできる訳で。恋愛もそういうものなのかとも、思った」

世界には大も小も様々な潮流《ちょうりゅう》があるから、ぼうっと流されていても、偶然誰かとくっつくこともある。それで上手くいくことだってあるだろう。

「でも、それで本当の幸せに辿り着ける確率は……絶対じゃない」

運を天に任せてもいい。

でも本当にそれでいいのか？

自分が生きているのは、自分の、自分だけの人生なのに。

「だから自分から、求めなきゃいけない」

話す太一。聞く稲葉。

まるで二人を待ってくれているかのように、聖堂には誰も入ってこない。

「なにかを決めるにはたくさんのことを考慮しなければいけないと思う。周りのこととか、相手のこととか」

相手の都合だけ考えたら上手くいかないのは自明《じめい》だが、全く無視する訳にはいかない。

「けれど最後は、自分で決めるしかない」

選択肢とかそういう狭い考え方をしてもいけない。もっと大きな範囲で考える。

この混迷《こんめい》する世界から、正解かもわからないそれを、自分の責任で、選ぶ。

自分の想いを見極めて、自分の意見を表明して、全てはそこから始まるんだ。

「そう思って俺が俺なりに考えたことを……稲葉に伝えたいと思う」

前置きが長くなった。けれどおかげで、自分がどれだけ本気で考えたことか伝わったみたいだ。稲葉がごくりと唾《つば》を飲み、緊張しているのがわかった。

忘れかけていた緊張を、太一も思い出してしまう。

告白したことがない訳じゃない。

でもこれだけ考え抜いた告白は初めてだ。

さあ、これが自分の勝負。

この世界の中の、稲葉姫子に向けた、八重樫太一の勝負だ。

「稲葉に好きと言われたから、俺も稲葉を好きにならなきゃいけない。そう思っていた節がゼロかと言えば、……嘘になる。……申し訳ないんだけど」

正直に話すと、稲葉は一瞬瞳を揺らした。けれど冷静に応じてくれる。

「ないって言われたら、嘘くさいしな。それが、完全に悪いものだとも思わねえよ」

「でも今その感情は邪魔だと思ったから、それをなくして一から考えてみた」

今度こそ、稲葉は唇を結んで身構《みがま》えた。

そんな稲葉に向かって太一は言う。

「稲葉は可愛いし、美人だし、頭いいし、優しいし、色んなことを教えてくれるし」

少し、稲葉の頬が朱《しゅ》に染まる。

「そういう面で稲葉を求めているところもある」

これだけでも、稲葉といる理由になるのかもしれない。でも今の太一にとっては、それだけじゃ足りない気がした。

「けどなんだろう……。凄く、個人的な話になるんだが。俺は、これから色んなことを見つけていきたい。学んでいきたい」

自分自身の望みの話。

「そして自分のエゴじゃなく本当の意味で、たくさんの人を守れるようになりたい」

なんのために、人は歩むか。

「そんな自分になるためには、稲葉の力が必要だと思った」

なんのために、誰かと歩むか。

「……いや、違うな。俺は、そうなる自分を稲葉に見ていて欲しいと、思ったんだ」

情けないところもいっぱい指摘されてきた。そのおかげで自分は、変われた。稲葉も、自分のおかげで変わったと言ってくれる。

二人で変わることが、できるのならば。

それで二人の『夢』が叶うのならば。

一緒にいたいと、思うのだ。

これが好き、なのだろうか？　普通とは違うかもしれない。だが、『普通』とはなんだ？　そんなものはない。自分の中では、そうなのだ。

全ての定義は、自分が決める。自分の意志で以《もっ》て判断する。これを好きに置き換えていいかわからない。でも隣にいて欲しいと思うから。

その感情を自分は――『好き』と呼ぼう。

それを言葉にして伝えよう。


「俺はお前のことが好きだ。だから、俺の彼女でいて欲しい」


――信念を持って。

――誰かに判断を任せないで。

――自分の意志で進んで。

決めた結論が、それだ。

太一の告白を聞いて、稲葉はしばらく黙った。

感情も見せず、じっとしていた。

「太一はアタシのこと……好き、なんだな？」

ゆっくりと稲葉は尋ねてきた。

太一は答える。

「ああ、好きだ」

「じゃあ……大好き……か？」

更に重ねて、聞いてくる。

太一は答える。

「大好きだ」

「そうか、アタシも大好きだ」

不意打ちでさらりと言われて、ぐらっときた。

これは自分の想いが、通ったということか？

すると次の瞬間、稲葉の瞳からぽろぽろと涙が溢れ出した。

「ははっ……あれ？　なんでだろう？　嬉しいのに……なんで……」

零《こぼ》れて止まらない。ぽろぽろ、ぽろぽろと。

稲葉はその涙を、両手でぐしぐしと擦《こす》って消す。

流れる涙と共に、稲葉は秘めていた胸の内を曝け出してくれた。

「こんなに好きなのはアタシだけかと思って……不安だったんだ、ずっと……。お前はどう思ってるんだろうって……。それにアタシにはお前がいないとって……依存《いぞん》していた。いつか一人で立てなくなる気さえ……した」

伝わる。稲葉の思いが。溢《あふ》れて、太一に流れ込んでくる。

「アタシはアタシで頑張らなくちゃと……思った。一人でも立てるようにならないと、って……。……お前に否定されたらもう全てが終わる気さえした。でもそれでダメになる人間に、なっちゃいけないと思ったから……アタシは太一からも離れて……」

強く自分を持って戦っているように見えて、稲葉も心の中では葛藤《かっとう》していたのだ。

「お前を批判《ひはん》してたけど……下手すりゃただの八つ当たりになってたかもしれない……ぐすっ。……悪いな、未熟《みじゅく》な人間で」

「そんな……俺だって、同じだよ」

自分は未熟だった。稲葉も未熟だと言う。未熟な二人による恋愛は、危険を孕《はら》んだまま進行していたのだろう。妙な形で、依存し合って。

だけどお互いに離れて、ぶつかり合って、互いに色んなことに気づいた。

たぶんこれが、今の自分達にやれる、精一杯の恋愛の形。

それ以上は、これから見つけていけばいい。

「……で、えと。俺は彼女でいて欲しいって言ったんだけど、稲葉は……？」

そう言えばまだ返答を受けていないと気づいた。

「なっ……言わせるのか！　それを！　わざわざ！　今更！　空気で察しろよ！」

妙に怒られた。

「ご、ごめん」

「……しゅんとされるとこっちが悪者みてえじゃねえか……。いや、なんだ、あれだよ。うん。…………彼女で、いさせて下さい」

稲葉は真っ赤になっていた。同じく太一の頬も、同じ色になっている感覚があった。

「なんだよこれ……。しかも教会って……。言葉を換えれば、まるでプロポーズだぞ」

恥ずかしそうに稲葉は言う。

「あ」

それで思い出した。いや、忘れていた訳ではないのだけれど、タイミングがわからないと諦めかけていたのだ。

太一は小さな紙袋を取り出し、その中に入っているものを稲葉に差し出す。

「……これは？」

「仲直りの証というか……二人の絆の証というか……俺が稲葉を好きな証というか」

ガラスでできた、赤いペンダントだ。勾玉型のガラスは、赤い渦《うず》を巻くような模様《もよう》になっている。今日、ここに来る前購入したのだ。

稲葉はそれを自分の目線の高さまで持ってきて眺める。

「綺麗《きれい》、だな」

「う、うん。艶《つや》やかな感じが、いいかなって。もっと大きいものもあったんだが、それくらい小さい方が、もしつけるなら使いやすいかと……」

「嬉しいよ、ありがとう」

照れもせず稲葉は素直に言う。特別言葉は飾らないけれど、とても感動してくれているのが伝わった。だから太一は続けられた。

「……で、実は俺の分もある」

太一は稲葉と同じペンダントの、青色バージョンを取り出す。

「ペア、か？」

「うん、そうだ」

差し出がましいかと、やり過ぎかと、太一はとても不安だった。

けどそんな不安も、稲葉の笑顔を見て、全部吹き飛んだ。

それは世界で一番可愛くて、世界で一番綺麗な、とびきりに素敵な笑顔だった。

熱く火照った、とろけるような顔で、稲葉は静かに目を瞑《つむ》る。

吸い寄せられるように、でもしっかり自分で『したい』という意志を持って、太一は稲葉に唇を近づける。

触れ合う。

キスをする。

体が繋がって、心が繋がって、太一と稲葉は一つになる。

□■□■□

その後、お互い照れに照れながらペンダントを相手につけた。

それから二人は教会を出て、係の人に見学させて貰ったお礼を述べ、歩き出した。

観光街を二人で回る予定だ。集合までもう一時間もないが少しでもそうできればいい。

離れていた時を埋《う》めるように、太一と稲葉は堅《かた》く手を繋いだ。もう終わろうとしている、人生に二度とない高校生の修学旅行。できる限り二人の思い出を作りたいと願う。

その、道すがら。道端《みちばた》に。

〈ふうせんかずら〉がいる。

なぜ。

今。

わからない。

いや、わかった試しなどなかった。

だらんゆらんとした生気のない後藤龍善《ごとうりゅうぜん》は、こちらの都合など気にせずやってくる。

後藤龍善に乗り移った、〈ふうせんかずら〉。

「なんでお前が……ここに……。……学校から遠く離れようがマジ関係ねえのかよっ」

稲葉が、固い声を出し、わなわなと打ち震える。今稲葉のこんな声を聞きたくなかった。太一は稲葉の手を、強く握る。

「いやぁ……でも本当に間に合ってよかったですよ……」

　こちら側の質問など無視して、〈ふうせんかずら〉は勝手に話す。

「ギリギリですねぇ……ギリギ」

〈ふうせんかずら〉の動きが唐突に止まる。〈ふうせんかずら〉はまるでなにかと交信しているかのように、視線を斜《なな》め上に向ける。

「な、なんだ？」と稲葉も戸《と》惑《まど》いの声を出す。

「いやまぁ……ギリギリでしたというお話で……。ああ……八重樫さん」

　指名され、太一は身構える。半歩前に出て稲葉の前に立とうとしたら、稲葉も同じように半歩前に出てきてしまった。「一人で行かせるか」と無言で言っていた。

「……本当に、ありがとうございました。……やはり僕が探しているものは……八重樫さんを見ていればわかったみたいで……。ああ……流石の読み……」

〈ふうせんかずら〉が、お礼を言う。

　探しているものがわかったと言う。

　こんな態度、もうこれまでとは絶対的に、違うではないか。

「お前を見ていれば……って」

「いや、俺にも意味はわからないんだが……」

　稲葉と太一はひそひそと相談をする。

「じゃあまあ……そんな感じで……終わりましょうか」

〈ふうせんかずら〉の終結宣言《しゅうけつ》。だいたい現象が終わる時はいつもこうだ。もう飽きたとかそんなぼんやりとした理由で去っていくのだ。最後だと言った今回だっておそらく、そうなのだろう。

「でもまた、……その内やってくるつもりなんじゃないのか」

太一の言葉に〈ふうせんかずら〉はすぐ返した。

「いいえ」

「だろうよ。どうせ――え？」

太一に続こうとした稲葉が、驚き、戸惑いの声を漏らす。

「いいえ……ってことは、もう……現れないという意味か？」

太一は、震える声で、尋ねる。

「はい……一応そのつもりでいます……」

〈ふうせんかずら〉は答えた。

あっさりと。

「オイオイ……オイ待てよオイ！」

稲葉はそれこそガタガタと震えだして、ついには太一の手も放す。

「じゃあアタシ達は……お前の……お前達の訳のわからない現象から解放されて……自由になるのかっ⁉」

「……まぁ……でしょうねぇ……」

「信じて……、いいのか？」太一も尋ねる。

「それは皆さん次第だと思いますがねぇ……八重樫さん。別に……一生、もしかしたらまた来るかもしれないと思っていても……いいですし。逆に……今すぐ忘れてしまっても構いませんしねぇ……ええ」

本当に、本気で言っているのか。嘘じゃ、ないのか。

「だが……待てよ。あんまりにも……筋が通ってねえだろっ……！　なんの理由かも知らせずやってきて、アタシらがどれだけ苦しんだかっ」

稲葉の声は少し濡れていた。

「それでまた……なんの説明もなくっ、なんの終わった感覚もなくっ、『はいさようなら』ってよぉ！」

「……稲葉、それだとなんか〈ふうせんかずら〉にまだいて欲しいみたいな」

「んなワケあるかっ！」

つっこみと同時に蹴られてしまった。

「アタシは納得がいかないって言ってるんだよ！　理不尽《りふじん》が過ぎるって言ってんだよ！なんだよ……なんだよこの話はっ！」

「いえそれは……僕が僕の都合で始めた……ただの、僕の物語ですけど……」

淡々と、特に感じ入る様子もなく〈ふうせんかずら〉は口にする。

「テメエの……」

「初めから……そうでしょう？　まさか皆さん……これが自分達にとっての物語だとでも思ってましたか……？　いやいやそれはないでしょう……。……何様のつもりなんですか……？」

「その言葉そっくりそのまま返してやるよっ！」

当然の如《ごと》く稲葉が吠える。

「……これでも随分配慮《はいりょ》した方なんですけどねぇ……。僕は優しいですから……。とまあ……そんなことで」

また、〈ふうせんかずら〉は視線を斜め上にやる。

「本当に……本格的に……時間がなくなってきたので……もう僕は行きますよ……」

時間がない、とは。

「では……もう二度と会うこともありませんように……」

「待て……マジか……オイ……」

稲葉が呟く横で、太一もただ呆然《ぼうぜん》と突っ立っていた。

突然降ってきたのだから、突然なくなってもなんら不思議はない。

でも、ここまで、まるで自分達を成長させるように、導くように起こり続けた出来事が、自分達がなんらその最後に関わることなく終わるなんて。

いや、関わっているのか。気づいていないだけで。

これはただ、〈ふうせんかずら〉が己の都合で勝手に進めていた物語だから。

「……はっ⁉　と……ここは？　あれ？　俺は確か土産物屋《みやげものや》の店にいたはず……」

生気を取り戻した後藤龍善が、きょろきょろと辺りを見回しながら言う。

「それがなぜ……いや、これおかしいだろ。夢遊病《むゆうびょう》……？　今度真剣に病院行こうかな……？　あ、八重樫に稲葉。変な話なんだけど、俺っていつからここにいたっけ？」

そうして、山星高校文化研究部《ぶんかけんきゅうぶ》の面々が〈ふうせんかずら〉によって不可思議な現象下に置かれるという物語は、終わった。

終わった。

終章　そしてこれから

今年の山星高校《やまぼしこうこう》修学旅行が終わり、数日が経った。

太一《たいち》は修学旅行の際の勝手な行動について、他の計画を主導《しゅどう》したメンバーと共に先生達、それから同級生達に改めて謝罪《しゃざい》した。太一は悪くないと言ってくれる人が多かったが、けじめはつけなければならないと思った。

謝罪で表面上は許して貰《もら》うことができた。だが心の中ではまだ怒りを持っている者もいるだろう。失った信頼《しんらい》を取り戻すには時間がかかる。ともかく、地道にやっていくしかない。その敗戦処理《はいせんしょり》は、自分達ですべきことだ。

そんな太一の失敗もあり、また『恋愛ブーム』も収束していったので、太一は表だった恋愛相談役を引退することになった。引退、と表現すると少し大げさだが、要は験担《げんかつ》ぎの流行《はやり》が過ぎ去っただけだった。

一部まだ「やっぱあやかりたいし」とやってくる人間もいたが、その時は「自分を信じろ！　さすれば道は開かれん！（というニュアンスのこと）」を言っている。

実のところ、それで上手くいったという話を二件ほど聞いた。

まあ結局、そういうものなのだ。

これまでに太一と桐山《きりやま》がアドバイスするなりで介入《かいにゅう》してしまった人達には、責任を持って今後対応しようとも決めている。具体的になにができるかはわからないし、変に関わり過ぎるべきでもないだろうが、放り出して逃げないとだけは誓い合った。


それから、太一は進路を決めた。

「とりあえず、理系に進もうと思う」

二年生五人に一年生二人が集結した文研《ぶんけん》部室、太一はそう発表した。

「おお～理系か！　でも……最近またラブラブ度が増しに増した稲葉《いなば》んと一緒がいいからってんじゃないよねぇ？」

イタズラっぽく、挑発《ちょうはつ》するみたいに永瀬《ながせ》が言ってくる。

「ち、違うぞ！　ちゃんと考えたんだ！」

「ふん、んなちんけな選択肢でごたごたするほど、二人の絆《きずな》はやわじゃないからな」

「稲葉んの『デレばん』も……なんか堂に入ってきたね」

「オレと唯《ゆい》が文系で一緒なのは絆の証《あかし》だけどな！　だってどっちがなにを言ったワケでもないのに『せ～の』で教え合ったら両方文系だったんだぜ！　凄いだろ～！」

「……あたし理系に変えようかなぁ」

「なんで唯⁉　カップルなのになんで優しくしてくんないの⁉」

付き合っているというのに、青木《あおき》と桐山は変わらない。

「ふふっ……冗談よ」

明るく桐山が笑うと、青木も「だよな～」と笑った。

訂正。やはり少し変わった。

「そっ……それで太一先輩のスーパーハイパーな夢とはなんなのでしょうか⁉」

円城寺《えんじょうじ》が期待に目をキラキラさせて聞いてくる。ハードル上げが相変わらずエグい。

「……うん、まあ、なんだ。……自分がなにをしたいかってことを、凄く考えたんだけど、やっぱ『救いたい欲求』ってのはどうしても、自分の中で譲れないみたいだ。だからそれを真剣に、追いかけてやろうと思ったんだ」

太一は語る。自分が描いた『夢』の話を。

「今さ……地球環境問題《ちきゅうかんきょうもんだい》とか凄く叫ばれてるだろ。で、地球はかなり不味いって論も多いし。やり方とかわからなくて、進むべき学部すらもこれから勉強するんだけど……」

「お前……まさか……」

稲葉が驚愕《きょうがく》の表情を浮かべる。なんだ、彼女にまでそんな顔をされると言いにくくなるじゃないか。ただでさえ他の皆も「マジか……」という顔をしているのに。

でも太一は言い切ると、決める。

自分の意志で進む道を定め、自分で意見を表明しなければ、物語は始まらないから。

太一は、自分だけの物語を、始めたいと思うから。

「俺は、地球を救いたいんだ」


「あははは！」「ははは！」「うおはっ！」「あははっ！」「へっ」「ほえええ！」

六者六様、皆に全力で笑われた。

「笑うなとは言わんが……笑い過ぎだぞ！　全員！」

太一がつっこむ。

「違うんだって太一……ふふっ、バカにしてるんじゃないって」と永瀬。

「いやもうすげえなって感じで」と千尋《ちひろ》。

「はっはっはっ！　あはっは！　あ～……、笑った」

一人最後まで笑っていたのは稲葉だった。

その稲葉が言う。

「でも本当にな、それを自分の夢として言える奴、普通いないぞ」

それから稲葉は笑みを深めて、最高の褒《ほ》め言葉を贈《おく》ってくれる。

「でも本気で、……めちゃくちゃ格好いいよ」

「……いや……その」

真正面から言われると大変照れ臭かった。

正直バカだと思う。でも、バカでかくていいと思うのだ。それが自分の欲求に基《もと》づいた、自分で決めた『夢』なら。その想いだけは、いつまでだってガキのままでいい。ちゃんと、現実を見据えられているのなら、できる限り大きな『夢』を空に浮かべて、明るく道を照らしながら歩んでいくのがいい。

もちろん太一だって、自分一人の努力で地球が救えるなんて微塵《みじん》も思っていない。地球温暖化《おんだんか》や環境破壊、食糧問題やエネルギー問題。数ある地球上の問題、そのどれか一つに少しでも貢献する、そういう人生を送りたいということだ。

自分は戦おうと決めた。敗北してそこから這《は》い上がった。死ななきゃ、何度負けたって立ち上がれば済む話だ。今回も負けから、色々なことに気づけたのだ。

ありのままの自分、それを肯定《こうてい》することは大切なことだ。でも、ありのままの自分がこうだからって、そこに納得して、勝手に諦《あきら》めるのは正しいだろうか？　いや違う。

自分を受け入れろ。だけど自分を諦めるな。それは似て非なるものだから。

変えられるものは、いつだってそこにある。

だから進め。

信念を持って、誰かに判断を任せず、自分の意志で方向を決め、そちらに進んでいけ。

理想の自分に進むのだ。

理想の『夢』に進むのだ。

それが生きると、いうことだ。

「あ、そういや千尋」と太一は話しかける。

「はい？」

「あの、千尋経由《けいゆ》で俺に恋愛相談したいって言ってきた一年の子の件だけどさ。……恋愛マスターでもない、占い師的能力もない、験担《げんかつ》ぎの力もなくなった……そんな八重樫《やえがし》太一でよければ相談に乗るって伝えておいてくれ」

「……了解です」

そう頷いた千尋は、平静を装《よそお》っていたけれど、なんだかとても嬉《うれ》しそうに見えた。


——ああ、それと。

日常に埋没《まいぼつ》しそうになるけれど、どうしても気になる非日常のこと。

本当に。

本当に本当に。

本当に本当に本当に。

本当に〈ふうせんかずら〉はいなくなって、非日常は全て終わったのだろうか？

＋＋＋

「……ねえ〈ふうせんかずら〉。なに？　終わり？　終わるの？　……本当に？」

「……ああ……ええ……まあそうですかねぇ……」

「ふうん。あなた、……なにか見つけたみたい？」

「…………さぁ？」

「ふうん。意味ないのに。……わたしにはわからないや。でも……終わりじゃないよね？　最後にやること、まだ、残ってるよね？」

「……」

「最後、みんなの記憶を消して、終わりだよね？」

ココロコネクト　ユメランダム　了

あとがき

本書を手に取って頂き、誠《まこと》にありがとうございます。

『ココロコネクト ユメランダム』は、一巻目『ココロコネクト ヒトランダム』、二巻目『ココロコネクト キズランダム』に続く……って長過ぎるわっ！　もうやめだ！　既刊《きかん》の順番は折り返しの著作《ちょさく》リストをご覧下さい！

という訳で改めましてこんにちは、「ココロコ！」庵田定夏《あんださだなつ》です「ココロコ！」

右記にあります『既刊本紹介～長過ぎるわっ！』の件《くだり》、実は前からやりたいと思っていました。つまりそれくらいシリーズが続けられたらなぁという夢を抱いていたのです。今回は「そろそろやってもいいんじゃないか……？」とついに実行しちゃいました！

これも応援してくださっている皆様のおかげです。本当にいつもいつも応援ありがとうございます！　妄想《もうそう》に近いその夢が現実のものとなり、作者も「ここまできたんだなぁ……」と感慨《かんがい》に浸《ひた》りたい気分です。……というか現在進行形で浸っています。

そして夢と現実と言えば、もう一つ。

ゲーム化します。

ホントです。ホントらしいです。ホントったらホントらしいです。

コミック化！　ドラマCD化！　アニメ化！　の報《ほう》に続きまして、ついにはゲーム化のお知らせをすることになるとは……いやはや思ってもみませんでした。

ゲーム化決定のご連絡を担当様から頂いた時は、思わず、「……ついに現実が想像を超えましたね……」と呟《つぶや》いたものです。

作者は俗《ぞく》っぽいので初期の段階から「いつかコミック化やアニメ化してくれないかなぁ……」とはずっと夢見心地《ゆめみごこち》で妄想しておりましたが、ゲーム化はこれっぽっちも想像、いや妄想していなかったので、まあもう、びっくりしました。

たくさんの人達に関わって頂いて、作者自身、「おいおい……どこまでいくんだココロコネクト……」状態ですっ。なんか最早恐ろしいっ！　大丈夫か⁉　作者は⁉

という訳で『ココロコネクト』のメディアミックスはもりもり進行中です！　アニメもこの度キャスト発表が行われました。メディアミックスの情報につきましてはファミ通文庫の公式ホームページである『ＦＢｏｎｌｉｎｅ』で随時《ずいじ》公開してゆきますので是非是非ご確認くださいませ。

それから、今後につきましてのご報告を。次巻は二冊目の短編集となりそうです。過去のお話と共に、時系列が進んだお話も収録《しゅうろく》予定ですのでお楽しみに。

そして。

短編集の次のお話が、本編ラストエピソードとなります。

その、予定です。

ここまで読んでくださった皆様には、是非とも最後まで『ココロコネクト』シリーズにお付き合い頂けたらと思います。ご期待に添えるよう、作者も全身全霊《ぜんしんぜんれい》で執筆《しっぴつ》を続けて参ります。

終わる、となるとなんだかしんみりしがち……ですがっ！『ココロコネクト』ではそんな風になる必要が全《まった》くありません！　というか！　むしろ！　今から！　アニメ、ゲームと盛り上げ盛り上がる要素がてんこ盛りになっています！　皆様と共に、最高の形でこの作品を盛り上げ、完結させたいと思っておりますので、何卒よろしくお願いいたします。

とりあえず、コミックス『ココロコネクト』二巻、ドラマCD『ココロコネクト　春とデートと妹ごっこ』発売中ですよ！

最後に謝辞《しゃじ》を。作品の展開と共に、今まで以上の、それこそ著者が把握《はあく》しきれないほどの多くの方々にお力添え頂いております。直接お礼を申し上げる機会にはなかなか恵まれませんが、皆様には心の底から感謝しております。本当にありがとうございます。

白身魚《しろみざかな》様。いつも素晴らしいイラストをありがとうございます。白身魚様のイラストが『ココロコネクト』の原動力《げんどうりょく》です。最後までよろしくお願いいたします。

それでは改めまして、読者の皆様に最大限の感謝を。

二〇一二年一月　庵田定夏

Yui.k
今巻は
サービス
盛りだくさん
です♡

●ご意見、ご感想をお寄せください。
ファンレターの宛て先
〒102-8431 東京都千代田区三番町6-1 株式会社エンターブレイン ファミ通文庫編集部
庵田定夏 先生　　白身魚 先生

●ファミ通文庫の最新情報はこちらで。
FBonline **http://www.enterbrain.co.jp/fb/**

●本書の内容・不良交換についてのお問い合わせ。
エンターブレイン カスタマーサポート **0570-060-555**
(受付時間 土日祝日を除く 12:00~17:00)
メールアドレス：**support@ml.enterbrain.co.jp**

FB Famitsu Bunko
ファミ通文庫
ココロコネクト ユメランダム
二〇一二年三月一二日 初版発行
二〇一二年六月七日 第三刷発行
著　者 庵《あん》田《だ》定《さだ》夏《なつ》
発行人 浜村弘一
編集人 森 好正
発行所 株式会社エンターブレイン
〒一〇二-八四三一 東京都千代田区三番町六-一
電話 〇五七〇-〇六〇-五五五(代表)
発売元 株式会社角川グループパブリッシング
〒一〇二-八一七七 東京都千代田区富士見二-一三-三
編　集 ファミ通文庫編集部
担　当 宿谷舞衣子
デザイン アフターグロウ
写植・製版 株式会社オノ・エーワン
印　刷 凸版印刷株式会社
定価はカバーに表示してあります。
あ12
1-6
1102

ISBN978-4-04-727839-4